U0910865

本书得到云南省哲学社会科学学术著作出版专项经费资助，是云南师范大学博士科研启动项目“美国作家杜鲁门·卡波特的小说流变研究”的阶段性成果。

THE STUDY OF TRUMAN CAPOTE'S NOVELS

杜鲁门·卡波特小说研究

杜芳　著

中国社会科学出版社

图书在版编目（CIP）数据

杜鲁门·卡波特小说研究／杜芳著．—北京：中国社会科学出版社，2018.2

ISBN 978－7－5203－2241－6

Ⅰ.①杜… Ⅱ.①杜… Ⅲ.①杜鲁门·卡波特—小说研究 Ⅳ.①I712.074

中国版本图书馆CIP数据核字(2018)第059449号

出 版 人　赵剑英
责任编辑　朱华彬
责任校对　张爱华
责任印制　郝美娜

出　　版　中国社会科学出版社
社　　址　北京鼓楼西大街甲158号
邮　　编　100720
网　　址　http://www.csspw.cn
发 行 部　010－84083685
门 市 部　010－84029450
经　　销　新华书店及其他书店

印　　刷　北京君升印刷有限公司
装　　订　廊坊市广阳区广增装订厂
版　　次　2018年2月第1版
印　　次　2018年2月第1次印刷

开　　本　710×1000　1/16
印　　张　15.75
插　　页　2
字　　数　205千字
定　　价　68.00元

前　言

美国当代著名作家杜鲁门·卡波特（Truman Capote，1924—1984）作为非虚构小说的首创者，在20世纪60年代中期，以一部巅峰之作《冷血》成为非虚构小说的开山之作，给美国和世界文坛吹进了一股新风，奠定了他在20世纪美国文坛上的独特地位。但是，卡波特小说的研究状况并不与卡波特小说在美国当代文学史的重要地位相称，研究显得相对冷寂，这为该著作提供了很大的研究空间。并且，卡波特小说中涉及的安全问题、贫富差距等社会问题的警示性和前瞻性可以对当今中国和世界的发展起到一定的指导作用。

卡波特一生发表了多部风格独特、内涵丰富的小说，其作品创作素以多元的风格著称。在他近五十年的创作生涯中，他以十年或二十年为一个创作阶段，这与他的人生经历，与“二战”前后美国社会的政治、经济、历史、文化等背景有着密切的联系。本书旨在以卡波特小说的早期（20世纪40年代）、中期（50年代）、鼎盛期（60年代）、晚期（70—80年代）四个阶段的创作特征为研究对象，四个阶段分为四个部分，分别分析卡波特小说四个阶段的主要特征。本书对四个阶段代表作品和小说总体创作特征进行解读，试图呈现卡波特小说创作的发展轨迹。第一章绪论部分介绍了卡波特的生平及创作，指出研究卡波特及其作品的意义和价值，对国内外卡波特研究现状进行梳理；第二章分析了卡波特在20世纪40年代所创作的黑夜小说，黑夜小说的主要特征在于其书写了具有阴郁低沉气息、描写现代人在重压之下内心异化的内容；在第三章里，卡波特在20世纪50年代一改黑夜小说的阴郁低沉，转向温情幽默的白昼小说；第四章分析了卡波特在20世纪60年代所创作的非虚构小说《冷血》和反映儿童题材内容的虚构小说《圣诞忆旧集》，《冷血》无论从内容到艺术手法都极大程度地书写真实，而《圣诞忆旧集》展示出主人公巴迪在成长过程中反映出的心理学中认知发展的三个方面；第五章主要阐释了卡波特在20世纪七八十年代书写了两部挑战世俗，展示各地风情的非虚构小说——《应许的祈祷》和《犬吠》，这一时期延续了卡波特的非虚构小说的创作路线。可以这样说，卡波特的一生向读者展示了一个小说类型多样、思想内容丰富的文学世界。

在研究方法方面，该书在文本分析的基础上，结合伦理学、心理学、新历史主义批评、消费主义等理论，梳理了卡波特小说的创作过程。

该书既可视为卡波特其人其作的入门读物，也可看作卡波特小说的学术研究专著。

目　录

第一章

绪　论

第一节　卡波特的生平及创作

美国当代著名作家杜鲁门·卡波特（Truman Capote，1924—1984），1924年9月30日出生于美国路易斯安那州的新奥尔良，原名为杜鲁门·斯特雷克弗斯·珀森斯（Truman Streckfus Persons）。

杜鲁门·卡波特的童年生活深受父母离异、家庭不幸的影响，9岁以前一直被寄养在亲戚家，童年的寄养生活几乎构成了他童年时期的一段苦难记忆。他的母亲尼娜为了离开阿拉巴马乡下，年纪轻轻就嫁给其父亲珀森斯，由于母亲生下他时才17岁，所以卡波特出生不久就被寄养到亚拉巴马州乡下的门罗维尔外婆家。后来父亲珀森斯因诈骗罪被送入监狱，父母因此离异。他的母亲随后去了纽约，后与一名古巴商人结了婚。再婚后他的母亲没有立即把年幼的卡波特接到纽约去，而是把卡波特留给住在阿拉巴马乡下门罗维尔的外婆家。由于他是家里的独生子，父母离异后为取得卡波特的抚养权争得不可开交，但最终母亲取得了胜利。卡波特的母亲后来由于不能生育，在卡波特快10岁时将他接到了纽约，并让卡波特改用了继父的姓，与母亲和继父一起生活。在纽约，卡波特完成了小学和初中的学业。后来，他们一家搬到康涅狄格州，他到了格林维奇国立高中就读。卡波特天资聪慧，学龄前就已开始读书，对写作十分喜爱，在高中读书时便展现出了其在写作方面的天赋，并有几年的练笔历史，15 岁便投稿到各个出版社了。

少年时代的卡波特是个很有个性和自己思想的孩子，他非常聪明，据说智商高达 215，可他不喜欢学校的氛围和对他的束缚，他觉得在学校学习不是一件快乐的事情，17 岁时干脆退学回家，以干杂活谋生。之后，他回到纽约，在《纽约人》杂志社的财务部门打杂，这是他人生的第一个也是最后一个正式工作。一开始卡波特并没有从事写作，而是在杂志社的财务部和文艺部做零工，也做过一些剪裁报纸、卡通片整理等临时工作，后来还在过"城镇之声"专栏从事一些简单的文字工作。有一段时间，他还兼做两份工作，一是为电影公司拍摄电影做大众演员；二是为一家文摘报收集写作一些奇闻轶事。工作之余，卡波特利用晚上的业余时间开始了兴趣写作。17 岁那年他终于写出了一些短篇小说，并在杂志上刊登，由此开始在文坛上崭露头角。19 岁时，他凭借着短篇小说《米丽亚姆》荣获了欧·亨利文学奖，开创出自己的一片天空。

两年后，卡波特离开了《纽约人》杂志社，关于离开的原因，有多种说法：第一种是他被人诬陷中伤而被辞退；第二种是他为专心完成《夏日十字路口》干脆辞掉工作；第三种是因为他被著名的蓝登出版社看中，与他签订了合同，有了一定经济基础的他可以专心写自己想写的东西。

21 岁的时候，卡波特回到了亚拉巴马乡下的外婆家，继续写作他的《夏日十字路口》，可不久，他便对这部小说不满意起来。在阿拉巴马家乡的小乡镇上，他回忆起很多童年的趣事，回忆起和表姐哈帕·李一起度过的美好快乐的童年时光，他决定将这些涌入脑海的回忆写下来，完成一部新小说，书名都想好了——《别的声音，别的房间》。

在写作《别的声音，别的房间》过程中，卡波特离开阿拉巴马，买了去新奥尔良的车票，离开的原因是他的写作习惯妨碍影响了亲戚的日常起居。为此，他决定在新奥尔良租一间房间，他闭门谢客，夜以继日写作，完成了小说前半段的内容。之后，他又继续北上到北罗林那、萨拉托加、纽约、南塔克特。他用了两年的时间，用带有自传性质的笔法，围绕着一名少年在成长过程中的寻找自我、探索人生展开，在 1948 年他完成了整部小说。这部小说可以说是一部带有自传性的美国南方哥特式小说，也显示了其对语言的驾驭能力。小说发表后好评如潮。但是，这部小说因涉及一些同性恋内容而遭到不少非议，再者小说中描写的人物有些怪诞也不易被一些读者接受，因此小说受到了个别出版商抵制。所幸大多数读者对小说钟爱有加，拥有了读者基础就不怕小说会受到影响。

其实，早在《别的声音，别的房间》出版之前，卡波特就已发表过几篇很不错的短篇故事，并被当时的媒体所关注。他的照片就已经时常出现在一些知名杂志上，如《生活》杂志。值得一提的是，这些杂志封面上卡波特的照片形象很引人注目，年轻英俊的他穿着时髦的时装，斜躺在沙发上，眼睛深情地注视着前方，姿态甚至有些妖娆。他的这一形象让人过目不忘，更增添了他作品对读者的吸引力。同时，卡波特并不仅仅是一个甘于埋头写作的人，他在对外交往方面也显示出独特的才能。他很善于利用媒体的宣传扩大自己的知名度。他的消息和照片不时出现在报纸和杂志上，他时常和一些社会名流在一起，这样做的影响存在两面性。一方面，这样的曝光率可以赢得出版商和读者的注意，使卡波特一直活跃在公众的视线范围内，使他的知名度大大提升；但另一方面，也会让人们对卡波特的认知定位停留在商业作家层面，会让人们容易忽视卡波特作品本身的价值。

随着人生的成长，岁月的积淀，在接下来的十年内，卡波特创作颇丰。在这个时期内他创作出了：《地方色彩》（1950）、《草竖琴》（1951）、《花房姑娘》（1954）、《缪斯入耳》（1956）、《一个圣诞节的回忆》（1956）、《蒂凡尼的早餐》（1958）。其中，《草竖琴》改编成剧本后于1952年在舞台上演出。音乐喜剧《花房姑娘》在1954年搬上百老汇舞台，《蒂凡尼的早餐》也由美国著名演员奥黛丽·赫本演绎后成为电影经典之作。此外，《地方色彩》是一本卡波特到欧洲旅游时所写的游记册子，他采用了刚刚兴起的“非虚构小说”的创作手法，《地方色彩》可以说是卡波特第一部非虚构作品的代表。

到了1959年，卡波特在《纽约时报》上无意中看到了一条消息，这则消息位置并不显眼，字数也不多，却吸引了卡波特的注意。消息内容是一起发生在堪萨斯西部地区的谋杀案。卡波特此时作为《纽约客》杂志的撰稿人，凭着在媒体工作过的职业敏感性，卡波特一直在寻找机会尝试新的写作手法，希望创造出一种文体，能够把他的小说技巧和新闻报道的真实性相结合。卡波特觉得这是一个重要的契机，暗合了他一直想要开创一种纪实性新题材的想法，这件事引起了卡波特的强烈兴趣。于是，从1960年开始，他用了6年多的时间为创作《冷血》做了大量准备工作。他搜集了谋杀案几乎所有的资料，亲临现场，并找到与此案有关的人，仔细询问每一个细节，甚至找到罪犯本人，多次与他们接触、询问，了解整个事件的来龙去脉及他们的心理状况，掌握了大量第一手资料。正是因为卡波特充分挖掘并利用好了这些素材，之后对其进行了艺术加工和提炼，再加上他精益求精的求实创作精神，为《冷血》的创作成功奠定了真实、客观、翔实的写作基础。随着巅峰之作《冷血》的最终出版问世，在全美国引起了巨大的轰动。《冷血》最大的文学价值在于创造了一种新的小说文体，卡波特把它称作“非虚构小说”。在此之前，很多作家在写作过程中或多或少掺杂虚构成分，卡波特之所以称《冷血》是“非虚构小说”，首先是因为它是根据真实案件写作的，其次是因为吸收了新闻写作的很多技巧，只陈述事实而不做评价。这种新的文体写作既具有真实性、可读性，又具有很高的文学价值。这种新的写作方式一经问世，就在美国文学界产生了巨大的影响。“非虚构小说”这个名词由此在文学界占据了一席之地，堪称鼻祖的卡波特为“非虚构小说”（Non-Fiction）作出了巨大的贡献，《冷血》成为美国当代文学的一道分水岭。

长时间的《冷血》创作，差不多耗尽了卡波特的心血，接下来卡波特在文坛上沉寂了几年，但这样的沉寂其实也是卡波特为新的创作在酝酿。在这期间，卡波特将注意力转移到了各种社交活动上，他与上流社会的各界名流往来频繁，成为上流社会的座上宾。在此期间，他一直扬言要创作另一部非虚构小说《应许的祈祷》，直到1975年至1976年，《应许的祈祷》中的四个故事《莫哈维》《巴斯克海岸餐厅》《原姿原态的怪物》和《凯特·麦克劳德》才正式出版。另外，他于1966年举办了当时轰动纽约的世纪派对，各界名流、豪门名媛、富商官宦都穿上礼服，戴着面具来参加这场无与伦比的派对。卡波特还曾涉足电影界，将小说搬上荧幕已经不是第一次。1969年，他的几部小说被年轻导演夫妇Frank Perry与Eleanor Perry看中，意欲将他的三部作品《米丽亚姆》《通往伊甸园的小径》和《一个圣诞节的回忆》改编成电影搬上荧幕，他们与卡波特前来商谈了合作事宜，卡波特将篇幅不长的三部短篇小说经过艺术加工改编成适合拍成电影的剧本。关于为何选择这三部短篇作为电影脚本，原因主要有三点：

第一，三部短篇有相同的背景——曼哈顿、皇室公墓、阿拉巴马的一个农场；第二，主题都围绕着寂寞、爱与缺失爱；第三，都各自重点塑造了一位杰出女性：Geraldine Page、Maureen Stapleton和 Mildred Natwick。1967 年，他改编的电视剧获奖，由此他在电影界也占据了自己的位置。

直到 1973 年，卡波特才继续他在文学上的创作，他的《犬吠》将他以前的作品汇集成册，是他创作完《冷血》后冷寂 7 年的一个小成果。除了《应许的祈祷》《犬吠》和《给变色龙听的音乐》外，晚年的卡波特几乎不再创作，也许是因为在《冷血》这部小说的写作中投入了太多的情感而耗尽了文学才华，卡波特之后的创作已经无法再超越《冷血》。

与许多曾经才华横溢的艺术家一样，卡波特的人生舞台谢幕得并不精彩。不得不承认的是，《冷血》是卡波特的创作巅峰，之后，卡波特的创作走了下坡路。这与卡波特的身体状况和精神状况有关。卡波特为了写作需要，在创作《冷血》的过程中曾大量服用镇静剂，加之他曾经酗酒，甚至有时还吸毒。在这样的情况下，他的身体状况每况愈下，卡波特于 1984 年 8 月 25 日去世。

纵观卡波特的一生，他辉煌过，也失落过；他曾经是众人焦点，但也为此备受争议。他特立独行，我行我素，说出了："只要不是真的，我不在乎别人怎么说我。"① 有人说他是天才，也有人说他是魔鬼的化身，他集天才、名人、酒鬼、瘾君子、同性恋为一身，由此构成了他传奇的人生。

因为卡波特对美国文学的巨大贡献，1967 年，他改编的电视剧获奖，被美国国家文学艺术学院收为成员。

---

① Kenneth T. Reed, *Truman Capote*, New York: Twayne Publishers, 1981, p. 17.

提到卡波特，人们会将他与时尚联系在一起。卡波特身上既体现了文学的深邃，又彰显了时尚的时代性。

卡波特与玛丽莲·梦露的一张合照。

卡波特与美国报业第一夫人凯瑟琳·格雷厄姆。卡波特曾是上流社会的座上宾。

第二节 卡波特小说的研究现状

卡波特的小说是从20世纪70年代开始被译成中文，引入中国已有近50年的历史。随着译作的不断涌现，自20世纪90年代以后，相关的评论文章随之出现，直至今天，文章已达到一定的数量，学者们用不同的方法，从不同的视角切入，使卡波特小说研究不断得到新的生长点。相比较中国学术界而言，国外对卡波特的研究显得热烈得多，研究主要以期刊上的评论文章出现，很少有相关的硕博士论文。总体上看，无论是国内或国外，关于卡波特小说的研究主要集中在对《冷血》《蒂凡尼的早餐》《别的声音，别的房间》等几部代表作上，尤其对《冷血》的研究最为突出，而对其他小说的关注不够，显得有些参差不齐。本节梳理了国外和国内对卡波特小说的研究成果，以此说明选题的依据和意义。

一 国外研究现状

关于卡波特研究，在国外存在大量英文文献资料。其中，在美国纽约市公共图书馆，可以在“人文社会科学馆”分类的“杜鲁门·卡波特收藏系列”里查到卡波特出版的和未出版的所有作品，卡波特为了写作《冷血》所搜集的许多信函、录音资料、杂记、印刷品、艺术品等，以及卡波特同阿尔文·杜威、玛丽·杜威、安德鲁·林登的来信，同家人和朋友的来往信函，如唐纳德·温德姆、约翰·奥谢、杰克·敦菲、约翰·奥谢、约瑟夫·福克斯、艾伦·施瓦茨等。这些资料众多，图书馆专门设立了“杜鲁门·卡波特材料总集索引”，成为研究杜鲁门·卡波特珍贵的资料来源，为研究杜鲁门·卡波特提供了一个极其有效的途径。

另外，在欧美硕博士论文库中，与卡波特小说创作有关的研究共找到五篇硕博士论文。博士论文有：最新的研究要算是2012年帕斯休克和麦迪森所做的分析《一个隐藏的秘密：哈发·李对杜鲁门·卡波特创作〈冷血〉的贡献》，论文的内容是关于哈发·李对杜鲁门·卡波特写作《冷血》时所做的研究的分析，该论文研究的是卡波特的助手哈发·李在写作《冷血》的前期调研过程中所起到的作用，披露了一些卡波特写作过程中鲜为人知的事情；托马斯和哈瑞·奥斯博恩2012年写了博士论文《女人化的男子：自1940年以来美国文学和文化中的女性化怪异现象研究》，该研究是一个现象学研究，里面涉及了卡波特创作中表现出来的女性化怪异现象的一部分内容；华盛顿大学的威尔士和提姆斯在2011年的博士论文《身临其境的小说：现代叙事、新媒体、混杂的现实》中，研究了现代叙事、新媒体、混杂的现实三种手法在小说中的运用，其中便列举了卡波特的《冷血》；帕克和江西克于2006年完成了博士论文《故事讲述和真实讲述：杜鲁门·卡波特、罗曼·梅勒和乔治·荷西的新闻书写的散乱无章的具体运用》，研究指出了杜鲁门·卡波特、罗曼·梅勒和乔治·荷西在新新闻小说中运用了故事讲述和真实讲述的写作手法；耶鲁大学的邓宁 & 米歇尔在 2001 年的博士论文《一个新的阶级：20 世纪美国叙事中的侵占、短暂和拯救》，从叙事学的角度对美国 20 世纪文学进行研究，其中部分内容涉及了卡波特的小说研究。从以上卡波特的博士研究论文来看，多数研究都是部分内容涉及卡波特的创作，缺乏对卡波特小说深入的整体性研究。

另外，国外有一些研究卡波特的专著。汤姆斯·法斯于 2014 年发表了《解读杜鲁门·卡波特》，这是卡波特研究的最新著作，该著作运用了社会学、历史学、文化学等诸多知识对卡波特的主要代表作进行了分析。如夫·沃斯的《杜鲁门·卡波特和其遗作〈冷血〉》，该著作从《冷血》的哥特式风格、文体、非虚构手法等几方面展开，是一部较为深入研究《冷血》的著作。著名评论家布鲁姆 2009 年发表了专门对卡波特小说进行的评论《杜鲁门·卡波特》，该著作集结了众多从不同角度对卡波特小说的重要评论文章，如对《冷血》的不同叙事视角的分析、冷血式的非虚构小说写作方式等。1999 年，乔瑟夫·J. 威尔第麦何和约翰·C. 威尔第麦何一起编写的《杜鲁门·卡波特评论》，该著作针对卡波特不同的代表作进行阐释。如波特·艾默特·龙 2008 年所著的《杜鲁门·卡波特——童年的恐惧》，该著作是一部围绕着童年对卡波特创作影响的著作，里面的内容也是对卡波特主要作品的评论。还有早期的沃伦·富伦斯 1981 年发表的《卡波特》，该著作是从卡波特的短篇小说、浪漫主义小说、新新闻体小说等五个方面对卡波特的著作的评论。学者伽森于 1992 年发表的《杜鲁门·卡波特：短篇小说研究》集结了对卡波特的短篇小说进行的评论。劳伦斯·葛柔伯于 1985 年发表《与卡波特的谈话》，该著作收录了与卡波特的谈话，是一本了解卡波特创作细节的重要著作……

还有一些文章。普夫和威廉·怀特·泰森发表的《噩梦世界里的无拘无束的心灵：杜鲁门·卡波特小说〈别的声音，别的房间〉中的奇异的情感和南方哥特式风格》分析了《别的声音，别的房间》的哥特式风格和人物的情感世界。凯丽·A. 玛氏的《杜鲁门·卡波特小说〈巴斯克海岸餐厅〉中的同情、权威和叙事伦理》，从叙事和伦理的角度分析《巴斯克海岸餐厅》。贝蒂·斯考特在《肤浅：杜鲁门·卡波特和仪式的风格》中分析了卡波特小说《蒂凡尼的早餐》中郝莉的人物形象和小说轻快的风格。卡瑞·A. 考斯基在《非虚构小说的精神病学手册：杜鲁门·卡波特的小说〈冷血〉》中用精神病学分析了小说的主人公。大卫·S. 卡迪尔在《杜鲁门·卡波特的那些年：〈冷血〉中的法律道德》中从法律、伦理道德的视角分析了《冷血》。米歇尔·温艾特在《杜鲁门·卡波特对纪实性小说的贡献：〈冷血〉中的游戏理论困境》用一种新的游戏理论来解读《冷血》……

从国外的研究情况看，对卡波特小说的研究主要集中在对《冷血》《蒂凡尼的早餐》等几部代表作品的研究，缺乏专门对卡波特小说进行深入研究的著作，而文章则站在不同角度对小说进行分析。总而言之，卡波特小说的研究空间还很大。

二 国内研究现状

卡波特的翻译作品，在我国已有近五十年的历史。从 1978 年的《卡波特小说集》《灾星》，到近期的《卡波蒂短篇小说全集》《草竖琴》《应许的祈祷》《肖像与观察：卡波蒂随笔》等几乎囊括了卡波特的全部作品，尤其是小说全部都已翻译成中文，这对研究卡波特起到了重要的推动作用。《盛宴易散：卡波蒂书信》（上海译文出版社），也将于近期出版，这无疑为研究者们提供了详实的资料。就译者而言，有众多优秀的翻译工作者参与进来，包括著名的张寓九、董乐山、杨月荪等，他们辛勤劳动的成果是为我们带来了几十种不同版本的译本，里面不乏优秀之作。其中，卡波特几部重要的作品的译本最多，如《冷血》《蒂凡尼的早餐》《圣诞忆旧集》《别的声音，别的房间》等，有多种版本。广西师范学院叶惠英的硕士论文做了这方面的详细整理，可以参看《杜鲁门·卡波特作品译介对应年份及数量》[①]，图表中列出了1978—2009年对卡波特作品的翻译成果。2009年以后，卡波特的译作有：1.《冷血》，夏杪译，海口：南海出版公司2009年版。2.《别的声音，别的房间》，李践、陈星译，南京大学出版社2011年版。3.《蒂凡尼的早餐》，董乐山、朱子仪译，南海出版公司2010年版。4.《草竖琴》，张坤译，上海译文出版社2012年版。5.《卡波蒂短篇小说全集》，冯涛译，上海译文出版社2012年版。6.《肖像与观察：卡波蒂随笔（上、下）》，吕奇、宋佥译，上海译文出版社2014年版。7.杜鲁门·卡波蒂：《应许的祈祷》，向洪全译，上海译文出版社2014年版……优秀译作的出现为研究卡波特小说提供了重要的基础。

迄今为止，国内对杜鲁门·卡波特的研究资料较少，这为本书的研究预留了很大的空间。

与杜鲁门·卡波特小说创作有关的硕士研究论文有12篇。其中，有6篇是对卡波特主要代表作《冷血》《蒂凡尼的早餐》的研究。最新的关于杜鲁门·卡波特的《冷血》的研究是《创伤再临：杜鲁门·卡波特的〈冷血〉创作》，是2014年重庆大学刘福芹的一篇硕士学位论文，该论文用创伤主义的视角对《冷血》进行了分析。2014年河北大学朱静的《事实与虚构之间——对杜鲁门·卡波特的〈冷血〉的新历史主义解读》，论文用新历史主义研究非虚

---

① 叶惠英：《杜鲁门·卡波特研究在中国》，2010级硕士学位论文，广西师范学院，2010年，第11页。

构小说中虚构性的存在，如何编排材料，将一起谋杀案变成艺术作品。《〈冷血〉中的物化现象研究》是陕西师范大学赵地的硕士论文，论文用物化概念提出了《冷血》反映人与物、人与人、人的自我物化三个方面的问题。《〈冷血〉——后现代语境下的罪与罚》，是2013年兰州大学康蕾的一篇硕士论文，她用后现代非虚构犯罪小说的视角对《冷血》进行分析论证，说明《冷血》具有后现代的“罪与罚”特征。以上是对《冷血》的研究。就对《蒂凡尼的早餐》及其他小说的研究而言，2012年华中师范大学彭琳的《从译者主体性视角看 *Breakfast at Tiffany's* 的两个中译本》，是一篇从翻译视角分析《蒂凡尼的早餐》的论文，分析了译者主体对翻译产生了重要的影响。《从存在主义视角解读〈蒂凡尼的早餐〉》是东北林业大学张宇斐2012年发表的硕士论文，论文以萨特的存在主义视角对《蒂凡尼的早餐》进行解读，得出小说是一部关注人生存状态和精神状态的结论。2013年四川外国语大学颜溪的《论卡波特短篇小说中的二元世界》，论文用对比的视角阐述了卡波特小说中存在的截然不同的两种元素，小说表现出阴暗的一面和光明的一面。论文从小说的人物形象、背景及主题三方面进行阐释。有一篇论文是针对卡波特小说创作的整体研究——《杜鲁门·卡波特研究在中国》，是广西师范学院叶惠英2010年的硕士论文，这是一篇综述性的文章，整理了之前关于杜鲁门·卡波特的所有学术研究成果，包括各种版本的译著、资料和论文，为后人梳理了前人的研究成果。另外，还有四篇论文涉及卡波特小说创作中的非虚构小说、新新闻主义和哥特小说。2003年西北师范大学张儒林的《美国战后“非虚构小说”研究》是一篇分析三部“非虚构”小说特征的硕士论文，其中将杜鲁门·卡波特的《冷血》作为研究的一个重点，分析了其非虚构的创作手法对后世创作产生的巨大影响。2006年广西大学王欢妮的《新新闻主义探析》，论文主要研究了新新闻主义的兴起及其理论内涵，新新闻报道的主要特征、表现手法。2011 年哈尔滨师范大学刘万阳的《〈宠物公墓〉的当代美国哥特式小说特征研究》，以《宠物公墓》为例分析了美国哥特式小说的特征。2009 年吉林大学的王晓姝的《哥特之魂——哥特传统在美国小说中的嬗变》，较为系统地整理了美国哥特小说发展的整个轨迹。

近年来，国内对卡波特小说研究有日益增多的趋势。

对《冷血》的解读有 8 篇文章。《〈冷血〉不“冷”——卡波特及其非虚构写作》，发表于 2012 年第 4 期的《传媒观察》，作者孔令云将卡波特的非虚构写作提到重要位置上。《作家之死——〈冷血〉与它的作家杜鲁门·卡波特》，发表于 2011 年第 12 期的《书城》，作者钦佩。《谁谋杀了作家卡波特》，发表于 2011 年第 6 期的《艺术广角》，作者钦佩，文章认为卡波特的巅峰之作《冷血》消耗了他的灵感，也消耗了他的生命。《美国噩梦——论〈凶杀〉中美国梦的消极意义》，发表于 2008 年《福建省外国语文学会 2008 年年会论文集》，作者李林旭，作品认为美国梦中的拜金主义是造成《凶杀》（又名《冷血》）中凶杀案的根本原因。《体现在卡波特作品〈冷血〉中的博弈论》，发表于 2007 年第 4 期的《天水师范学院学报》，作者张玉堂等，从博弈的角度分析小说中的博弈关系。《解读杜鲁门·卡波特的小说题目〈冷血〉的深层含义》，发表于 2005 年第 4 期的《攀枝花学院学报》，文章指出冷血的不仅仅是凶手，就某种程度上来说美国都是冷血的。《冷血世界的挽歌——T. 卡波特的〈在冷血中〉简论》，发表于 2003 年第 4 期的《深圳职业技术学院学报》，作者司建国。《〈冷血〉：美国新新闻主义之经典》，发表于 2002 年第 1 期《徐州师范大学学报》，作者张素珍，文章归纳了《冷血》的新新闻主义的四个创作手法。

对《蒂凡尼的早餐》的解读有 16 篇文章。《论〈蒂凡尼的早餐〉的消费主义思想》，发表于2015年第4期的《学术探索》，作者杜芳、唐莉，文章指出女主人公郝莉想要从购买珠宝中获取幸福感，实则反映了她对幸福的理解，暗合了马斯洛需求层次理论，体现了消费主义思想。《〈在蒂凡尼店用早餐〉中叙事策略与人物塑造之间的关系》，发表于2012年第2期《湖南社会科学》，作者鲁瑛用叙事学的理论对《在蒂凡尼店用早餐》进行解析，认为卡波特塑造出一个“卡波特式叙述者”，用循环式的叙事结构和人物之间建立起特殊的联系。《从〈蒂凡尼的早餐〉谈现实主义的温情关怀》，发表于2012年第8期的《电影文学》，作者李燕从将温情关怀融入现实主义的角度谈及了《蒂凡尼的早餐》是怎样将文学作品改编成电影。《旅行中的无脚鸟——〈蒂凡尼的早餐〉中郝莉·戈莱特利形象解析》，发表于2012年第27期的《名作欣赏》，作者徐晓飞，这同样是一篇分析郝莉人物形象的文章。《猫的隐喻》，发表于2011年第6期的《时代文学》（上半月），作者李锦艳、席婉儿，文章借猫的形象，分析了两部小说《蒂凡尼的早餐》和《雨中的猫》中女性的社会和角色话题。《畸变的城市，叠加的灵魂——城市小说〈蒂凡尼的早餐〉的精神走向》，发表于2009年第7期的《现代语文（文学研究版）》，文章呈现了小说建构给心灵家园审美叙事的一面。《蒂凡尼早餐》，发表于2010年第10期的《读书》，作者菊惠冰。《浮华中的寻梦人——〈蒂凡尼的早餐〉女主人公的郝莉形象解读》，发表于2009年第24期的《名作欣赏》，作者张丽华，同样是一篇分析郝莉人物形象的文章。《一位被葬送的浪漫主义女性——读〈蒂凡尼的早餐〉》，发表于2000年第2期的《金陵职业大学学报》，作者张素珍。《杜鲁门·卡波特和他的〈在蒂凡尼进早餐〉》，发表于1994年第2期的《四川师范学院学报》（哲学社会科学版），作者潘明元。《卡波特：〈在蒂法尼进早餐〉》，发表于2004年第8期的《中学生阅读》（高中版），作者马原。《电影〈蒂凡尼的早餐〉中女主人公郝莉的女权主义解读》，发表于2012年第20期的《电影评介》，作者曹南南。《真诚收获爱情——〈蒂凡尼的早餐〉女主角穿着心理与行为解读》，发表于2009年第4期的《电影文学》，作者卢亦军。《从女性主义视角解读〈蒂凡尼的早餐〉女主角——郝莉》，发表于2017年的《才智》，作者周靖延，文章从女性主义视角解读女主人郝莉的人物形象。《〈蒂凡尼早餐〉的文化循环》，作者张旎，发表于《常州工学院学报》（社科版），文章借伯明翰学派的“文化循环”下的钻石文化表征过程对小说的文化循环进行分析。《〈在蒂凡尼店进早餐〉中的象征和其自然主义内涵》，作者曹淑娅，发表于2014年的《外国语文》，指出小说运用了大量象征符号来创建自然主义的场景，等等。

对《别的声音，别的房间》的解读有2篇文章。《〈别的声音，别的房间〉的创作技巧与风格探究》是张月亭在2012年11月第39卷《山西师大学报》（社会科学版）上发表的一篇文章，文章认为卡波特将哥特式手法和感伤主义结合起来，描绘出一群处于社会边缘的小人物。《寻找与逃离：〈别的声音，别的房间〉的重复叙事解读》，发表于2017年的《重庆科学院学报》（社会科学版），作者曾薇、刘俊玲，文章从重复叙事视角出发，指出小说具有结构重复、意象重复和场景重复的叙事特征。

对《夏日十字路口》的解读有2篇文章。《浅析〈夏日十字路口〉中女主人公格蕾迪的悲剧根源》，发表于2013年第18期的《青春岁月》，作者李彬、胡静芳、魏强华，文章分析了女主人公格蕾迪因为性格、归属感和家庭三个方面而导致其悲剧的发生。《〈夏日十字路口〉的女主人公解读——兼与〈蒂凡尼的早餐〉女主人公比较》，发表于2009年第9期的《四川教育学院学报》，文章将两部作品中的女主人公进行比较。

对《草竖琴》的解读有1篇文章。《卡波特与其明亮的社会边缘人物形象的塑造——解读〈草竖琴〉》，发表于2008年第8期的《作家》，作者蒋桂红，文章解读了《草竖琴》中弱势的边缘人物——流浪儿与老妇人形象。

分析非虚构小说的有18篇文章。《新时期以来非虚构小说研究述评》，发表于2011年第2期的《郧阳师范高等专科学校学报》，作者张海元、查玉瑶、张文利，这是一篇整体研究非虚构小说的文章，梳理了非虚构小说的发展脉络。《论亚纪实传统和非虚构小说》，作者吴琦幸，发表于2010年第6期的《文艺理论研究》，文章认为中国的亚纪实文学与美国的非虚构小说都是社会发生大动乱后产生，因为受众的阅读心理发生改变而导致文体的改革，两种文体都对后世产生了极大的影响。《西方文学与新闻再思索——斯丹达尔与卡波特写实刍议》，发表于1997年第3期的《桂海论丛》，作者吴锡民指出：斯丹达尔与卡波特在写作新闻素材上既有共同点，又有不同之处。《虚构与事实：战后美国小说的当代性与新现实主义》，发表于1992年第3期的《外国文学研究》，作者程锡麟梳理了美国"二战"后小说的当代性与新现实主义表现出的虚构与事实的原因、特征等方面因素。《试论新新闻主义的由来、形成和发展》，发表于1991年第2期《徐州师范学院学报》，作者张素珍，文章以新新闻主义为对象，梳理了其由来、形成和发展的轨迹。《从人物形象塑造看卡波特在纪实小说中的感情倾向》，发表于2007年《福建省外文学会2007年会暨华东地区第四届外语教学研讨会论文集》，作者张倩，文章指出小说《凶杀》（《冷血》）中所塑造的罪犯佩里集合了纪实小说中存在的客观与主观，真实性与艺术性的矛盾因素。《美国"新新闻主义"的扛鼎之作——评杜鲁门·卡波特的〈冷血〉》，发表于2002年《终结与起点——新世纪外国文学研究》，作者张素珍。《试论战后美国非虚构小说》，发表于1998年第1期的《当代外国文学》，作者程锡麟，梳理了"二战"后非虚构小说产生的背景，主要作家及代表作，主要特征及理论主张。《非虚构小说述评——兼论〈在冷血中〉》，发表于1988年第2期的《外国文学评论》，作者王天明。《论非虚构小说对现实主义文学的新发展》，发表于1988年第3期的《云南民族学院学报》，作者王晶。《当代美国的非虚构小说的艺术魅力》，发表于2007年第1期的《文艺争鸣》，作者张沛沛、刘利华。《美国非虚构小说与现实主义小说叙事语法对比分析》，发表于2004年第1期的《天津外国语学院学报》，作者司建国，文章用叙事学理论分析了美国非虚构小说与现实主义小说的不同叙事语法特征。《美国非虚构小说简论》，发表于1996年第6期的《西北师大学报》（社会科学版），作者司建国。《美国非虚构小说崛起的科技和思想背景》，发表于2005年第1期的《深圳职业技术学院学报》，作者司建国站在科技和思想的角度解读了美国非虚构小说产生的社会背景。《论非虚构小说》，发表于1989年第1期的《中南民族学院学报》（哲学社会科学版），作者聂珍钊。《新新闻主义：六十年代美国文化的产物——兼论其与越南战争的关系》，发表于2002年第4期的《当代外国文学》，作者李公昭、胡亚敏，文章指出新新闻主义的出现与当时美国的文化有很大关联，特别是那一时期的越南战争为新新闻主义的发展提供了一定条件和基础。《新新闻主义研究：理论沿革、历史贡献及发展趋势》，发表于2008年第12期《前沿》，作者徐孜望。《沃尔夫与"新新闻报道"》，发表于1999年第2期的《黄河科技大学学报》，作者董娅莉。

研究哥特式小说方面的文章。《哥特式小说的源流与发展》，发表于1993年第4期的《四川师范学院学报》，作者曾忠禄，文章总结了涉及哥特式小说的共同特点，即小说充满了神秘离奇、阴森恐怖的东西。《荒漠中的恐怖——评美国现当代哥特式小说的主题思想》，发表于1998年第2期的《四川师范大学学报》（社会科学版），作者何木英，文章总结了卡波特、福克纳、麦卡勒斯、奥康纳等美国现当代重要作家笔下哥特式小说的共同主题思想。《哥特式小说：概念与泛化》，发表于2007年第2期的《外国文学研究》，作者黄禄善指出世纪之交西方的哥特式小说表现出的现象与特征。《英美文学之哥特式小说意境赏析》，发表于2011年第12期的《山花》，作者金彦海、杨秀华，以三部小说为例分析了哥特小说的意境。《英美哥特小说与中国》，发表于2005年第4期的《南京师范大学文学院学报》，作者于鲸，文章对英美哥特小说的研究史、接受史进行梳理。《当代哥特文化的内涵、特征及表现方式》，发表于2005年第4期的《西南民族大学学报》（人文社科版），作者回杨，文章指出当代个体文化是游离于主流文化外的消费文化、弱势文化。《从哥特小说的题材流变看其边缘性特征》，发表于2002年第1期的《晋中师范高等专科学校学报》，作者胡明华。《关于美国当代哥特小说》，发表于2000年第1期的《外国文学研究》，作者万俊。《简论哥特小说的产生和发展》，发表于2000年第1期的《国外文学》，作者韩加明。《也谈英美文学作品中哥特因子的表达》，发表于2013年第10期《芒种》，作者刘国荣。《美国南方哥特小说的现代精神》，发表于2000年第1期的《广西师范大学学报》，作者刘玉红。《哥特式小说初探》，发表于1993年第2期的《上海师范大学学报》（哲学社会科学版），作者刘新明。文章从哥特小说的起源、代表作家及其作品的评介到演变做了整体梳理。《浅谈哥特式小说的发展及影响》，发表于2000年第4期的《济宁师专学报》，作者张爱民。《现代哥特小说——哈利波特》，发表于2013年第8期的《语文学刊》（外语教育教学），作者张楠、张希永。《哥特式小说：恐怖电影的文学渊源》，发表于2007年第1期的《当代电影》，作者许正林、殷维。

还有研究其他方面的文章。综合性的文章如：《杜鲁门·卡波特的黑夜小说》，发表在2015年第2期《上海师范大学学报》（哲学社会科学版），作者杜芳，该文章是对黑夜小说的总体性研究。《杜鲁门·卡波特小说的“成长的寻找”主题研究》，发表在2014年10月第5期《昆明学院学报》上，作者杜芳，文章以卡波特小说中的成长主题为切入点，对卡波特小说进行成长主题的分析。《杜鲁门·卡波特小说的故事空间变化》发表于2014年第7期的《学术探索》，作者杜芳，文章指出卡波特的小说运用了三种故事空间变化的叙事策略，分别为：逃亡式的故事空间变化、南方小镇与城市之间的故事空间变化和旅途式的故事空间变化。《杜鲁门·卡波特节日小说中的认知书写》，发表于2016年第2期的《昆明学院学报》，作者杜芳，小说从三个方面分析了卡波特节日小说的认知特征。《杜鲁门·卡波特作品中的孤独情结》发表于2014年第36期的《短篇小说（原创版）》，作者付品晶对卡波特作品中孤独情节的文本基础、原因探析和美学意义进行了分析。《世纪派对：卡波特的黑白舞会》，发表于2010年第11期《董事会》，作者娜斯。文章记录了卡波特在发表《冷血》后举办了一个大型舞会的情况和影响。《比卡波特还要卡波特》，发表于2006年第11期的《新青年（朋友）》，作者姜米粒。《杜鲁门·卡波特文学创作探微》，发表于2003年第2期的《徐州师范大学学报》，作者张素珍。《评张素珍〈杜鲁门·卡波特小说艺术研究〉》，发表于1998年第2期的《徐州师范大学学报》，作者罗笑、梁爱民，这是一篇对张素珍著作的评论文章。《卡波特其人》，发表于1995年第3期的《外国文学》，作者沈东子，这是一篇介绍卡波特及其作品的概述型文章。《一位美国作家的自我毁灭——〈卡波特传〉问世》，发表于1990年第1期的《文化译丛》，作者戴维·盖茨，晓卫译，文章指出杰拉德·克拉克写的《卡波特传》是一部研究卡波特的重要作品。《卡波特传》，发表于1988年第9期的《读书》，作者仲子，这是一篇介绍性文章。《卡波特的时光匣子》，发表于2009年第12期的《新东方英语》（大学版），作者陈榕。研究犯罪方面的小说如《犯罪小说的功能主义解读》，发表于2005年第2期的《天津外国语学报》，作者司建国，借助韩礼德的功能主义学说，对《冷血》进行了语言学分析。研究美国南方文学的文章如《美国南方文化传统与南方文学特征》，发表于2001年第2期的《学术交流》，作者张弘，文章分析了美国南方特有的文化催生了独特的哥特式小说。《杜鲁门·卡波特的悲欢人生》，作者张涵瑜，发表在2017年的《世界文化》，文章概述了卡波特的人生悲喜。

报纸发表的文章主要以非虚构小说研究为主，并兼顾了其他方面。《"非虚构"的内涵和意义》，作者王晖，发表于2011年3月21日的《文艺报》，介绍了非虚构作品的内涵和意义。《非虚构是什么东东》，发表于2013年9月16日的《中国艺术报》，作者李朝全，梳理了非虚构的定义和特征。《非虚构：真命题还是伪命题》，发表于2013年7月4日的《文学报》，作者杨磊。《非虚构写作为何受关注》，发表于2013年6月28日的《文艺报》，作者黄尚恩。《关于"非虚构"》，发表于2012年2月16日的《文学报》，作者李炳银。《非虚构叙事与文学的想象力》，发表于2012年4月23日的《文学评论》，作者孙春旻。《非虚构文学和非虚伪写作》，发表于2011年1月17日的《文学评论》，作者许珊珊。《"非虚构"的内涵和意义》，发表于2011年3月21日的《文艺报》，作者王晖。《非虚构写作为何火爆文坛与市场?》，发表于2011年5月17日的《中国阅读周报》，作者潘启雯。《非虚构，让文学回到现实》，发表于2011年5月25日的《文汇报》。《非虚构视野下的报告文学》，发表于2011年3月21日的《文艺报》，作者龚举善。《虚构的影，非虚构的骨》，发表于2002年10月25日的《中国图书商报》，作者胡继华等。《李敬泽：文学的求真与行动》，发表于2010年12月

9日的《文学报》，记者陈竞。《星闻》，发表于《南方人物周刊》，宣传了获得第79届奥斯卡金像奖中的最佳男主角的影片就是根据卡波特的传记改编而来。《卡波特：冷血告白》，发表于2006年第3期的《世界电影之窗》。《杜鲁门·卡波特访谈录》，作者杨向荣，发表于2011年第2期的《青年文学》，卡波特在其中谈及了自己生活和创作等多方面问题。《卡波特与非虚构小说〈冷血〉》，发表于2007年第10期的《意林》，作者杨新秋。《杜鲁门·卡波特和佩里·史密斯——〈冷血〉侧读笔记》，发表于2011年12月12日的《文艺报》，作者张楚。《卡波蒂的阴郁与凄婉》，作者存磊，发表于《深圳特区报》，等等。

从以上材料可以看出，研究主要集中在几个方面：

第一，主要集中在杜鲁门·卡波特的几部重要作品——《冷血》《蒂凡尼的早餐》《别的声音，别的房间》《草竖琴》上，其中，尤其对《冷血》《蒂凡尼的早餐》的研究最多，这也符合了对重要作品应该重点研究的原则。

第二，研究的着眼点集中在三个主题上。1. “非虚构”小说。“非虚构”确实是卡波特小说的重要内容，奠定了卡波特在文学史上的重要位置，也对后世文学产生了极大影响。2. 南方小说。卡波特曾被视作南方小说的代表作家，他的“南方色彩”自然就被经常作为研究点。3. 哥特式小说。卡波特小说中蕴含的哥特风格不断被视为研究点。

从总体上看，近几年来国内对卡波特的研究热情有增无减，大量译作的涌现给研究奠定了坚实的基础，硕士论文和期刊文章又使研究不断深入，推动了国内对卡波特研究的进度。它们采用新的理论方法来解读卡波特其人其作。而在国外，针对卡波特研究出现了众多的评论文章、著作，西方学界呈现出声势浩大的研究态势，这无疑为研究提供了丰富的土壤。另外，更重要的是，对卡波特小说研究的博士论文的缺席使本书研究显得紧迫且必要，这也是该研究的重要意义所在。

第三节　本书的主要思路及研究方法

一　本书的主要思路

杜鲁门·卡波特的小说创作多元化，并且，他生前曾自己表明，其小说创作变化之中具有一定规律，其整个发展趋势“是螺旋型发展”①，大体上十年或二十年为一个螺旋。也就是说，他的创作特征呈现出四个不同的阶段，四个阶段以十年或二十年为划分点，最终形成一个清晰的创作线索。本书研究这个创作线索，有利于我们厘清卡波特的创作思路，从总体上构建卡波特的整体创作特征及其小说的发展脉络，这是研究卡波特小说的重要问题。

本书的第一章研究的是卡波特的早期（20 世纪 40 年代）小说创作及特点。这一阶段卡波特以创作黑夜小说为主，小说的主人公们表现出不断寻找的状态，这种寻找是对生活的探寻，也是精神上的探索和构建。黑夜小说包括长篇小说《别的声音，别的房间》，短篇小说《米丽亚姆》《无头鹰》《灾星》《关上最后一道门》和《夜树》等。本书研究的主要理论依据是新历史主义、弗洛伊德的人格结构理论及其对梦的解析理论、叙事学、存在主义等。

本书首先对黑夜小说做了界定，将其定义为以反映现代人孤独和恐惧等异化心理的小说类型总称。接着从黑夜型意象群、黑夜型人物形象、黑夜型叙事及黑夜小说的缘起和意义四个方面进行解读。其次，本书指出四部黑夜小说的创作特征，即黑夜小说对纽约城市书写，反映了纽约寻梦的共同主题思想，小说主人公们在纽约

---

① 张素珍：《杜鲁门·卡波特小说艺术研究》，中国矿业大学出版社 1997 年版，第 8 页。

经历了漫漫寻梦之路。本书从纽约幻象、纽约之梦的隐喻和“逃离”纽约三个方面进行解读，从而反映出主人公在纽约寻梦过程中遭遇了人物内心异化。再次，本书对黑夜小说中另一篇重要的小说《别的声音，别的房间》进行分析，指出小说的主题思想是主人公乔尔的成长中的寻找。围绕着父亲的寻找、情感的寻找和文化认同的寻找三个方面，反映了乔尔对自我、本我、超我的探寻，体现出他对精神世界及人生的探索，也同样反映了乔尔在成长过程中遭遇到内心异化并寻找自我的情况。

在第二章中，本书研究的是卡波特的中期（20 世纪 50 年代）小说创作及特点。这一时期，卡波特的创作一扫早期创作中的阴霾，从“黑夜寻梦、成长寻找”转变为“书写浪漫、诠释幸福”。在白昼小说中，本书主要研究对象是《草竖琴》《蒂凡尼的早餐》等小说。该章的研究在文本阐释的基础上，运用消费主义等理论进行解读。

本书的第一节首先对白昼小说进行了界定，然后分别从白昼型人物形象、白昼型表述、白昼小说的缘起和意义三个方面进行解读。第二节则以这一时期白昼小说代表作《草竖琴》作为研究对象，以小男孩柯林的视角，讲述了他与两个表姐多莉和韦莱娜在一起生活所发生的事。小说虽然以“二战”后美国商业社会作为背景，但是并没有将重点放在强调商业和物质层面，而是讴歌了人与人之间心灵交汇的温情之爱和真善美，仿佛给现代人提供了一个心灵栖息地。另外，小说温馨浪漫、抒情的诗意表达，是一曲奏着迷人旋律的浪漫之歌。第三节是对另一部白昼小说代表作《蒂凡尼的早餐》的分析。女主人公郝莉每当“焦虑”时，便想到蒂凡尼珠宝店逛上几圈，她想对国际品牌蒂凡尼珠宝的消费实则展示了她对幸福的理解。

本书的第三章研究的是卡波特鼎盛时期（20 世纪 60 年代）小说创作阶段特征，即“挖掘真实、书写认知”。这一时期，卡波特创作了他的代表作——《冷血》。该小说成为非虚构小说开山之作。本书分析了该小说的成功之处不仅在于引人入胜的情节，更重要的是它揭示了当时美国的一些深层次的社会问题，引起读者深入思考。本书从人身安全主题、金钱主题、犯罪主题，与政治、经济、历史、文化相联系，并结合主人公的成长历程，指出《冷血》对谋杀案事件背后进行了深入挖掘。除了深刻的思想内容以外，本书还指出《冷血》运用了极其高超的叙事策略，即叙事空间、叙事时间、真实作者与隐含作者。叙事时间从文本时间与叙事时间之间的动态关系、时距的变化、频率的转换三个方面进行分析。真实作者与隐含作者则从隐含作者和真实作者的统一、客观真实的可靠叙述两个方面进行分析。本书将《冷血》的内容和叙事统一起来，旨在对《冷血》进行深刻挖掘。除了非虚构小说，本书还研究了卡波特这一时期所创作的虚构小说——儿童题材类小说《圣诞忆旧集》，本书以心理学的认知视角为理论依据，因为里面的三部小说是以节日作为时间背景，本书从主人公巴迪成长过程中的节日里的智慧认知、节日里的道德认知、节日里的环境认知三个方面对小说进行解读，展示出巴迪在成长过程中认知书写的创作特征。从卡波特这一时期所创作的两种不同风格的小说类型来看，卡波特既表现出对非虚构小说的深度挖掘，又表现出对虚构的儿童题材小说认知书写的共同关注，展示出卡波特驾驭不同类型小说的能力，所以这一时期卡波特的小说创作是多元的、深刻的，这一时期的小说创作达到了他创作生涯中的巅峰。

第四部分研究的是卡波特晚期（20 世纪七八十年代）的小说创作特征。这一时期卡波特的小说继续走非虚构的创作路线，总体特征是“挑战世俗、展示风情”。该部分以《应许的祈祷》和《犬吠》两部小说作为研究对象。其中，《应许的祈祷》“将事实伪装成虚构”[①]，小说以美国上流社会的真实生活为题材，围绕着“性”话题，展示了其荒淫堕落的真实一面，本书挖掘性话题背后的深层社会问题，以伦理学为理论依据，从作者对伦理的挑战、小说对伦理的挑战、读者对伦理的挑战三个方面，论证了该小说本身就是一部对伦理的挑战之作。另外，另一部小说《犬吠》是卡波特非虚构小说创作的延续。《犬吠》选择了世界各地的奇闻轶事和各色人物作为描写对象。本书从该小说的人物类型、各地风土人情及其他方面进行解析，分析了非虚构手法在小说中的运用。该部分属于卡波特的晚期创作解读。随着卡波特身体和才思逐渐走向衰竭，他的创作趋于尾声，非虚构小说也走向衰落。

综合而言，卡波特的小说创作呈现出多元化的创作特征，他以非虚构小说为主，并创作了其他多种风格和手法的小说创作类型。从四个阶段对他的小说创作特征进行整理，有利于一方面从宏观上把握他的小说创作脉络；另一方面从微观上深入解读他各个时期代表小说的主题思想和创作手法的具体运用。

二　本书的研究方法

本书运用了叙事学、伦理学、新历史主义、心理学等理论对卡波特小说创作进行综合研究和分析，以卡波特小说创作的各个阶段特征为目标，运用相关理论，结合每个时期的主要代表作品进行具体分析。

---

① ［美］杜鲁门·卡波特：《卡波蒂随笔（下）》，吕奇、宋金译，上海译文出版社2014年版，第689页。

第 二 章

卡波特早期(40 年代)的小说创作

20 世纪 40 年代，卡波特迈入了其创作的第一个十年，即他的早期创作阶段。早期的十年是卡波特处于人生和创作的起步阶段。卡波特遭遇了悲惨的童年，之后卡波特从南方初到纽约，生活和事业都屡遭不顺，他在写作过程中难免将自己充满孤独和恐惧的心理投影到小说中。除了个人经历，当时的社会正处于资本主义工业化浪潮对美国社会激烈冲击之下，“社会的动荡变迁、阶级的沉浮分化、传统的价值观念和道德观念的分崩离析，人的命运不可知，进入现代社会的南方人不仅面临物质上的困顿，而且濒临精神危机。资本主义的‘文明’腐蚀、吞噬着一个个尚未有思想准备的纯朴的小人物。”[①] 在种种困境之下，作为社会一分子的卡波特在这个十年处于一种极其苦涩和孤独的状态中，他将所思所想诉诸笔端，于是，黑夜小说应运而生。

黑夜小说包括五部短篇小说，分别是《米丽亚姆》《无头鹰》《夜树》《灾星》《关上最后一道门》，以及一部长篇小说《别的声音，别的房间》，这六篇小说都表现了现代人的异化心理，如同在孤独和恐惧的黑夜中对人生的探寻，和在成长过程中的寻找，小说围绕着“黑夜寻梦、成长寻找”展开，这些小说收录在《夜树及

---

① 张素珍:《杜鲁门·卡波特小说艺术研究》，中国矿业大学出版社 1997 年版，第 3 页。

别的故事》中。黑夜小说或者勾勒出人物孤独和恐惧的内心世界，表现出主人公在纽约大都市奋斗过程中的失意与迷茫，或者在《别的声音，别的房间》中少年乔尔在成长过程中寻找自我，克服异化心理的成长历程。

这一时期虽然是卡波特创作的起步阶段，但卡波特的才华最终绽放出耀眼的光芒。《米丽亚姆》于1946年获得了欧·亨利奖，《关上最后一道门》也于1947年使卡波特第二次荣获欧·亨利奖，卡波特在文学界有了自己的位置，也预示着他在“黑夜”之后必将迎来光明的“白昼”。

第一章是总分结构。第一节为综述性介绍，笔者先界定了黑夜小说，然后分析了黑夜小说的特征、缘起和意义。第二节以四部黑夜小说（《米丽亚姆》《无头鹰》《灾星》《关上最后一道门》）的共同视角“纽约寻梦”进行分析，表现出城市边缘人在纽约寻梦。第三节则是对最主要的黑夜小说《别的声音，别的房间》进行分析，说明主人公乔尔的成长是一个寻找自我的过程。

第一节　黑夜小说

黑夜小说[①]，即卡波特20世纪40年代创作的一种小说类型，是以反映现代人孤独和恐惧等异化心理的小说总称。之所以称之为黑夜小说，是因为此类小说带给读者黑夜般寒冷、压抑、让人倍感孤独恐惧的感受，这也是黑夜小说的主要特征。“作品充满幻想与现实的矛盾、情节离奇怪诞、神秘恐怖。作者认真地探讨了人的心理激变、童年的恐惧经历的缘由。”[②] 黑夜小说具有哥特小说怪异奇特的特征，因此常常和哥特小说联系起来。黑夜小说包括《别的声

---

① 学界将卡波特20世纪40年代的小说称之为黑夜小说。

② 张素珍：《杜鲁门·卡波特小说艺术研究》，中国矿业大学出版社1997年版，第2页。

音，别的房间》《米丽亚姆》《无头鹰》《灾星》《关上最后一道门》和《夜树》等。

卡波特的黑夜小说中存在一系列黑夜型意象群，正因为有了这些意象，让读者在阅读过程中感受到如黑夜般的恐怖、孤独。研究这些意象，有助于我们理解卡波特早期小说的思想内蕴。并且，小说塑造了一系列黑夜型人物形象，这些人物有的真实存在，有的只是一些幻象，存在于主人公的潜意识中，但都如幽灵般紧紧尾随在主人公身后或存在于主人公脑海中，让他们无法逃离。另外，小说还运用了黑夜型叙事策略，如小说运用了循环叙事，让故事的发展处于一个又一个循环之中，增加了小说的黑夜氛围。并且，黑夜小说的产生与卡波特自身的经历和当时的社会有密切联系，具有一定的现实意义。

一　黑夜型意象群

卡波特善于运用多种意象来刻画人物的心理感受和心理变化的过程。这些意象包括黑夜、雪、火车、画、镜子、白玫瑰等。这是一种侧面烘托人物心理的表现手法，通过这些意象，让读者由物及人，感受到小说中人物内心世界丰富情感，让黑夜小说的特点得以显现。

（一）黑夜

黑夜小说，顾名思义，黑夜是其使用最多的意象。黑夜代表了冷寂、静谧，与白昼的热烈和明亮相对，人在黑夜里常常感到压抑、沮丧、迷茫、孤独和恐惧，甚至觉得丧失了方向。在中国古诗词中，有很多诗句与黑夜有关，如张继的《枫桥夜泊》："月落乌啼霜满天，江枫渔火对愁眠。"王建的《十五夜望月》："今夜月明人望尽，不知秋思落谁家。"诗词中的月落、月明自然表明时间是夜晚，夜晚与愁、思联系在一起，让诗词弥漫着一股浓浓的孤寂之感。卡波特的黑夜小说与黑夜紧密相连，小说或者发生在黑夜里，或者与黑夜有关，黑夜已经成为传达作者思想感情的重要意象。

例如，《夜树》整个故事的时间都集中在一个夜晚，即凯在火车上的那个晚上。夜晚既是小说发生的背景，同时也奠定了小说的整个基调。小说的氛围仿佛被黑夜笼罩，气氛压抑得让人透不过气。另外，小说将黑夜与死亡联系起来。与凯邻座的两个人是以表演活人被埋为职业，生与死在他们看来仅仅是一场游戏，小说用调侃的语言实则探讨了人类永恒的话题，为小说增添了许多深沉和厚重。

在《别的声音，别的房间》中，乔尔和伦道夫在云朵旅馆的那个夜晚标志着乔尔完全屈服于伦道夫。小说描写了树木的变化，甲虫、凋落的花朵、在大雨中的桐树叶等，一切显得异常落寞，那个夜晚隐喻了“向夏日和童年告别的典礼”①。在那个夜晚，乔尔的恐惧与绝望的心理达到顶点。

（二）雪

在黑夜小说中，雪经常出现在卡波特的笔下，冬日里的皑皑白雪带给人们的是寒冷、孤寂之感，可以作为最好的背景烘托出人物的心理感受，也可以将之视作悲剧命运的铺垫，是黑夜小说另一个重要的意象。“恶劣的天气（雪天）对主人公产生了很大的影响，主人公发现自己的处境如同天气一般，无法逃离这般恶劣的处境。”②

在《米丽亚姆》中，雪作为故事的发生背景，预示着主人公的命运。米勒太太初次邂逅米丽亚姆便是在一个下雪的夜晚。他们去

---

① 张素珍：《杜鲁门·卡波特小说艺术研究》，中国矿业大学出版社 1997 年版，第 22 页。

② Robert Emmet Long, *Truman Capote—Enfant Terrible*, New York: The Continuum International Publishing Group Inc., 2008, pp. 16 – 17.

电影院看电影，这个女孩让米勒太太感到是那么的熟悉并与众不同。自她们俩人在电影院分开之后，下了整整一个星期的雪。“在这片笼罩一切的静寂中已经没有了天地的区别，唯有雪花在风中飞舞，为窗玻璃镀上了一层寒霜，使室内的温度急剧下降，使整个城市失去了色彩和声音。”[①] 在这样的一种恶劣天气下，米勒太太家的门铃居然响个不停，开门一看，居然是女孩米丽亚姆，寒冬腊月里她身上只穿了一件白丝裙，显得那么的怪异。米勒太太虽然觉得米丽亚姆很怪异，可还是不由自主地去帮忙买了米丽亚姆喜欢吃的杏仁蛋糕和樱桃，等她回到家，雪花已经纷纷扬扬、遮天蔽日地下起来了，她的脚印也被大雪掩埋了。雪成为整个小说的主要天气背景，这烘托了米丽亚姆的怪异行为，也凸显了米勒太太的内心世界如同这满天飞雪的天气一般，寒冷且孤独。并且，雪的颜色是白色，白色带给人冰冷纯洁之感。白色已经成为《米丽亚姆》中的主要色调，花瓶里插着白色的玫瑰，米丽亚姆身穿白丝裙。白色与雪的组合，进一步强化了人物内心当中的孤独与恐惧。

在《灾星》里，西尔维亚卖梦之后，再加上看到唯一的好朋友和爱人奥莱利被捕，绝望的她病倒了，那晚有一场很大的暴风雪，“房顶、空地、远处，全都白茫茫一片”[②]，雪象征着她生存的艰难和一无所有的境地，也代表了她绝望的心理。

（三）火车

在卡波特笔下，火车隐喻了孤独、恐惧和死亡，火车成为故事的主要发生地或逃离现实世界的主要交通工具，火车上的世界是一个现实与幻想所交织的世界。《夜树》便讲述了一个在火车上发生的故事，火车与恐惧及死亡联系在一起。小说开篇，姑娘凯在火车

---

① ［美］杜鲁门·卡波蒂：《卡波蒂短篇小说全集》，冯涛译，上海译文出版社2012年版，第52页。

② 同上书，第208页。

站台等火车，接着，火车“从黑夜中奔驰而来”[①]。小说开篇便设置了这样一个冷寂的场景。凯登上火车，火车已经坐满了，只剩下一个位子，凯似乎没有选择。坐在她对面的是一对怪异的男女。这对男女使尽各种手段，极力向凯推销护身符。无论凯怎么躲避，她始终逃离不了这两人，她的命运仿佛这辆火车，虽然一路前行，但却无法选择前行的方向，只能沿着轨道，在黑夜中向前。“如同火车昏暗的内部，火车预言了前方超现实的旅途。”[②] 另外，火车隐喻了死亡，小说中多次提到死亡，凯上火车的原因是去参加叔叔的葬礼，坐在凯对面的那对男女是以表演活埋死人为职业，并且，火车是一个封闭的空间，这种特征刚好与棺材的形状一致，火车前行的终点仿佛已被预设为死亡之地。

火车在《关上最后一道门》中是主人公沃尔特逃离纽约的交通工具。他在纽约遇到种种磨难后，从纽约坐火车到萨拉托加，在火车上，沃尔特做了许多梦，具有隐喻色彩，意味着他被所有人抛弃，感到无比的孤独与害怕。并且，他在火车上邂逅了一个身带残疾的女人，他们两人一起结伴下了火车。由此看来，火车又成为孤独的人相聚的场所。

（四）其他

卡波特黑夜小说中还存在其他意象，如镜子、画、电影、白玫瑰、金丝雀、电话、鹰等。

在《无头鹰》中，画、电影和鹰是另外三个具有深刻隐喻思想的物体。小说的主旨通过画传达出来。D. J. 与文森特的相遇便由画引起。当 D. J. 拿着自己的画到文森特所在的画廊准备去卖时，文森特看到画后便被深深吸引，“一个没有头的形象身上穿一件僧

---

① ［美］杜鲁门·卡波蒂：《卡波蒂短篇小说全集》，冯涛译，上海译文出版社 2012 年版，第 97 页。

② Helen S. Garson, *Truman Capote: A Study of the Short Fiction*, New York: Twayne Publishers, 1992, p. 4.

侣一样的长袍，得意地斜倚在一个俗气的杂耍表演的箱子顶上；她一只手拿着根冒着烟的蓝色蜡烛，另一只手上是一个微型的黄金笼子，她被斩下的头鲜血淋漓地躺在她脚下：是那个姑娘的，这个头，可在画上她的头发是长的，很长很长，有一只雪球般的小猫睁着两只水晶般喷火的眼睛在顽皮地用爪子挠她的头发，就仿佛那是一个线轴，散开来的线束。一只鹰的双翅，无头鹰，胸部猩红，鹰爪如铜，就像夜色降临的天幕般遮住了整个背景。”[①] 文森特之所以被这幅画吸引，是因为他对这幅画的内容产生了共鸣，“文森特禁不住机灵灵地打了个冷战，那感觉就仿佛偶然间的一个乐句一下子激起了内心深处一个共鸣的音符，或者一行诗句一下子击中了他深藏在心底的心弦：他感觉一股强有力的愉悦的寒战顺着他的脊柱奔涌而下。”[②] 画中的无头鹰，其实就是文森特和 D. J. 现实生活中的真实写照，印象派的绘画手法实则代表了他们在生活中迷失方向、丧失自我的状况。另外，小说中 D. J. 最喜欢做的事情便是看电影，电影具有了深刻的隐喻，电影能让人暂时摆脱世间的烦恼，洗涤自己的灵魂，“因为在电影院里，观看着黑与白的形象不断变化的时候，他感受到一种良心的清偿，那感觉就跟一个人向他的父亲坦白忏悔庶几相像。”[③] 还有小说中多次出现鹰的意象，鹰既是文森特和 D. J. 的物化形象，没有头意味着没有方向，又是对文森特恶行的惩罚者，在文森特的梦中，鹰让文森特在劫难逃。

《别的声音，别的房间》里的镜子，可以透视出人物的处境，或者照出真实的自我，具有深刻的隐喻思想。如乔尔在庄园中照镜子，“他走向自己飘在镜里的影子，镜面蒙着一层水汽，镜子里他的那张脸没有形状，阔嘴独眼，好像是被烤软了的蜡像，嘴唇是模

---

① ［美］杜鲁门·卡波蒂：《卡波蒂短篇小说全集》，冯涛译，上海译文出版社 2012 年版，第 120 页。

② 同上。

③ 同上书，第 132 页。

糊的线，眼睛是圆瞪的泡。”[①] 暗示了乔尔来到庄园后的命运，人物形象的变形隐喻了他在庄园将要经历一种非常态的生活。而伦道夫在自己房间里照镜子，“在镜子中的人不是伦道夫，而是他想模仿的什么人”[②]。指出伦道夫的生存方式，他已经丧失了自我。当乔尔多次想逃离伦道夫的魔掌而以失败告终时，他发现伦道夫其实就如幽灵般在他左右，“镜子闪着光，像一只肥大的水母，外面的那个人影模模糊糊、水汽腾腾地映在镜面上。”[③] 小说中的镜子的功用是：“它们（镜子）可以将我们浪漫化”[④]，也可以让我们“确认身份。”[⑤] 一语道破镜子的两个功能：对人物形象进行加工或反映人物真实的一面。

还有白玫瑰、金丝雀。《米丽亚姆》中的白玫瑰，孤傲冷漠，有让人无法靠近之感。还有那只唱歌的金丝雀，米丽亚姆到了米勒太太家后居然让它在深夜唱起了歌，让人感到无比怪异。

电话。《关上最后一道门》中的电话，小说中无论沃尔特去到哪里，总有一个电话紧紧跟随着他。电话是现代社会的常见物，电话看似将人与人之间的距离拉近，其实很多时候，这种只闻其声不见其人的通信方式让繁忙且压力大的现代人时常有被孤立之感。

火。《夜树》中凯为了点香烟，她拿着火柴无论怎么点火都点不着，在那辆行驶在黑夜中的火车上，火是一个隐喻，代表着光明与希望，点不着火，意味着凯找不到任何的希望和温暖，她面对的只有孤独和寒冷。

作家的意象选择因人而异，不同的作家会选择不同的意象来表

---

① ［美］杜鲁门·卡波蒂：《卡波蒂短篇小说全集》，冯涛译，上海译文出版社2012年版，第70页。

② 同上书，第156页。

③ 同上书，第221页。

④ 同上书，第156页。

⑤ 同上。

达自己的思想意识。卡波特选择了带有浓重阴郁气息的意象群，其目的是从侧面衬托出人物内心的孤独和恐惧等异化心理。这些散落在小说当中的黑夜意象如同一些点，将这些点连接起来便形成了一个意象图，图中展示了卡波特早期的创伤记忆和思想感情，这是黑夜型意象群的作用之一。意象的特点在于它属于婉转的表达方式，卡波特正是运用这种方式将想要表达的含义深刻化和隐匿化，从而最终表现了现代人思想异化这一现象，这是黑夜型意象群的另一个作用。并且，黑夜小说本身便需要营造一种黑夜氛围，黑夜型意象群所具有的隐喻功能较好地起到了制造氛围的作用，如黑夜、雪等意象本来就让人感到寒冷和孤寂，这比直接陈述寒冷和孤寂更形象，这是黑夜型意象群的第三个作用。最后，黑夜型意象群所具有的丰富意蕴可以从不同的方面进行阐释，从而使小说具备了多种阐释的可能，如对镜子的意象解读有多种，这是黑夜型意象群的第四个作用。以上种种都显示出卡波特的匠心独运和深刻体悟，他已经不能仅仅满足于平淡无奇的写作方式，黑夜型意象群的使用使读者得到了一种通感式的阅读体验，例如，读到雪就可以让读者在脑海中浮现出雪的颜色和冰冷的质感，读到火车就使读者联想到火车的形状和特征，这些都为卡波特书写黑夜小说起到了重要的作用，因此可以将黑夜型意象群视为黑夜小说的一个亮点。

二　黑夜型人物形象

为了突出黑夜小说所表达的现代人思想异化的主题思想，小说塑造了一系列黑夜型人物形象，即幽灵型人物，具体可以将其分为两类：第一类人物在小说中真实存在，但他们行为怪异，似幽灵般飘忽不定；第二类人物只存在于人物的潜意识里或幻象中，但小说中却始终有他们的影子，如同幽灵一般。

第一类人物为生存苦苦挣扎，但可悲之处在于时运不济。这类人物以伦道夫、西尔维亚、米勒太太、D. J. 、文森特等人物为代表。

在《别的声音，别的房间》中，伦道夫就是个幽灵式的人物形象，他鲜为人知的生活方式，成为小说中最为诡异的部分。13 岁的乔尔从新奥尔良不远万里来到南方寻父，他到了庄园后，发现一切都很神秘诡异。其中，最让人感到神秘的人物是 30 多岁的汉子伦道夫，其房间的布置、举止、穿着都表现出女性化特征，他对乔尔关爱有加，让乔尔误以为自己对伦道夫的欣赏和爱慕是正常的表现，之后，乔尔发现伦道夫的眼睛监视着他的一举一动，让他根本逃离不出伦道夫的控制。伦道夫就是一个幽灵式的人物形象，行动诡异，他对乔尔的所作所为和误导让读者禁不住对这个男孩的命运感到担心。伦道夫的性格与举止从一个侧面反映出美国南方 20 世纪 40 年代的南方文化，他性格中具有的阴郁与怪诞具有哥特式人物的特征，他的行为举止是异化心理的投影。

而 D. J. 、文森特、米勒太太三个人则表现为行为怪异，精神被异化，要么像幽灵一般，要么在他们的脑海中时常会有一个如幽灵式的人物出现。

D. J. 便是一个幽灵式人物。她生活在自己的世界里，记不清日期，不愿告诉别人自己真实的名字，她的过去是个谜，并且，她一直口口声声称自己看到了并不存在的德斯特罗尼利先生。有一天，她竟然拿着剪刀，赤脚跑到屋外，并大叫大嚷，说自己看到了德斯特罗尼利先生，让文森特的邻居们受到惊吓，她的怪异行为让人们禁不住怀疑她是不是疯了。当文森特决定与 D. J. 分手，文森特将 D. J. 的行李搬出房间，之后文森特大病了一场。文森特精神恍惚，意乱神迷，虽然与 D. J. 分手了，却发现根本无法摆脱 D. J. 。无论他走到哪里，D. J. 总是紧紧尾随着他，出现在他的视野和生活中，有一次，他朝她大叫，说自己不是德斯特罗尼利先生，D. J. 付之一笑，仿佛全然明白了。D. J. 幽灵般的行为和性格显露无遗。

而文森特之所以对 D. J. 产生爱恋，其主要原因在于他和 D. J. 都同属幽灵式人物。文森特在遇到 D. J. 之前，经常觉得自己要崩溃，他和 D. J. 一样，爱做梦，在处理感情和做事情时总是无法善终，具有和 D. J. 相同的幽灵般的神秘。

米勒太太长时间的独居生活已经让其具有幽灵式人物的心理。她在纽约日复一日、年复一年地过着离群索居且单调的生活，没有他人的关心和照顾，使她陷入一种幻象之中，并在行为和思想上表现出如幽灵般怪异的特征。有一天，米勒太太觉得自己实在忍受不了米丽亚姆，便跑到楼下的邻居家里求救，邻居去她的家里查看后发现空无一人，邻居都认为米勒太太是个怪异的人，精神上已经出现了幻觉。与其说米丽亚姆是幽灵，不如说米勒太太自己就是一个幽灵型人物，米丽亚姆只是她内心世界的外化表现。

还有《夜树》中坐在凯对面的那对男女，外表、职业和行为都很怪异，他们为了让凯买护身符，那个男子像幽灵般地跟随着她，让凯始终逃脱不出他的控制。“他无处不在，那个男巫一样的男人，危险也就无处不在。”[①] 除了凯的一言一行都在这对男女的监视范围中，他们仿佛巫师一般，对凯施加了魔法，甚至让凯神志不清，完全听从他们的指示。凯想逃离这对男女的控制，但都是徒劳，最后她只能听从两人的召唤，乖乖地回到座位上，买了护身符，并且，她像被施了魔咒一般，丧失了自己的意识，她的钱包也被那对男女拿走了。这对幽灵型男女的怪异行为使凯心中产生了无限的恐惧，她觉得自己无处可逃，陷入绝望的心理之中。

第二类幽灵型人物并没有真实存在，他们只不过是主人公幻想

---

① ［美］杜鲁门·卡波蒂：《卡波蒂短篇小说全集》，冯涛译，上海译文出版社 2012 年版，第 120 页。

出来的人物形象，其行为让人捉摸不透，没有任何规律可循。这类人物以《米丽亚姆》中的米丽亚姆、《无头鹰》中的德斯特罗尼利先生为代表。

在《米丽亚姆》中，这个行为与外表都怪异的米丽亚姆让米勒太太感到恐惧，可又离不开她，她熟悉米勒太太的所有情况，始终跟随着米勒太太，最后，米勒太太终于恍然大悟，米丽亚姆只不过是她自己幻想出来的一个人物形象，为了排解她现实生活中的孤独和恐惧，其实就是潜意识中的米勒太太本人，难怪两人连名字都一样。

还有 D. J. 脑海里虚构出来的人物形象德斯特罗尼利先生，让 D. J. 觉得德斯特罗尼利先生无处不在，小说从未具体介绍过这个人物形象，但 D. J. 不断提起他，仿佛他无处不在，无所不知。德斯特罗尼利先生本身就是 D. J. 思想异化的产物，他已经深入 D. J. 的潜意识中无法和 D. J. 分离，证明 D. J. 的思想异化程度不轻。

并且，无论是现实中存在的幽灵型人物，抑或潜意识中存在的幽灵型人物，这些人物形象往往具有一种自我压抑的性格特征，他们常常受到焦虑性情绪的影响，表现出被强迫的、自恋的一面。他们想要逃离惨淡的现实，可又无法真正离开。他们陷入了害怕自我揭露，但又试图展示自我的怪圈当中。这其实反映出他们对自我和社会的矛盾态度。米勒太太害怕米丽亚姆，但又离不开她，说明了米勒太太对自我具有矛盾态度。文森特对 D. J. 若即若离的态度实则反映了他害怕面对自己想要逃离的心理欲求。西尔维亚从一开始愿意卖梦换钱，到发现卖梦导致自己丧失了灵魂，她对卖梦的态度发生了极大改变。还有处于青春期的乔尔在伦道夫的误导之下对伦道夫产生了错误的畸形情感。这些都可以看到潜藏在他们身上的处于自我压抑和自我展示之间矛盾的性格特征。

其实，这种幽灵性格根源于这些人物的生存现状，他们大多生活在社会底层，失业、贫困，无法改变自己命运使他们的精神出现了异化。一方面，他们想要展示自我，获得别人的关注，获得人格和尊严，希望获得成功；另一方面，却发现自己在现实生活中处处碰壁，他们无法改变自己的生存状态，于是，压抑、异化心理随之产生。

无论是第一类幽灵型人物抑或第二类幽灵型人物，都属于思想异化的不同表现形式。第一类属于具体存在的实体，其异化表现在人物的具体行动上；第二类则是以抽象的形式存在，其异化表现在人物的思想上。两类人物形象实质上对应的是具体和抽象，第二类人物可以看作是第一类人物更高层面的表现形式。由此显示出卡波特所塑造的黑夜型人物形象具备了两种不同的表现形式，两种形式互为补充，从而构成完整的黑夜型人物形象。从黑夜型人物形象的作用进行分析，幽灵型人物是表现黑夜小说异化心理的重要途径，也是当代小说中表现具有异化心理的重要人物原型之一。

三　黑夜型叙事

卡波特之所以能够让小说呈现出如黑夜般恐怖的效果，除了在小说的内容方面采用了黑夜型意象和黑夜型人物外，在叙事策略上也运用了独特的叙事手法。

小说采用了循环式叙事，这让读者感受到的是一种言有尽而意无穷的讲述效果，让原本就弥漫着恐怖、怪异氛围的小说更强化了其恐怖和怪异的程度。

循环叙事具体表现为两种情况。循环叙事的第一种表现是，小说中一些关键内容不断出现，形成了一个循环的叙事结构，借以表现人物的异化内心世界。

第一，小说的循环叙事可以由主人公重复的生活状态体现出来。在《别的声音，别的房间》中，乔尔想要逃离庄园这一线索贯穿小说始终，使小说形成一个循环结构。一直想要逃离庄园的乔尔幻想着回家去，尽管他希望有什么奇迹发生，可他终究发现一切都是徒劳，不管他走到哪里，伦道夫的眼睛始终看着他，让读者感到一阵阵不寒而栗。这与小说开篇乔尔千里迢迢来寻找父亲的场面形成呼应，“寻找”和“逃离”这对看似不相关却有着实际联系的行为，既有着因果联系，又揭示出乔尔命运的必然。其实，不仅乔尔如此，很多时候人类的命运又何尝不是一个又一个寻找和逃离的循环？可见，小说揭示的是人类的共同命运，由此升华了小说的思想内蕴。

第二，小说的循环叙事也可以由黑夜型人物不断出现体现出来。如在《米丽亚姆》中，米丽亚姆不断出现在米勒太太的潜意识中，她的如影随形是整个小说的线索，作者欲借她的存在表现出米勒太太心理异化的问题。在小说的结局，米勒太太本以为米丽亚姆已经离开她，当她闭上眼睛，“感觉到一种向上的潮涌，就像个潜水员从某个更深、更绿的深处升上来。在恐怖或是极度紧张的时候，会有你整个的意识都在等待的时刻……‘哈啰’，米丽亚姆道。”[①] 米丽亚姆已存在于米勒太太潜意识中，挥之不去。小说戛然而止，一切留给读者自己去感受和品味，恐怖氛围油然而生，米勒太太的精神异化也淋漓尽致地表现出来。

第三，循环叙事还可以是主人公某种行动的重复。在《夜树》中，女孩凯有三次想要逃离对面男女的行动与经历。第一次是当凯找了一个理由想要离开时，对面的女人一把抓住凯的手腕不让她走。第二次逃跑的机会发生在列车员向她走来时，原本想要换个座位的她却结结巴巴说不出话来。第三次是凯再也受不了了，她离开

---

① ［美］杜鲁门·卡波蒂：《卡波蒂短篇小说全集》，冯涛译，上海译文出版社 2012 年版，第 64 页。

座位想要再次逃离，结果对面的男人跟着她，像男巫一般，并向她招手示意让她回去。凯彻底被打败了，她知道无论怎么反抗都是图劳的。三次逃离的行动形成一个循环结构。并且，恐惧还在继续，并没有消失，恐惧一轮接一轮，像一个旋涡般将主人公深深地吸了进去，人物的异化心理由此显现出来。

第四，循环叙事可以是黑夜型意象的反复出现。《关上最后一道门》中电话的不断响起是循环叙事的另一种表现。自从沃尔特逃离纽约，电话便穿插于小说当中，无论他走到哪里，电话里总有一个声音响起："你认得我，沃尔特。你我可是老相识了。"① 电话的反复响起成了小说循环叙事的表现之一。

第五，循环叙事可以表现为小说的首尾呼应。《灾星》的结局是一无所有的西尔维亚一个人走在回家的路上。这时，刚好有两个小青年从酒吧里出来，这两个小青年就是很久以前西尔维亚在公园里行走时遇到的那两个人，他们两人依然跟在她身后，准备行窃，这与小说开篇的那一幕相吻合，小说首尾呼应，这是循环叙事的另一种表现，通过这种首尾呼应的循环式叙事表现出西尔维亚一无所有后已感到无所畏惧的绝望心理。

循环叙事的第二种表现是小说的结尾并非是已知的、唯一的结果，相反，小说的结局往往给出一个未知的探索，这样的结局可以有无限阐释的空间，这属于另一种形式的循环，这种循环是存在于读者意识上的循环，让读者在掩卷之后感受到恐怖和孤独的氛围还在继续，属于更高级的循环表现形式。

在《米丽亚姆》结尾，原本已经离去的米丽亚姆又重新出现在米勒太太眼前，让米勒太太陷入新的恐惧当中，仿佛新一轮恐惧又将来临。

---

① ［美］杜鲁门·卡波蒂：《卡波蒂短篇小说全集》，冯涛译，上海译文出版社 2012 年版，第 163 页。

《夜树》中的女孩凯在对面男女的蛊惑下买了护身符，身上的手袋也被他们拿走了，她陷入神志不清的状态中，这种恐惧的状态不知还会持续多久。

《无头鹰》的最后，雨中的一幕表现出文森特和 D. J. 两人无法结合但又无法分离的状态，这种状态还将继续，小说提供了一种存在于读者意念中的循环。

《关上最后一道门》中沃尔特无法让自己入睡，他总能听到电话铃声，这铃声已存在于他脑海中，挥之不去，小说戛然而止，读者便在这种状态下继续回味沃尔特恐怖和孤独的心理感受，达到无限循环的效果。

《别的声音，别的房间》中的乔尔虽然想离开庄园，但最终还是无法逃离，他陷入一种心理上的迷茫与恐惧之中，小说以此结尾，更多的是留给读者自己去回味。我们可以推测的是，逃离还将继续，必将进入到新的循环中。

总之，无论是哪一种循环叙事，叙事手法的运用都是对内容的有益补充，循环叙事是小说表现黑夜意蕴的重要方法，这种方法是表现主人公异化心理的具体运用，它可以从叙事手法上进一步突出人物的心理状态，让黑夜小说的内容和叙事得到完美统一。

四　黑夜小说的缘起及意义

卡波特之所以创作黑夜小说，有卡波特自身方面的原因，也有社会方面的原因。

卡波特有一段黑夜般的成长经历，小说是他艺术加工后的童年记忆，因此染上了浓重的黑夜色彩。“恐惧来自于潜意识中的阴暗原型，这个原型源于妖魔化的童年，且受困于童年无法忍受的孤独的暗淡现实。”[①] 卡波特不幸的童年经历造就了他对孤独和恐惧的敏感意识。父母带给他的不是关爱，更多的却是伤害。卡波特的母亲想要改变命运，非常年轻时就嫁给他的父亲，婚姻没有维持多久就和卡波特的父亲离异，两人为争卡波特的抚养权闹得不可开交，最后卡波特判给了母亲，不久之后，母亲去纽约读书并与一个富商结婚。卡波特和父母在一起的时间非常少，他童年多数时间是在阿拉巴马乡下门罗维尔的外婆那里度过，一直到卡波特10岁时，因为母亲不能再生育才把他接到纽约。卡波特目睹了父亲靠与比自己大很多的女人结婚而过着看似“富有风光”的生活，这也让他痛苦不已。并且，据卡波特自己回忆，他的母亲酗酒。除此之外，在卡波特大约两岁时，他经常被母亲一个人锁在新奥尔良的旅馆里，而母亲则跑出去和好友聚会，“我因为无法从屋子里出去而变得歇斯底里。”[②] 幼时孤独和恐惧的经历在卡波特的生命中打上了烙印，对他的创作产生很大影响。除此之外，第二次婚姻也没能让他的母亲得到幸福，她因为卡波特继父的不忠甚至自杀过，这让卡波特感到异常痛苦。可以说他的童年是在孤独和恐惧中度过。除了家庭方面的原因，卡波特在纽约生活的经历也掺杂着太多的痛苦，他在创作黑夜小说时才刚刚在小说界崭露头角，难免迷茫和彷徨，再加上生活的窘迫，成功之路的艰辛，使卡波特时常缺乏安全感，于是，他在小说中表露了自己的心声。

并且，文学作品是特定历史文化下的产物，黑夜小说也不例外。卡波特创作黑夜小说时，美国正值社会变化迅猛之际。在经历了两次世界大战之后，在美国迅速发展的同时，美国人的思想却遭到异化，人们感受到前所未有的孤独、恐惧、焦虑和迷茫。

---

① William L. Nance, *The Dark Stories*, Harold Bloom, ed. *Truman Capote*, New York: Infobase Publishing, 2009, p. 3.

② Lawrence Grobel, *Conversations with Capote*, New York: New American Library, 1985, p. 48.

政治上，美国虽然是“二战”的受益国，但毕竟战争的残酷性使人们看到了生命在战争中是如何被摧残，看到了核武器对世界毁灭性的影响，让美国人生怕自己某一天也会遭遇同样的命运。并且，20世纪40年代末，“冷战”爆发，“冷战”带给人们的恐惧不亚于两次世界大战。麦卡锡主义否定一切、怀疑一切的思想使无数的教授、记者、演员、管理人员都被怀疑与共产党有牵连，很多人在顷刻间便失去了工作、地位、家庭和人身安全，一切都仿佛存在于不确定之中，导致了人们对世界产生了种种幻灭感和恐惧意识，精神上遭遇了前所未有的异化。

经济上，一方面，战后美国经济快速发展，物质得到极大丰盛；另一方面，社会的快速发展导致了一系列问题，社会中各种矛盾凸显，贫富差距不断增大，金钱至上的关系取缔了传统社会中人与人之间的脉脉温情，宗教已经不能完全解决人们的思想信仰问题，精神荒原随之产生。并且，20世纪四五十年代，美国国民收入大幅度增加，大批中产阶级产生，再加上经济繁荣，这些都刺激了消费水平不断提高，人们都愿意花钱购买车子、房子和各种商品，但消费文化随之带来了精神上的焦虑和恐惧，原因是当人们在面对琳琅满目的商品时，过多的选择也会导致焦虑和恐惧产生。

另外，“二战”后的美国社会还存在种族矛盾、性别歧视等一系列社会问题，这些问题在黑夜小说中都有所体现，这些问题也是美国人心理异化的成因。

其实，从卡波特的个人成长经历和社会背景来看，我们不难发现，卡波特的黑夜小说是当时各种因素综合作用下的产物，它不仅仅只是一种小说类型，更是一种文化现象。“卡波特笔下的恐惧实则隐喻了当代美国的文化焦虑，这种焦虑来源于‘二战’后全球责任意识的淡薄，来源于核武器带来的恐惧，来源于家中发生的巨大变化。”①

并且，黑夜小说对后世的创作产生了重要的影响，有着深远的文化意义。

众所周知，文学反映了人的各种状态，心理状态是其中非常重要的一项内容。心理的复杂变化是人类归属于高级动物的标志之一。卡波特的黑夜小说反映的是现代人孤独和恐惧等异化心理，这不仅仅存在于美国，还应该是当时特定历史条件下的一种普遍心理现象，人在快速发展和矛盾重重的社会环境中很容易产生异化心理，而反映这种异化心理的文学作品便成为小说发展的必然。

在卡波特创作黑夜小说之前，便存在大量反映了人物异化心理的作品，如福克纳在其多篇南方小说中便刻画了众多心理异化的人物形象，反映了美国南方受到资本主义冲击之下人物的命运沉浮。因为卡波特的早期作品通常情况下被归为美国南方小说，卡波特本人也承认，他早期作品受到福克纳、韦尔蒂、麦卡勒斯等作家的影响，因此，黑夜小说或多或少承袭了福克纳描写人物异化心理的创作风格。

而在卡波特创作黑夜小说之后，又有一大批小说家创作了反映现代人异化心理的作品。其中，有荣获诺贝尔文学奖的索尔·贝娄，在他中后期的小说中，有一类型是反映当代社会知识分子群体心理异化的作品，如《赫索格》《更多的人死于心碎》等。还有美国当代女作家乔伊斯·卡罗尔·欧茨，她在其小说、剧本、诗集等作品中描绘出当代美国精神异化、道德沦丧的社会现象。由此可看出反映现代人的心理异化已经成为小说的发展趋势之一。

应该指出的是，卡波特的黑夜小说对美国当代文坛具有重要意义，它起到了承上启下的作用，并在美国文坛上占据了一席之地。

---

① Thomas Fahy, *Understanding Truman Capote*, Columbia: The University of South Carolina Press, 2014, p. 25.

并且，黑夜小说展示了美国当代社会的历史与文化，它反映了现代人的精神走向，在今天同样快速发展的社会中具有普遍意义，这也是黑夜小说的价值所在。

第二节 纽约寻梦:黑夜小说中的纽约城市书写

卡波特的黑夜小说表现了主人公的异化心理，其“共同主题是表现现代人的孤独和恐惧。作品充满幻想与现实的矛盾、情节离奇怪诞、神秘恐怖。作者认真地探讨了人的心理激变、童年的恐惧经历的缘由。”① 其中，《米丽亚姆》《无头鹰》《灾星》和《关上最后一道门》是其中重要的四部小说。小说中的主人公都在纽约寻找自我和实现自我，他们大都从美国南方小镇来到纽约或者居住在纽约，在纽约寻梦却事与愿违，结果往往梦碎纽约。小说中充满了孤独和恐惧，表达出现代城市人内心世界的丰富情感，内容都是一些怪诞奇特、荒诞邪恶的故事。尤其需要指出的是，小说中存在着大量梦的元素，这些梦有诸多隐喻，卡波特借助梦将这些主人公的内心想法表现出来。并且，小说表现出强烈的恐惧意识，呈现出如黑夜般的气氛，这恰好符合“黑夜小说”的特征。这四部黑夜小说通过纽约城市书写将主人公的异化心理淋漓尽致地表现出来。

一 纽约幻象

纽约，作为美国第一大城市，其政治和经济地位不可小觑。纽约时常被昵称为“大苹果”，有“好看，好吃，人人都想咬一口”

---

① 张素珍:《杜鲁门·卡波特小说艺术研究》，中国矿业大学出版社 1997 年版，第 2 页。

之意，它被视为梦想之都，对很多移民和外来者而言，那里充满了各种机会，成为美国经济机会最多的城市之一。那里既是逐梦者的天堂，也是失梦者的地狱，卡波特笔下几部小说的主人公就是这样的例子。对他们而言，纽约成为一种幻象，看似美丽，却似水中月镜中花，可望却不可即。

《灾星》里的少女西尔维亚经历了一次纽约寻梦。原来以为的纽约是一个充满新鲜、刺激和丰富多彩的城市，可当她来到那里后，发现情况截然相反。她好不容易在内衣厂找到一份工作，除了认识几个打字的同事外，她几乎没有朋友，没有爱情，拿着低薪，和同事挤在一间小屋子里。西尔维亚可谓是一个被生活挤压的人，她一无所有可又梦想着改变生活。一天，当她得知一个专门收购梦的人便心动了，她觉得自己可以将形形色色的梦卖出去，用卖梦的钱去买一套房子。可殊不知，这个买梦的人，也就是所谓的“灾星”，因为灾星买了西尔维亚的梦，使西尔维亚完全丧失了个性，成为一个真正丧失一切的人。她在纽约的境遇，如同她看到的一个雕像所描绘的情况：“一个石膏做的女孩子……骑在一辆自行车上拼了命地踩；虽然车轮的辐条催眠般飞快地转动，那辆自行车当然仍旧没有丝毫的前进：付出了这么大的努力，那个可怜的姑娘却哪儿都去不了。这的确是人生境况的一个真实写照，西尔维亚真是感同身受，不由得痛彻心扉。”[①] 文字形象地描绘出西尔维亚在纽约生活的悲惨和无助。还有小丑奥莱利，这个曾经走俏一时的小丑，现在靠卖梦过活。他嗜酒如命，生活在虚幻之中，为了买威士忌，不惜去乞讨、偷窃。他喜欢过自由自在的生活，在与西尔维亚的恋情和“威士忌”之间，他选择了后者。在纽约，他同样是一个处境悲惨之人。纽约对西尔维亚和奥莱利而言只是一个幻

① ［美］杜鲁门·卡波蒂：《卡波蒂短篇小说全集》，冯涛译，上海译文出版社 2012 年版，第 204 页。

象，美好生活与他们无关，他们只能在底层世界苦苦挣扎。小说主人公西尔维亚和奥莱利的生存困境是美国20世纪40年代纽约底层劳动者现实情况的缩影。1945年，美国的劳动力市场动荡不安，工人运动此起彼伏，工人们为改善待遇、工作条件进行抗议示威，小说中的西尔维亚在恶劣的条件下生活和工作便是当时纽约工人生活的生动写照。

作为“全球卓越的商业舞台及其重要的知识和艺术中心”[①] 的纽约，社会的快速发展使人们感到人情的淡漠，特别是对长期独居的老人而言，孤独感无法避免。并且，“二战”带给纽约人前所未有的孤独感和无助感，宗教也已经无法完全解决人们的思想和信仰问题。《米丽亚姆》就反映了此类情况。寡妇米勒太太一个人住在位于纽约东河附近的重新改造过的建筑中。有一天她去看电影时遇到了女孩米丽亚姆。米勒太太面对米丽亚姆的非分要求毫无反抗能力，在纽约，“她孤单单一个人……那种尖锐的重压几乎让她不堪承受。在这个大雪掩埋的寂静的城市，就在她自己的房间里，就有着她无法忽视，或者说她无法抗拒的明证，洞若观火，一时间令她震惊不已。”[②] 在偌大的纽约，米勒太太感到孤立无援，由孤独带来的恐惧向她袭来。正因为孤独，才引发了她幻想出米丽亚姆来与她做伴。引发孤独感的原因，除了米勒太太本身一个人独居外，也有大城市方面的原因，可以说，大城市里的独居老人是最为孤独和无助的人群之一。从某种程度上看，米利亚姆可以看作是米勒太太的幻象，当长期孤独的米勒太太得不到温情的关怀和陪伴时，就在自己的脑海中幻想出这么一个虚幻的人物形象。

并不是每一个到纽约奋斗的人都可以较好融入纽约的生活，在

---

① ［美］乔治·J. 兰克维奇：《纽约简史》，辛亨利译，上海人民出版社2005年版，第326页。

② ［美］杜鲁门·卡波蒂：《卡波蒂短篇小说全集》，冯涛译，上海译文出版社2012年版，第56页。

这样一座现代化都市中，那些没有一定生存技能、游离在城市中、居无定所的拼搏者们，很容易迷失在纽约幻象之中，他们更多体会到的是纽约冰冷无情、令人窒息的一面。荣获欧·亨利奖的《无头鹰》是另一则讲述从外地到纽约寻梦的年轻人的生存与情感的故事。D. J. 来自南方，到了纽约后举目无亲，身无分文且居无定所，她为了卖画认识了文森特，文森特对 D. J. 的无头鹰的画产生共鸣，他邀请这个南方女孩与自己住在一起。D. J. 是一个要求简单的女孩，沉浸在自己的世界中，尽管一开始 D. J. 曾询问文森特之前女友的下场如何？而文森特编造了谎言欺骗了 D. J. 。最终，文森特玩弄够 D. J. 后，他找了一个 D. J. 有“神经病”的理由，将 D. J. 抛弃。D. J. 这个想到纽约寻梦的女孩，除了画画外没有其他生存技能，只能将希望寄托在男人身上，可她遇人不淑，最终没能改变她的悲惨命运。而文森特自己也属于这个纽约的失梦人。他自己靠卖画为生，孤独，精神空虚，在遇到 D. J. 之前就觉得自己精神快要崩溃，寄希望于 D. J. 改变自己的生活状态，可当两人在一起时，他发现 D. J. 也无法真正改变和拯救他。他只不过是纽约的另一个无根者，像浮萍一样生活在漂浮的状态中。文森特和 D. J. 的遭遇便是纽约失梦人的典型例子。

使卡波特再次荣获欧·亨利奖殊荣的《关上最后一道门》中的沃尔特是另一个想要到纽约改变命运的奋斗者。小说题目“关上最后一道门”暗示了主人公沃尔特在纽约经历了种种磨难后，跌入了人生低谷，很难再爬起来，生活对他已毫无希望而言，已经关上了最后一道门。不可否认，之所以造成沃尔特的悲惨命运，有他自身方面的原因。他不愿踏实工作，总想走捷径，并且，他缺乏真诚和真心，周围的人都被他当成利用的对象：他来到纽约后认识的第一个人是欧文，欧文是个受欢迎的人，他将沃尔特介绍给他的朋友们，可沃尔特却看上了欧文的未婚妻玛格丽特并占为己有。等玛格丽特与欧文分手后，玛格丽特帮沃尔特在自己所在的广告公司谋到了一份不错的差事，可沃尔特却一心想着如何将玛格丽特挤对走，将她取而代之，等到他真的实现其目的之后，他不忘回到他和玛格丽特的公寓，将自己的东西和原本送给玛格丽特唯一的礼物——一瓶蓝调香水拿走。他转而追求库伯奶制品公司的女继承人罗莎，并借助罗莎建立了很多高层次的人脉资源。为了往上爬，他不惜造谣，毫无道德底线。当人们看清他这副卑鄙的嘴脸时，大家都远离他，他最终被炒了鱿鱼。他的悲剧有他为人方面的原因，可以从别人对他的评价看出："要是每个人都不喜欢你，都跟你作对，别以为他们是蛮不讲理；这都是你自作自受。"[①] 从这句话可以看出他其实有咎由自取的一面。可他自己并不这样认为，他觉得自己没有错，他认为错都源于外部客观原因。他出生于一个让人想逃离的家庭。他初到纽约，一切都从零开始，为了实现他的梦想，他只能不惜手段地利用别人。这样一个野心家，在追求梦想的道路上愈走愈远，最终迷失在寻找的路途中。他被解雇后一人去旅行，从一个地方逃向另一个地方，发现自己竟然孤独无依。并且，总有一个电话不断响起，让他无处可逃。

上述几篇小说刻画了纽约失梦人群像，这些人物要么生活在纽约社会底层，要么从美国其他地区到纽约想要改变自己的命运和处境，虽然怀抱梦想，但心中充满孤独与彷徨，由于种种原因无法过上优渥的生活，甚至活得异常艰辛。经过生活的折磨，他们逐渐丧失最初的信念与梦想。对这样一群人而言，看似充满机遇的纽约变成了一个幻象，他们只不过是纽约的城市边缘人而已。

卡波特对纽约的城市书写，不仅仅停留在表面，而将城市与文化、历史联系起来。"城市不仅仅是一个简单的故事的发生地，它

---

① ［美］杜鲁门·卡波蒂：《卡波蒂短篇小说全集》，冯涛译，上海译文出版社 2012 年版，第 144 页。

融入了作者深厚的思想情感，作者借助城市书写将一座城市在特定历史语境下的社会文化信息有意识或无意识地构建到小说文本中。”[①] 卡波特笔下的纽约，读者读到的不仅仅是人物的悲惨故事，与此同时，读者还可以了解到纽约作为当时世界性的大都市和移民城市，小说所反映的城市化进程可以由城市书写反映出来。只不过与其他作者的城市书写相比，卡波特描摹出现代重压之下的纽约城市边缘人的精神指向和生存现状，在纽约发展的同时敲响了关注纽约人的生存状态的警钟，在繁华拥挤的纽约，主人公们经历了物质丰盛，精神却异化的生存现状，“共同情感的匮乏，急剧的竞争，居无定所，阶层和地位的差异，职业分工引起的个体的单子化，使人和人之间的沟壑加深，在密密麻麻的人群中，个体并没有被温暖所包围，而是倍感孤独。”[②] 小说主人公们的孤独和困惑实际上是那些纽约外来者和底层人民所面对的共同处境。

实际上，小说主人公们的生存处境与历史和文化息息相关。以主人公西尔维亚、奥莱利、沃尔特、D. J. 共同反映的就业问题进行分析。“二战”后的美国，在经历了大萧条后，就业市场疲软，大量退伍军人的涌入，更让就业市场雪上加霜。据统计，仅仅从1945年到1946年，美国失业人口从100万攀升到230万，特别是在纽约这样一个竞争激烈的大都市，大量移民和外来人口增加了就业难度，对于没有生存技能的外来人而言，他们在纽约确实面临着竞争与生存的巨大压力。这样的社会环境和历史造成了这些人心理层面的异化程度提高。一方面，人们对改善生活和孩子教育的要求日益提高；另一方面，战后经济的疲软确是不争的事实，由此造成的孤独感与无助感倍增。

---

① 吴庆军：《城市书写视野下的英国现代主义小说解读》，《外国文学研究》2013年第4期。

② 汪民安：《大都市与现代生活》，摘自《都市社会学》，陈恒主编，上海人民出版社2014年版，第343页。

另外，卡波特还有大量梦的元素出现在小说中，梦是窥见纽约人真实内心世界的最好途径之一。

二 纽约之梦的隐喻

梦是人内心的反映，是现实生活的折射，代表了希望与梦想。在精神分析学家弗洛伊德的著作《梦的解析》中，梦被认为与现实存在紧密联系。在卡波特这些小说中，梦是一个不能回避的内容，除了对现实生活的反映外，有一定隐喻深含其中。梦代表灵魂，是一个人真实存在的表现形式，“梦就是灵魂的思想和关于我们的秘密真相。”① 并且，“卡波特小说中随处有梦的存在……梦不仅仅只是自我和精神的消极反映……梦还创造性地表现了潜意识，并且按照卡波特所言，梦是爱的先决条件。”② 梦是经过加工过的潜意识，能动地反映出主人公们的情感与渴望。

小说主人公的梦发生在纽约，梦的内容或多或少包含了纽约的各种元素。纽约生活所带来的喜怒哀乐映射到梦中，从他们的纽约之梦可以管窥到主人公们丰富的内心世界。

在《灾星》里，西尔维亚去卖梦时遇到曾做过小丑的奥莱利，西尔维亚问奥莱利为什么灾星要收购梦？奥莱利解释说梦能反映隐藏着的灵魂，之所以要做梦是因为有一种强烈的情感要爆发出来。丧失了灵魂的灾星只能靠收购梦来填补自己空虚的灵魂。而失去了梦的西尔维亚等于丧失了自己的灵魂，也意味着丧失了一切。当西尔维亚想要重新找回自己的灵魂时，她在奥莱利的怂恿下尝试去买回自己的梦。可当她去到灾星那里准备将梦买回来时才得知梦已经被灾星用完了。西尔维亚成了一个真正失去灵魂的人。小说中，梦

① ［美］杜鲁门·卡波蒂：《卡波蒂短篇小说全集》，冯涛译，上海译文出版社 2012 年版，第 207 页。

② Ihab H. Hassan, *The Daydream and Nightmare of Narcissus*, Joseph J. Waldmeir and John C. Waldmeir, ed. *The Critical Response to Truman Capote*, London: Greenwood Press, 1999, p. 50.

等同于西尔维亚的灵魂，按照基督教教义，丧失了灵魂意味着死后只能下地狱，那是对罪人的惩罚。

而另一种情况的纽约之梦，是主人公在纽约对情感和生存的寻找之路，折射出他们对纽约生活的真实看法和感受。《无头鹰》中出现了具有隐喻的梦的片段。当文森特梦到自己和 D. J. 看完电影后，眼前出现了“一个没有出口的大厅，一条没有尽头的隧道……他面前是个老人躺在一把摇椅里摇晃，一个头发染黄、面颊敷粉、有丘比特娃娃般嘴唇的老头儿：文森特认出那正是他自己。走开，年轻而又英俊的文森特尖叫着，可是年老而又可憎的文森特却四肢着地向前爬过来，蜘蛛般爬到了他背上。”[①] 并且，其他人也都背着一个老头子，这个片段充满寓意和梦幻。因为“很多人也都背负着他们那另一个恶毒的自我，其外表正是他们内心腐化的化身”。[②] 这里的梦说明了以文森特为代表的人具有两面性——表面的我和真实的我，并且，文森特无法区分出意象的自己和真实的自己，将两者合二为一了。接着，文森特看到了以前的女友们，她们轮番上场，一个接一个和文森特跳舞，代表了她们被抛弃的悲惨命运。还有画中的那只无头鹰，“盘旋着飞到他头顶，然后飞扑下来，鹰爪前伸；他终于知道他是在劫难逃了。”[③] 在梦中，文森特知道自己罪孽深重，无法逃脱惩罚。另一个爱做梦的人是 D. J.，她整天沉浸在对德斯特罗尼利先生的寻找中，以至于让文森特和其他人怀疑她是不是疯了。这个德斯特罗尼利先生在小说中从未出现，也没有关于其背景的任何交代，但可以推测，德斯特罗尼利先生是一个象征符号，象征着纯洁美好的爱情和对爱情的忠贞。显而易见，文森特不是德斯特罗尼利先生，也没能成为德斯特罗尼利先生那样的人。所

---

① ［美］杜鲁门·卡波蒂：《卡波蒂短篇小说全集》，冯涛译，上海译文出版社 2012 年版，第 133—134 页。

② 同上书，第 134 页。

③ 同上书，第 135 页。

以，对 D. J. 而言，梦永远只能是梦。

《关上最后一道门》中的沃尔特离开纽约后，他在去萨拉托加的途中不断做梦，他梦到了他的父亲、库特、玛格丽特、罗莎等人，他还梦到独自一人站在一条荒僻的街上，“除了慢慢驶近的一长列像是送葬的车子以外，根本就没有生命的迹象。而且他还知道，每一扇窗户后头都有看不见的眼睛在观看着他的裸体，他发疯般朝第一辆大轿车挥手致意；车停下来，一个人，他父亲打开车门表示欢迎。爸爸，他大喊，奔上前去，可是车门砰然关闭，生生碾碎了他的手指，而他父亲哈哈大笑，从车窗探出头来扔出个巨大的玫瑰花环。……每辆车都打开车门，然后砰然关闭，全都哈哈大笑，全都扔出玫瑰。车队平稳地驶过寂静的街道，开走了。沃尔特凄厉地尖叫一声，跌倒在小山一样的玫瑰当中：玫瑰的刺划出道道伤口，骤雨突至，灰色的倾盆大雨，打落了朵朵鲜花，也冲淡了叶子上的血迹。”[①] 按照弗洛伊德对梦的解析理论，梦中的裸体代表的是真实的他。向人挥手，表明孤独的他想要寻求帮助，但即使连最亲的父亲都没接纳他，甚至突然关上车门碾碎了他的手指，让他觉得自己完全陷入了绝望无助的境地。他觉得自己被人们嘲笑。还有最后他倒在玫瑰中表明他认为自己已死去。以上这些都表明他认为自己被遗弃，迷失自我和缺乏安全感，觉得自己的生命已走到尽头。这个梦充满了恐怖，让人不寒而栗。另外，他在旅途中不断接到一个陌生人的电话，这个电话甚至打到了他途中偶遇到的女人的手机上。这让故事徒增了许多恐怖色彩，侧面表现出沃尔特内心当中的恐惧。当他甚至在途中遇到的这个带有残疾、丑陋的女人怀中哭着睡了一觉之后，他就再也无法入睡。他觉得“我们在这个世界上孤单极了……这个恶意和怨恨的网络根本就没有尽头，无处穷

① ［美］杜鲁门·卡波蒂：《卡波蒂短篇小说全集》，冯涛译，上海译文出版社 2012 年版，第 159—160 页。

尽。……房间里却有一种寂静感”[①]。由此可看出他内心充满了无限的孤独感，他一度迷失自我，认为自己被完全遗弃。他发出了“为什么”的呐喊！三个连续的“为什么”表明他对生活有太多的怨恨和迷惘。梦已俨然成为沃尔特逃避现实，表达他在纽约生活时的内心恐惧的精神幻化，表明他无法在纽约立足，已经被纽约遗弃的生存状态。另外，沃尔特的恐惧还来源于社会对性别的歧视。20 世纪 40 年代的纽约依然是一个男权社会，男人占据了重要的工作岗位，“二战”后，妇女的地位虽然有所提升，但依然存在女人就应该回家做家务、带孩子的普遍认识，而依靠女人找工作，或替女上司卖命都被视为不光彩之事。沃尔特的上升之路因为依靠了女友和女上司，他自己从心底深处怀有深深的罪恶感和恐惧心理，这反映了当时纽约的城市文化。

小说中随处可见梦的隐喻。这些梦因为发生在纽约，所以其隐喻被赋予了以纽约为代表的城市文化内涵。以纽约为代表的城市与梦之间，构成了一个看似不相关，却有实际联系的整体。城市梦是城市生活的表达，“城市是具体化了的欲望和恐惧，但却是以欺骗性的、伪装的、错位的形式出现的，它与梦一样。”[②] 因为反映的同样是充满欲望、恐惧等情感的现实生活，所以纽约之梦与大多数梦一样，只不过纽约以自身的特点决定了在纽约生活的人们对城市的爱恨情仇。而梦就是这些人物的深层思想状态的生动表达，反映了他们在纽约的生活境遇及他们的所思所想，让读者了解到人物真实的内心欲求，不失为了解纽约社会与文化的一种途径。

小说之所以充满了恐惧和孤独，与美国 20 世纪 40 年代背景

---

① ［美］杜鲁门·卡波蒂：《卡波蒂短篇小说全集》，冯涛译，上海译文出版社 2012 年版，第 163—164 页。

② ［美］史蒂夫·皮尔：《现代城市里的梦游者：梦境中的瓦尔特·本雅明与西格蒙德·弗洛伊德》，摘自《城市文化读本》，汪民安、陈永国、马海良主编，北京大学出版社 2008 年版，第 266 页。

密切相关。"二战"带给美国民众，也包括纽约民众巨大的精神创伤，面对"二战"中做下的种种残忍和罪恶，孤独感和幻灭感油然而生，人们开始反思战争的意义和价值。并且，核武器时代的来临使人们感到巨大的恐惧和担忧，世界在前一秒还是原来的秩序，下一秒很可能就会被改变或破坏，生命在核武器面前变得无比脆弱。"原子弹爆炸所带来的灾难性破坏，远远超过一个大型城市被彻底摧毁，8万人民丧生的惨剧。它同时还毁灭了人们的信仰与最后的精神支柱。"① 如果说战争的伤害是看得到的恐惧，而"冷战"带给人们的恐惧则是无形的。"冷战"的阴霾使人们感到工作、安全、团体、道德都有可能被否定，共产主义思想开始渗透，一切都变得那么不确定，这个时代仿佛就是一个不确定的时代。以上因素导致人们产生了孤独和恐惧意识。美国的大环境如此，居住在纽约的人不可能完全逃离。卡波特善于捕捉时代气息，小说反映的人物不仅仅是个别现象，这些人物梦中表现出来的不确定与恐惧实则代表了那个时代的精神状况。由此可见，小说被赋予了丰富的历史与文化内涵。

三 "逃离"纽约

在纽约的生活使小说主人公们不堪重负，当他们在精神与肉体上承受不能承受之重时，他们选择了"逃离"。这里的"逃离"不一定是真正意义上的离开，"逃离"可以是离开纽约的愿望，也可以是一种精神层面上的放弃，还可以是对纽约所代表的城市文化的否定，属于小说主人公的精神"逃离"。

在《灾星》中，由于西尔维亚出卖了梦，精神上的空虚彻底将她击垮了，她病倒了，并且开始逃避一切，甚至厌世。当奥莱利问

---

① 黄铁池：《当代美国小说研究》，上海三联书店2014年版，第5页。

她如果把梦买回来，西尔维亚准备去做什么？西尔维亚回答说："我会回家去。……这是个可怕的决定，因为这意味着我将放弃大多数其余的梦想。不过如果雷弗科姆先生答应把梦还给我的话，我明天就回家去。"[①] 她的回答反映出她想逃离纽约，回到家乡的愿望，尽管这个愿望意味着她将放弃来纽约的初衷，原本美丽的梦想化为泡沫。而奥莱利同样是一个失去梦想的人，他嗜酒如命，只能靠卖梦为生，还因此被警察追赶，奥莱利和西尔维亚的处境相似，同是天涯沦落人，于是两人萌发了爱情。可爱情并不能解决他们现实生活的实际困难，他们的爱情只能是转瞬即逝。西尔维亚生病痊愈后，奥莱利选择了离开，他选择生活在梦幻中，不切实际的生活代表了想要"逃离"的精神状态。

除此之外，"逃离"的主题思想还表现在小说主人公想要回到童年的愿望。当成人世界已经不能满足主人公的成长需要，逃离仿佛成为必然，而充满童真的童年是美好的象征，可以避开一切痛苦与伤害，成为"逃离"的最好选择。

《米丽亚姆》中的那个怪异的小女孩米丽亚姆本身就是米勒太太童年时期自我的化身。米勒太太第一次见到米丽亚姆时就有异常兴奋的感觉。尽管米勒太太表现出一副厌恶米丽亚姆的态度，她一次又一次想赶走米丽亚姆，让米丽亚姆远离自己，可当米丽亚姆真正远离自己时，米勒太太潜意识中又开始想念米丽亚姆。她下意识地按照米丽亚姆的要求去做，准备了她喜欢的蛋糕、樱桃等，让米丽亚姆进到自己的房间与自己同住。米丽亚姆在具有儿童的意识和行为的同时又具有成人的思维意识，如"她一双淡褐色的眼睛显得非常坚定，不管怎么说都没有丝毫孩子气的特质"[②]，这是关于米丽

---

① ［美］杜鲁门·卡波蒂：《卡波蒂短篇小说全集》，冯涛译，上海译文出版社 2012 年版，第 211 页。

② 同上书，第 51 页。

亚姆外形的描述，都说眼睛是人心灵的窗口，米丽亚姆的眼睛透露出她并非真正是那个年龄段的儿童，相反，她具有成人的思想和行为。后来，米勒太太逐渐意识到其实米丽亚姆无处不在，就是她潜意识中自己的化身，只有她看得见米丽亚姆的存在，“这个小女孩不是别人，而是压制这个女人成长变化的自我，也就是她童年时代的自己。”[①] 两者已经合二为一，无法分离。小说因此更像充满恐惧的噩梦，里面存在有卡波特的恐怖经历，而这些经历通过一些童年的题材表现出来。“卡波特早期（40 年代）故事是噩梦，被一个凶险邪恶的、类似童年恐惧化身的巫师掌控。”[②] 从这些小说来看，恐惧是共同主题，小说认为所有的举动都源自我们自身的恐惧。

《无头鹰》里，在文森特梦境中的那场舞会中，每个人都背着一个年纪大的人，只有 D. J. 身上背着一个“妖媚的金棕色头发的孩子；就像个天真纯洁的象征，那孩子怀里还抱着一只雪球般的小猫。”[③] 侧面写出了 D. J. 宛如孩子般的单纯；另一方面，也说明了她与成人世界的格格不入，与别人形成了强烈反差。D. J. 想要逃离自己的悲惨境遇，她寄希望于文森特或者其他人身上，可最终发现没有人能真正接纳她，她只能恢复到在街上四处流浪的状态中，她的逃离以失败告终。而文森特兼具了施害者和被害者的双重身份。对 D. J. 和那些前女友而言，是文森特的玩弄使这些女孩陷入悲惨的境遇。但另一方面，文森特也同样是纽约的失梦者。之所以与画中的无头鹰产生共鸣，是因为他觉得自己就是那只“无头鹰”，没有方向意味着没有头。他找 D. J. 原本是以为 D. J. 是那个可以医

---

① 张素珍：《杜鲁门·卡波特小说艺术研究》，中国矿业大学出版社 1997 年版，第 40 页。

② William L. Nance, *Variations on a Dream*: *Katherine Anne Porter and Truman Capote*, Joseph J. Waldmeir and John C. Waldmeir, ed. *The Critical Response to Truman Capote*, London: Greenwood Press, 1999, p. 200.

③ ［美］杜鲁门·卡波蒂：《卡波蒂短篇小说全集》，冯涛译，上海译文出版社 2012 年版，第 135 页。

治他的人，可 D. J. 却没能医好他的“病”。当他决定与 D. J. 分手，他将其行李搬出房间，之后大病了一场。他精神恍惚，意乱神迷，虽然与 D. J. 分手了，却发现根本无法摆脱 D. J. 。无论他走到哪里，D. J. 总是紧紧尾随着他，出现在他的视野和生活中。

对于《关上最后一道门》的沃尔特而言，他的逃离是真正体现在行动上的离开。当他觉得竭尽所能去努力，最后一切还是回到原点，他打算离开纽约，去做一次旅行。他从萨拉托加到纽约，从纽约再到新奥尔良。他从一个地方到另一个地方，说明他想要离开纽约，想要寻找一个与纽约完全不一样的地方。

综合以上小说可以看出，当这些主人公来到纽约或者在纽约生活，自然就被卷入纽约的城市文化中。随着纽约的快速发展，城市从某种程度上看被异化了，生活在那里的人自然也被异化了。工业化进程掺杂了罪恶、贫富差距、欺骗等种种弊端，使那些梦想着在这里寻求一席之地的人们感受到空前的压迫和焦虑。“在城市中，容易产生焦虑症、恐惧症、孤独症等。”[①] 卡波特笔下的主人公中，有的对自己的外来背景感到自卑，来到纽约后想彻底与自己的过去划清界限，如《无头鹰》中的 D. J. ，她不愿提及自己来自美国南方的背景，人们不知道她的过去，这种无根状态使她脱离了过去，但又无法融入纽约的城市生活；有的来到纽约后，认为来到了一个展示自己能力的大舞台，为了获得成功不顾一切往上爬，如《关上最后一扇门》中的沃尔特，殊不知这种做法犹如爬一个空中阶梯，根基不稳容易摔下来粉身碎骨；有的在纽约孤独无依，心中在无任何寄托的情况下，只能在脑海中幻化出另一个假我，如《米丽亚姆》中的米勒太太；还有的来到纽约寻梦，却发现难以立足，只能靠卖梦谋生，殊不知最后连自己的灵魂都卖了，如《灾星》中的西

---

① 蒋述卓、王斌、张康庄、黄莺:《城市的想象与呈现》，中国社会科学出版社 2003 年版，第 50 页。

尔维亚和奥莱利。以上都属于城市人的精神被异化的情况，物化的社会侵蚀着人们的思想和情感，或许他们本来想与自己的命运博弈，却发现自己在命运的旋涡中只能是弱者。卡波特并没有将笔停留在纽约的光怪陆离的表象上，相反，他以一个观察家的视角，深刻地挖掘出表相背后以纽约人为代表的城市人的命运沉浮。纽约的繁华带给人们太多的梦幻，等繁华蜕尽之后，浮出水面的是一个充满诱惑却冰冷无情的钢筋水泥的城市森林。在纽约，人际关系相对冷漠，缺乏人与人之间的情感交流，特别是对弱势群体，如果不能较好融入城市生活，便会感受到压迫、孤独和恐惧。另外，纽约发展快速，大量劳动力涌入，可城市并没有建成能够容纳这些劳动力的配套设施，使这些人很难在此生存，茫然与无助感油然而生。对于这些人而言，纽约是他们向往之地，可现实中，他们却沦落为这座城市的边缘人，只能戴着面具生活，“在纽约这个纷繁芜杂的假象世界里，人的灵魂没有固定的面孔，只有面具。”[①] 戴着面具无法活出真实的自己，他们找不到真正意义上的归宿，更像是无根的漂泊者，漂泊于看似繁华的城市中。

总之，卡波特书写了一幅纽约寻梦者的群像图，这些主人公想要在纽约寻找属于自己的一片天空，却发现熙熙攘攘的大城市并非想象中的天堂，当理想受到现实的挤压，往往通过梦境表达出深层的思想和愿望。于是，他们想要“逃离”纽约，“逃离”之一的表现是真正的行动，离开并结束这一切。“逃离”之二的表现是回到童年的愿望，童年的单纯与美好可以将原本沉睡的心灵唤醒，远离世俗的烦恼与忧愁。这些人物对纽约爱恨交织的矛盾态度可以用《北京人在纽约》中的经典台词来印证：“如果你爱他，就把他送到纽约，因为那里是天堂；如果你恨他，就把他送到纽约，因为那

① 李睿、蔡庆：《畸变的城市，叠加的灵魂——城市小说〈蒂凡尼的早餐〉的精神走向》，《现代语文》（文学研究版）2009 年第 7 期。

里是地狱。”纽约以大城市特有的魅力吸引着每一个逐梦者，对于怀抱梦想和逐梦成功的人而言，这里的确是天堂；而对于无法融入城市生活的那些城市边缘人而言，在纽约生存和发展的艰难和无奈使之成为地狱。卡波特的这些黑夜小说正是主人公在纽约寻梦不得的最好诠释。

第三节 《别的声音，别的房间》：成长中的寻找

长篇小说《别的声音，别的房间》是卡波特早期一篇重要的黑夜小说。小说讲述了十三岁的主人公乔尔少年时期的经历，显示了主人公成长过程中所经历的迷茫与探索，由此表现出“寻找”这一成长主题，由“寻找”反映出乔尔成长过程中遭遇心灵异化及如何在成长过程中克服心灵异化的问题。

乔尔在成长过程中的寻找归结起来，落脚为一种精神寻找和克服心灵异化，其含义则是对自我的寻找、对本我的寻找和对超我的寻找。按照弗洛伊德的理论，自我、本我、超我三个概念分别指向人的精神意识的三大部分。“本我”指的是潜意识形态下的思想，代表了人最原始的欲望，不受道德约束。“自我”是由本我而来，指在有意识的状态下负责处理现实世界的事情，由后天形成，负责协调超我和自我。而“超我”则同样是在意识的指导下形成的良知和道德判断，是在社会道德影响之下逐渐形成。三者构成了意识和潜意识。在《别的声音，别的房间》中，乔尔既有成长过程中无法避免的情感懵懂和性懵懂，以及由此而产生的情感追求和尝试，以此较为真实地反映出他们潜意识中“本我”与生俱来的欲望；也有他在显意识状态下“自我”对所处状况的认识和处理；同时，更有他在理性的“超我”状态下对身份的寻找和对文化的认同。三种状

态代表了乔尔对自我精神世界的整体探寻。

一 父亲的寻找

小说讲述了13岁的小男孩乔尔·哈森·诺克斯在单亲妈妈去世后，离开新奥尔良被送到美国南方乡下的父亲那里的一段经历。小男孩乔尔从大城市来到南方乡下，他的生活发生了剧变。迥异的环境，人的观念、行为都和原来如此不同，让乔尔的成长经历了前所未有的改变，精神也遭到异化。随着从新奥尔良到亚拉巴马州的马车不断前行，"乔尔不断地走向梦幻诡异的世界，开始经历一系列孤独恐惧、冒险和爱情，进而揭开了外部的躯壳，直面内心，认识自我和接受自我。"①

乔尔到南方投奔父亲，表面上看，其原因是母亲的去世，其实，这只是导火索。在乔尔的内心深处一直都有着去寻找父亲的强烈愿望。尽管他的艾伦姨妈极力挽留，并为乔尔安排好了生活和学业，但乔尔不改初衷，迈上了去南方的征程。因为在他的内心始终涌动着想要看看自己的父亲究竟是何等人物的愿望。

父亲于孩子，除了血脉相连外，还是孩子的榜样，尤其是男孩的风向标，是男孩在成长过程中的仿照对象。父亲的一言一行，都能在孩子身上留下印记。乔尔之所以坚持去南方小镇寻找父亲，这实际是他深层意识中想要寻找自我和证明自我的行为外化。

那么，乔尔何以如此执着地找寻父亲？这和他特殊的生活经历是分不开的。从乔尔的成长轨迹上看，由于从小父母离异，他一直与母亲生活在一起，他的生活中严重地缺失父爱，也没有一个如父亲般的男性可以作为自己的仿照对象，这种家庭生活现状，难免使他易于陷入一种自我迷失的状态。面对每个人在成长过程中经历的

① 张月亭：《〈别的声音，别的房间〉的创作技巧与风格探究》，《山西师大学报》（社会科学版）2012年第4期。

“我是谁？我从哪里来？”的询问，他想找到问题的答案，但发现答案别人无法给出，于是，这个疑问存留在乔尔脑海中挥之不去。因此，他需要找到自己的父亲，从父亲那里得到自己想要的答案。乔尔作为青春期少年的代表之一，他的自我寻找符合青少年的心理发展特征，“青少年对自我高度关注，他们急于弄清楚‘我是谁’‘我是怎样的人’等问题。他们会从多方面来进行自我探寻……”[①] 对乔尔而言，寻找父亲就是他自我寻找的一种表现，因为在少年的内心深处始终认为找到父亲就等于找到一切问题的答案。

然而，现实中的父亲是怎样的一个人呢？在见到父亲之前，父亲如同一个谜团，乔尔对父亲有着种种猜想。一般而言，父亲在孩子心中，往往以高大伟岸、健康的形象出现，父亲象征着力量。乔尔也不例外，在他的想象中，父亲富有、强壮，他甚至觉得父亲应是一个英雄人物。因此，“乔尔带着崇拜之情在脑海里勾勒着从未谋面的父亲的形象，他乐观地期望父亲在乔尔母亲去世后将会给予他本应该就有的爱、指导和理解。”[②] 然而当真正见到父亲时，父亲的情况却大大出乎乔尔的意料。出现在乔尔面前的父亲，是一个卧床不起、不能说话、靠抛掷红色网球与别人交流的人。面对这样的父亲，乔尔心中有无限的失望与落寞，他看到的是一个连自己生活都无法自理、需要健全的人给予帮助和保护的弱者，于是，他想要从父亲身上寻找自我的愿望顷刻崩塌，对自我的寻找遭遇质疑。在乔尔的潜意识中，他本想要找到一个从精神到体魄都能引导自己正确前行，树立正确的人生观、价值观的引导者，而残酷的现实则是他所寻到的父亲是一个生活的弱者，他在乔尔的生命历程中显然不能担当起引导者的角色。这证明了乔尔由于不健全的家庭生活而使

---

① 何先友：《青少年发展与教育心理学》，高等教育出版社 2009 年版，第 263 页。

② Marvin E. Mengeling, *Other Voices, Other Rooms: Oedipus Between the Covers*, Joseph J. Waldmeir and John C. Waldmeir, ed. *The Critical Response to Truman Capote*, London: Greenwood Press, 1999, p. 100.

他缺失父亲的榜样，从而在成长过程中缺失正面的引导，陷入自我迷失的状态。换言之，正是因为少年乔尔的成长过程中缺失了父亲的角色，才使他在身份寻找中受挫。

创作本是作家心灵的搏动与倾诉。作者笔下乔尔的自我寻找更像是作者卡波特的自我寻找。和他笔下的少年主人公一样，在卡波特的成长历程中，他本人同样经历了寻父之旅。卡波特 9 岁时父母离异，自己被判给母亲抚养，之后年轻貌美的母亲去了纽约与一个古巴商人组建了新的家庭，卡波特则留给住在阿拉巴马乡下门罗维尔的外婆家，直到母亲因为不能生育才将他接到纽约和母亲、继父一起生活，而继父带给卡波特的不是关爱却是更多的伤害。父爱的缺失，让卡波特在成长过程中没有父亲这一男性榜样作为参照，因此他也有身份追问的困惑。从这个意义看，作者笔下少年主人公的寻父，也正是作者个人的寻父，这正如作者自己所说："小说的主题思想是我寻父——那个从深层次来说并不真实存在的父亲。"[①] 的确，无论对乔尔，抑或对卡波特而言，他们最大的遗憾就是未能感受到父亲的关怀和指导，这种亲情渴求更多地存在于梦境之中。乔尔未能见到理想中的父亲，隐喻了卡波特自己未能体验过父爱的现实境遇，父亲仿佛不存在，仅仅是一个想象中的符号而已。

二 情感的寻找

如果说小说主人公的寻父是为了自我寻找，那么，他们在情感方面的探寻，则代表了对本我的寻找，情感的寻找也是解决乔尔内心异化问题的途径之一。

青春期的少年，因其生理心理的发展，对情感、性已有了初步的认识。从心理学的角度看，情感包括爱和性，根据弗洛伊德的理

---

① Lawrence Grobel, *Conversations with Capote*, New York: New American Library, 1985, p. 46.

论，性属于满足本能欲求的自我，受到力比多的驱动，是最原始的生理需求，属于最低级的需求之一。情爱与性爱两者既对立又统一，情爱应是前提，性爱是情爱炽热化的结果，因此两者之间存在着必然的联系。其中情爱又包括同性与异性之间的爱。文学作品将爱情作为一个永恒的母题，就在于他用美的情爱生活表现和展示了人类至善至美之情。作为成长中的少年，也是懵懂的少年，成人对他们有着正确引导和帮助的责任和义务，帮助他们客观地面对这些问题。对此，卡波特在他的作品中，从一个独特的视角书写少年的情感因引导的缺失而带来的畸形发展。

在《别的声音，别的房间》里，处于青春期的 13 岁的乔尔因缺乏正确的引导而产生了对同性伦道夫和对异性伊达贝尔的两种畸形的情感取向。小说中，乔尔觉得继母的堂弟伦道夫与众不同：伦道夫，这个 30 多岁的汉子身上有一种阴柔之美，但他的性格表现出来的女性化特征，又让乔尔觉得不对劲和害怕。随着接触的频繁，乔尔慢慢接受了伦道夫的"与众不同"，甚至觉得他是美丽、幸福、安全的化身。从此可以看出伦道夫对乔尔确实产生了影响。应该说，伦道夫对乔尔产生了误导作用，让乔尔错以为男性就应如此，对伦道夫的认同意味着乔尔对男性特征的错误判断。之后，伦道夫不断破坏乔尔与身边所信任和爱的人之间的关系，使乔尔慢慢孤立起来，一步步陷入无助绝望的境地，最终让其完全屈服于自己，并让乔尔对自己产生了畸形的情感。

如果说伦道夫在情感问题上使乔尔走向歧途，那乔尔与伊达贝尔的关系使乔尔在情感方面的自我寻找完全陷入混乱的状态。具有男孩豪爽性格的伊达贝尔成为乔尔在小镇里为数不多的伙伴之一，他们经常一起玩耍，乔尔对伊达贝尔产生了爱情。可伊达贝尔并不接纳乔尔的感情，并且，他和伊达贝尔的性别角色发生了颠倒。在性别扮演中，伊达贝尔的假装成熟、强势压制住了乔尔的男性位置，使他不得不扮演他并非愿意的女性角色。有一个情节深刻地诠释了这种关系：两人游泳后并排躺下，乔尔想对伊达贝尔表示好感而亲吻了她，可这举动使“伊达贝尔全身紧绷起来。她抓起他的头发，开始猛拉，而当她这样做时，乔尔心中涌过一股强烈而困惑的愤怒。”[①] 他俩开始扭打起来，接着乔尔倒地压在墨镜上面，碎片划破了他的屁股，直到此时伊达贝尔才肯罢休，乔尔觉得自己受到了极大的羞辱。试想，如果伊达贝尔不是那么强势，乔尔能从伊达贝尔身上确定自己本应扮演的男性角色的话，他的情感取向不会错位，而是顺应自己的天性，与伊达贝尔发生正常的异性恋情。所以，从某种意义上看，正是伊达贝尔的强势情态将乔尔一步步推向了伦道夫。

三 文化认同的寻找

卡波特的小说除了涉及主人公自我、本我的寻找外，还有一个重要的超我的寻找，即文化认同的寻找。

“文化认同是指对一个群体或文化身份的认同感，或个体受其所属的群体或文化影响，而对该群体或文化的认可或赞同。”[②] “这种认同往往通过人们使用相同的文化符号、遵循共同的文化理念、秉承共有的思维模式和行为规范表现出来。”[③] 文化认同一般被认为存在于不同国家、民族之间，其实，同一个国家也因为地域的差异存在文化差异的问题，不同地点的转换造成了文化是否认同的问题。文化认同属于超我认识范畴，归属于上层建筑中的道德和文化领域。超我的形成往往受到社会文化道德规范的影响。

---

① ［美］杜鲁门·卡波特：《别的声音，别的房间》，李践、陈星译，南京大学出版社 2011 年版，第 150 页。

② 涂浩然、卢丽刚：《全球化时代文化认同建构中的中国国家文化安全》，《前沿》2011 年第 7 期。

③ 赵菁、张胜利、廖健太：《论文化认同的实质与核心》，《兰州学刊》2013 年第 6 期。

卡波特的小说涉及美国南方特有的文化，这成为卡波特小说中独特的元素之一。而是否认同南方文化，也成为作家笔下主人公自我寻找中的一个重要部分，由此成为作家作品的又一特点。

美国南方在南北战争战败之后，无法摆脱农业社会的桎梏，重农轻商在一定程度上影响了南方的发展，“罪恶感、挫败感、经济落后、道德沦丧成了南方生活中的阴影，而对过去的怀念，对新南方的憧憬，对南方这块土地的眷恋，使南方知识分子总处在爱与恨、回忆与梦想、骄傲和恐惧、执着与怀疑的冲击中，20 世纪 20 年代以后的南方文学就是这种思想心态的表现。”① 南方具有自身特征，“南方经历了战败、耻辱和贫困，这些是特殊的经历，不被美国其他地区理解。”② 卡波特在南方特有文化的影响下，塑造了一批具有南方特征的人物形象，在《别的声音，别的房间》里，骷髅小镇里的人物形形色色，呈现出阴暗、怪异、特立独行的性格特征，“作品中的人物形象常常与世隔绝，生理或心理是畸形变态的。”③[10] 在小镇里，继母对乔尔冷漠，行为让人感到怪异；伦道夫性格阴柔，几乎不与外界接触，独自生活在自己的房间里；管家佐无法真正融入白人社会，内心压抑，行为孤僻古怪；还有老黑人车夫、车夫的孙女密苏里……大多数人物以南方特有的行为方式登场、表演，在小镇这个舞台上上演着一幕幕南方式生活图景。一方面，乔尔感受到的是与自己童年生活之地新奥尔良是那么的不同，他看到了农奴的存在，看到了农业社会的生活方式；另一方面，他看到白人与黑人之间的地位差异，黑奴一般在底层劳作服务于白

---

① 卢睿容：《唱一首永恒的南方之歌——试比较福克纳、韦尔蒂、奥康纳对南方的解读》，《湖北社会科学》2005 年第 4 期。

② William L. Nance, *Variation on a Dream: Katherine Anne Porter and Truman Capote*, Joseph J. Waldmeir and John C. Waldmeir, ed. *The Critical Response to Truman Capote*, London: Greenwood Press, 1999, p. 198.

③ 卢畅：《从福克纳小说看南方文学》，《文学界》（理论版），2010 年第 12 期。

人，管家佐、老黑人车夫、车夫的孙女密苏里就是代表，他们对女主人，也就是乔尔的继母言听计从，不敢有丝毫怠慢。

在卡波特笔下的另一篇同样反映儿童成长题材的《一个感恩节》中也存在着成长中儿童的文化认同的文学表现。巴迪从南方小镇来到新奥尔良与父亲过圣诞节，他经历了美国城市文化和美国南方文化两种不同的文化：新奥尔良代表了美国城市文化，这里经济发达，物资丰富，人们崇尚金钱和成功；南方小镇代表了美国南方文化，经济相对落后，以农业为主，宗教成为人们主要的意识形态，重视血缘、邻里之间的传统情感。巴迪来到新奥尔良，尽管父亲希望巴迪过来和自己一起生活，并为他买了喜爱的飞机模型，可还是没法改变他不接受以新奥尔良为代表的城市文化思想，他时常想念自己的好友，圣诞节一结束便回南方小镇去了。在文化认同的寻找问题上，巴迪显而易见是倾向于南方小镇为代表的南方文化。

正是因为乔尔和巴迪在小镇上接触的人都受到了南方文化的影响，使他们在接触人和事时遇到了是否认同南方文化的问题。由于他们在新奥尔良和南方小镇都有过生活经历，因而有了不同的感受。两种文化截然相反，碰撞冲突在所难免。

对于仅仅13岁的乔尔而言，由于母亲去世，他离开新奥尔良，但离开并非是对新奥尔良所代表的城市文化的不认同。而当他在骷髅镇生活一段时间并想逃离后，他看似是出于抵触庄园的人和事，其实是抵触以庄园为代表的南方文化。他在寻找文化认同过程中遭遇了精神异化，也遭遇了困难和痛苦，使他的文化认同寻找倾向于新奥尔良为代表的城市文化。

而巴迪却不同，巴迪看重的是与苏柯、奎妮的脉脉温情，强调人与人之间的情感是南方文化的一个重要特征，在文化选择上巴迪则选择了南方文化。

文化的认同与归属困惑，是乔尔在成长过程中面临的又一个重要问题。寻找文化认同实质上是寻找“我应去哪儿?”的答案，这个问题是继“我是谁？我从哪儿来?”之后的归属询问，代表了更高层面的精神探索。文化认同的找寻与小说反映的“二战”后的美国现状息息相关。美国是一个多元文化并存的国度，各种移民带来的不同文化，和由于地理差异、发展快慢形成的不同文化共存的局面，刚好乔尔和巴迪就目睹和亲历了这种地域造成的文化差异。两种文化的差异导致了他们在成长过程中的选择困难。

从以上乔尔三个方面自我寻找可以看到，乔尔在成长过程中经历了人生的蜕变，他的成长之路是自我寻找之路，他经历了自我、本我、超我三个阶段的寻找，从生理需求，到身份、道德和文化的探寻，使他逐渐认识人生，通过对内心世界和外在世界的探索，克服了精神异化问题，认识到自己不再是一个不谙世事的少年，他在时光与社会的磨炼中逐渐长大，虽然他自我找寻和认同的过程是痛苦的，但正如毛毛虫蜕变成一只美丽的蝴蝶之前必须要经历一段极其苦痛的挣扎一般，每个自我寻找都成为成长中的必然，在经过种种寻找和磨砺之后最终成为一个道德化的自我。应该指出的是，自我、本我、超我构成了完整人格不可或缺的部分，如何控制本我欲求，转化为能满足现实要求的自我和达到“至善”的超我，协调好三者关系，是每一个少年儿童必须面对的问题。而如何让三者关系良好地发展，关乎智慧，关乎所处环境和周围人的影响，甚至其他因素。如果引导得好，少年儿童将顺利克服成长过程中的孤独和恐惧，成为一个人格健全的人，反之，将对其整个人生带来很大的伤害和负面影响。卡波特笔下的主人公乔尔正处于人生的十字路口，成长过程中难免会发生心理异化的问题，这时便需要关爱和正确的引导，可他却遇到了困惑与磨难，这使他在今后的人生中面临太多的不确定因素。他的成长经历体现了这三者关系发展的好坏，将直接影响青少年是否能树立良好的人生观和价值观。

小说结尾并没有给出一个特定的结局：乔尔的状态是迷茫中带有希望。他的人生之路不会因此停滞，今后是光明还是黑暗，还将留待他自己去寻找。

小结 黑夜寻梦 成长寻找

虽然卡波特少年时已开始创作，但他的创作应从黑夜小说开始，这一时期的小说围绕着“追寻梦想、成长寻找”的主题思想进行创作。黑夜小说是反映现代人孤独和恐惧等异化心理的小说总称，属于卡波特早期创作的小说类型，在卡波特整个创作生涯中占有重要位置。小说中带有浓重的南方小说色调，偶尔会夹杂着神秘怪异的哥特式文风，这些都与卡波特在美国南方有一段成长经历有关，并且，因为卡波特早期的人生和创作不得志，加上“二战”后的社会情况，黑夜小说是当时种种条件下的结果。本来，纵观文学界，并不乏描述人物孤独和恐惧内心世界的小说，但能在同一个时期，并创作有相当数量和质量的作家却寥寥无几，并且，卡波特将之独立成一种小说类型，这在文学界并不多见。

黑夜小说具体运用了黑夜型意象群来表现人物异化心理，如黑夜、雪、火车等。在人物形象塑造上，卡波特塑造了一批黑夜型人物，即幽灵型人物。与此同时，卡波特还运用黑夜型叙事，即循环式叙事来烘托主题。从具体作品出发，因为少年卡波特被母亲从南方带到纽约居住并接受教育，并且之后卡波特长时间在纽约生活和工作，其四部黑夜小说都有纽约寻梦的主题内容，这些小说通过对纽约城市的书写，表现了主人公的异化心理，记录了主人公的纽约寻梦经历。除此之外，《别的声音，别的房间》是卡波特早期创作的另外一部重要的黑夜小说，小说同样表现出主人公的异化心理，而这种异化心理表现为主人公乔尔在成长过程中的寻找，寻找的过程代表着乔尔克服异化心理，找寻自我，一步步走向成熟的过程。本章采用总分结构，既有从总体上对黑夜小说的介绍，又有对黑夜小说具体作品的分析，最终使该章达到点与面的结合。

第三章

卡波特中期(50 年代)的小说创作

进入 20 世纪 50 年代，卡波特的创作翻开了崭新的一页。这个 10 年的卡波特已经凭借着黑夜小说成为文学界冉冉升起的新星，他的人生际遇和心态也因此发生改变，再加上“冷战”对文学的影响，卡波特的小说从带有南方色彩，阴暗晦涩的“黑夜小说”，转向如白昼般明亮的“白昼小说”。

白昼小说呈现出乐观、温馨的一面，小说表现了对浪漫的追求和对幸福的诠释，因此这一时期的小说创作阶段特征为“书写浪漫、诠释幸福”。主人公要么具有积极乐观、开拓的精神，如《草竖琴》等；要么对商业社会的消费现象有一定理性深入的思考，由对《蒂凡尼的早餐》中女主人公郝莉对国际名牌蒂凡尼珠宝的消费展现出她对幸福的理解。有的小说带有幽默喜剧的成分，如《草竖琴》《花房姑娘》等。并且，这一时期卡波特的创作面得到拓展，涉及多种类型：短篇小说《花房姑娘》，后来改编为音乐喜剧；温馨浪漫的中篇小说《草竖琴》；既是游记，又是喜剧的非虚构小说《缪斯入耳》；配有照片的游记文集《地方色彩》《观察者》；电影脚本《打倒魔鬼》《天真无邪者》；中篇小说《蒂凡尼的早餐》等。其中，具有浪漫色彩的《草竖琴》和《蒂凡尼的早餐》呈现出温馨浪漫的创作风格和内容。

本章同样是总分结构。第一节是对白昼小说进行综述型介绍；

第二节主要对白昼小说的代表作《草竖琴》进行挖掘，指出该小说是一部洋溢着浪漫情怀的作品；第三节则以另一部重要的白昼小说《蒂凡尼的早餐》作为研究对象，分析小说如何用消费主义对女主人公郝莉的幸福观进行诠释。

第一节　白昼小说

白昼小说是杜鲁门·卡波特20世纪50年代创作的一种小说类型，其共同主题是对幸福和浪漫的追求和诠释。之所以称之为白昼小说，是因为这些小说的基调轻松乐观、语言幽默诙谐，让读者领略到如白昼般明亮温馨的暖意。这与前一时期卡波特创作的黑夜小说刚好形成一个鲜明对比，标志着卡波特的创作迈入一个截然不同的时代。白昼小说包括《草竖琴》《花房姑娘》《缪斯入耳》《蒂凡尼的早餐》《美丽的孩子》《伊丽莎白·泰勒》《缅怀薇拉·凯瑟》等。

白昼小说具有以下显著特征：白昼小说塑造了一系列白昼型人物形象，即塑造了一系列对幸福渴望并追逐幸福的人物形象；白昼型表述运用了轻松幽默的语言或浪漫的表述；白昼小说之所以存在有自身的缘起及存在的意义。

一　白昼型人物形象

这一时期的人物，他们都渴望幸福，对待幸福和浪漫，他们有自己的认识和做法，由此表达他们对浪漫的寻找和对幸福的诠释，笔者将这类人物定义为白昼型人物形象，即幸福的追随者。

对幸福的追随可以表现为对爱情的大胆追求，也可以表现为对亲情的珍视，还可以表现为积极的人生态度等。

第一，幸福的追随者表现为对爱情的追求。无论是《花房姑娘》中的奥蒂丽，还是《蒂凡尼的早餐》的郝莉，或是《草竖琴》的多莉，她们都对爱情有追求。《花房姑娘》中的奥蒂丽是太子港（一个妓院）最美的姑娘，她一直渴望爱情的到来，当她遇到了罗伊尔，她知道自己遇到了真爱，在罗伊尔的召唤下，她跟随着罗伊尔的脚步来到了深山中，心甘情愿过起了甜蜜但贫苦的生活，因为爱情，奥蒂丽忍受了婆婆的百般刁难，也回绝了姐妹们叫她回去的好意，甚至用机智对抗罗伊尔对他的责罚，她对爱情的大胆追求让人禁不住为之动容。《蒂凡尼的早餐》中的郝莉也是爱情的追随者，虽然她的爱情观有很大的功利色彩，她寄希望于通过嫁给富人而过上富裕的生活，但她敢于大胆追求爱情的行为无可置疑，即使她因为和毒枭有牵连从而影响到她去巴西与外交官结婚，她得知被退婚的消息后依然愿意继续前往巴西，她的生活的主要内容便是追求爱情和办派对，尽管作者对这样的爱情观和生活方式带有一定批判态度，但郝莉对爱情的追求是显而易见的。在《草竖琴》中，多莉因为性格、年纪、阅历的缘故，并没有表现出像郝莉和奥蒂丽那般对待爱情的热烈态度与行动，她与法官的爱情显得深沉和理智，当多莉与法官等人在树屋经历了几天几夜的“抗战”后，多莉和法官因为有着相同的经历而萌发了爱情，法官向多莉求婚，多莉欣然接受，她对待爱情的态度也是一种积极的态度，只是当她在跟韦莱娜回家和与法官结婚两难之间进行选择时，她迫于无奈选择了回家，使她最终没能走进婚姻的殿堂，但她和法官的感情并没有因此而结束，他们一直保持着真挚的感情。从她们三人的情况来看，她们都对爱情有着向往之情并采取了追求爱情的行动，无论是出于什么目的，何种方式，但她们对待幸福的追寻都是共同的，因此她们都属于幸福的追随者。

第二，幸福的追随者将亲情放在至关重要的位置。郝莉对弟弟弗雷德视为自己生命中最重要的人，她从小和弗雷德相依为命，被她的前夫戈莱特利大夫收留，当弗雷德去参战后她经常挂念弗雷德的安危，愿意跑多条街去帮他买花生酱。郝莉遇到作家时觉得作家和弗雷德很像，于是对作家产生了好感。小说中着重讲述了郝莉接到了弗雷德阵亡的消息后的反应，她悲伤过度，用破坏东西来发泄自己的悲伤情绪，“好像郝莉的屋子里有老虎挣脱出了笼子。玻璃杯打碎的声音，窗帘撕破的声音，家具推翻的声音……里面已经遭到了极大的破坏。圣诞树终于给拆了，名副其实，一点不假；它的枯黄的树枝横七竖八地躺在一大堆撕破的书、打碎的台灯和唱片上。甚至冰箱里也空无所有，原来存放在里面的东西扔得满地皆是：生鸡蛋从墙上往下流淌，郝莉那只没有名字的猫在这一堆乱物中安静地舔着一滩牛奶。”[①] 而郝莉本人则悲痛得仿佛已死去，“全身发僵地躺在床上，像瞎子般望着何塞……”[②] 正因为郝莉将亲情看得尤其重要，所以弗雷德的死对她而言是致命的打击！对亲情的态度与郝莉一致的还有多莉。多莉生活的重心一直都是照顾家人，她默默守候着家庭已有几十年，如果不是因为韦莱娜逼着她交出她最心爱之物——药水配方，她还将继续她原来的生活状态。在经过与法官、莱利等人的并肩作战后，她看似取得了胜利，当让她选择回家与亲人团聚和法官结婚时，她最终选择了回家与亲人团聚，由此看出她对待亲情的态度。

白昼小说中还有一部分是对著名演员或作家等人物的记录，从这些人物形象身上同样可以表现出他们积极的人生态度，对幸福的理解与追求。《美丽的孩子》以著名演员玛丽莲·梦露为对象，小说用梦露的一段逸事，传达出梦露对幸福的认识和追求。从她在成名之后还能保持着一颗纯真之心，保持着对生活的热爱，可以看出

---

① ［美］杜鲁门·卡波特：《蒂凡尼的早餐》，董乐山、朱子仪译，南海出版公司 2010 年版，第 205—206 页。

② 同上书，第 206 页。

她积极的人生态度，对幸福的理解和感受，最终使作者将之视为“美丽的孩子”。小说最能表现白昼型人物形象的是作者与梦露在渡口的一幕，梦露给仰慕者签名并喂鸟，并没有将自己放在高高在上的位置或拒人于千里之外，而是显示出亲和力，正因为有了这种亲和力和内心的平静，最终使梦露登上成功的宝座，也反映出她将这种生活视为幸福生活的观点。《伊丽莎白·泰勒》是另一篇以著名演员为对象的短篇小说，该小说刻画了白昼型人物形象——伊丽莎白·泰勒。泰勒对幸福的追求表现之一在于她对幸福的态度，首先在于对道德的追求，“（她）是个非常严苛的道德主义者”[①]；其次在于她喜爱博览群书，她认为幸福的表现在于阅读。《缅怀薇拉·凯瑟》讲述了卡波特邂逅优秀作家薇拉·凯瑟的经历，凯瑟身上所具有的睿智和随和，对卡波特的影响巨大，或许，幸福并非是重大时刻的表现，而在于日常生活中的点滴流露，凯瑟对生活的态度即反映了她对幸福的看法和态度。“（房间里）鲜花随处可见——成簇的冬日丁香，牡丹，淡紫色的玫瑰。装订得漂漂亮亮的书籍，在卧室的墙边摆放得整整齐齐。”[②] 从房间内部的摆设即可看出他对生活的态度，可看出他是一个热爱生活的人。从这一类型的人物选择来看，卡波特涉及的人物已经不仅仅局限于底层社会的人物，小说的对象扩展到上层社会人物，这让卡波特的白昼小说的人物形象涵盖了从上流社会到底层社会的多种人物形象，因此具有一定的典型性和代表性。

从以上三种人物情况来看，白昼型人物形象是一种带有积极色彩的人物类型，充满了积极向上的正能量，白昼型人物形象与黑夜小说中的黑夜型人物形象刚好形成一个鲜明的对比，前者是幸福的

---

① ［美］杜鲁门·卡波特：《肖像与观察：卡波蒂随笔（下）》，吕奇、宋佥译，上海译文出版社 2014 年版，第 425 页。

② 同上书，第 701 页。

追随者，用积极的行动和心态追求着幸福；后者则充满了异化心理，孤独和恐惧如影随形。两者刚好表现出一正一反的不同心理和行为状态，人物的心情和行为呈现出截然相反的情态。白昼型人物可视作卡波特笔下继黑夜型人物之后的新型人物形象。

二　白昼型表述

在白昼小说中，作者卡波特采用了要么轻松幽默的文字表达，要么浪漫的表述，即白昼型表述。该表达形式是白昼小说主题思想的有益补充。在卡波特笔下，只有用轻松幽默或浪漫的文字才能与浪漫、幸福的小说内容相一致，由此显示了卡波特创作内容与艺术手法统一的原则。

在白昼小说中，以《草竖琴》《花房姑娘》《缪斯入耳》的基调最为轻松欢快。三部小说不时运用幽默、欢快的语言讲述，让读者能够领略到小说所传达出来的乐观向上的精神内涵。《草竖琴》将一则为是否进行商业交易的抗争讲述得轻松幽默，充满了童真童趣。如多莉为躲避韦莱娜，和法官、柯林、多莉、凯瑟琳和莱利一起躲进树屋里，他们对警长、韦莱娜、牧师及夫人等人组成的追查小组进行了顽强的抵抗，但冲突被写得轻松幽默，丝毫没有暴力带来的血腥和痛苦，相反，却时时让读者忍俊不禁。在小说中，甚至于本来属于社会底层的艾达姐姐及她的孩子们的遭遇都让人在掬一把同情之泪的同时却没有太多的沉重感。而《缪斯入耳》则将美国文化团去俄国演出的经过写得幽默中夹杂着真实。严格地说，《缪斯入耳》是卡波特最早的非虚构小说，卡波特按整个演出经过的每一个细节进行还原。具有喜剧色彩的是，因为文化的差异导致了不时有喜剧事件发生，例如在《波吉与贝丝》的剧目演出中，由于俄国普通民众趣味的差异使他们无法深层次理解剧作反映的美国历史与文化，他们的反应超出了演员的预期，另外，从餐饮到演出的每个细节，也都充满了文化碰撞的喜剧色彩。以剧组演员去看芭蕾舞演出为例。他们穿上了在美国视为很正常的晚礼服，却因裸露过多而显得异常另类，闹了“笑话”。在《花房姑娘》中，对奥蒂丽而言，即使她和罗伊尔的爱情经历了波折和考验，但她却以乐观轻松的心情回应这一切。小说写得富有喜剧色彩，即使是罗伊尔和奥蒂丽的吵架，也被写得诙谐幽默。罗伊尔为了让奥蒂丽摆脱“鬼”的纠缠，便把奥蒂丽捆在树上接受惩罚。这时，刚好奥蒂丽从前的好姐妹来找她并叫她回去，奥蒂丽拒绝了她们的邀请，并请求她们走后把她重新绑回到树上。当罗伊尔回来找她时，“她故意把两条腿弯起来，把脖子耷拉下来，把眼睛深深地缩回到眼眶里。隔开一段距离故意看着就好像她已经可怜地惨遭横死了；听着罗伊尔的脚步飞奔起来，她开心地想到：这回可够把他吓一大跳啦。”[①] 这样的故事结局在轻松的陈述中反映出奥蒂丽想要戏谑一下罗伊尔，但两人却不失真情真爱的美好爱情。

除了轻松幽默的表达外，白昼小说还运用了浪漫的表述，这是另一种白昼型表述的形式。

以《花房姑娘》为例，奥蒂丽证明真爱的方式便极具浪漫色彩。一位巫师告诉她：“你必须抓住一只野蜂，合拢手掌把它包在里面……如果野蜂并没有蛰你，那时候你就会知道你已经找到了真爱。”[②] 奥蒂丽真的按照该方法去寻找爱情，然后她遇到了罗伊尔。这样寻找爱情的方式极具浪漫、戏剧色彩。或许，浪漫正是奥蒂丽坚守爱情的动力之一。

《蒂凡尼的早餐》中的浪漫表述的作用是烘托人物性格。郝莉是一个现实与浪漫的结合体。看似她追求金钱至上的生活，可从本

① ［美］杜鲁门·卡波蒂：《卡波蒂短篇小说全集》，冯涛译，上海译文出版社 2012 年版，第 254 页。

② 同上书，第 239 页。

质上看，她的骨子里却是一个浪漫主义者。她每次去星星监狱探望毒枭之前都要精心打扮一番；此外，她在被外交官抛弃之后，还执着地去巴西……种种举动都证明她是一个心存浪漫之人。在表述方面，小说也弥漫着浪漫色彩。《俄克拉荷马》是郝莉最爱唱的歌曲。歌曲旋律优美，郝莉经常在屋顶伴随着吉他弹唱，经过郝莉的演绎，歌曲浪漫的旋律和歌词打动人心，郝莉的性格正如歌词所写："不想睡，也不想死，只想到天际的草原上去漫游。"[①] 歌词是郝莉追求自由性格的浪漫文字表达，文字表述与歌词形成对应。"这首歌似乎最对她的胃口，因为她常常在头发干了很久以后，在太阳下山以后，在暮霭中万家灯火亮了以后，还继续在唱。"[②] 小说用浪漫的文字表达侧面烘托郝莉的人物性格，文字表达对人物性格可以起到很好的衬托作用。

《草竖琴》更是一曲浪漫之歌，小说的表述不失浪漫色彩。小说用平和浪漫的语言讲述了一个温馨浪漫的故事，故事的主要内容也被讲述得温馨浪漫。首先，浪漫体现在小说主要的一个发生场所是浪漫的树屋，多莉和柯林常常为了逃避世俗的烦恼躲到树屋里，"刚进到林中，就有一棵双生的楝树，其实是两棵树，但它们的树枝紧紧拥抱在一起，你完全可以从一棵树走到另一棵树。事实上有间树屋像桥梁一样，把两棵树连在了一起，树屋宽敞结实，简直是树屋的活样板，就像竹筏漂在绿叶的大海上。……要上树屋很简单，就像爬楼梯那样，树皮有疙瘩可以搁脚，还有很结实的藤当抓手；哪怕是腰肥臀重，一直嚷嚷关节痛的凯瑟琳都能轻松上去。但凯瑟琳对树屋没什么热情，她不知道这是条船，多莉知道，是她告诉我的，坐在上面就是扬帆远航，沿着每个梦的云雾缭绕的海岸线

---

① ［美］杜鲁门·卡波特：《蒂凡尼的早餐》，董乐山、朱子仪译，南海出版公司 2010 年版，第 145 页。

② 同上。

航行。"[①] 树屋俨然成了逃避世俗的代名词，是作者理想化的浪漫小天地。其次，在讲述的过程中，有的情节被安排得充满了浪漫主义色彩。如在树屋里度过的那个晚上，不失为一段浪漫温情的时光，虽然当时大家处于窘迫的处境之中，但是在树屋里大家却感受到了彼此心灵的交汇，这样一段同舟共济的经历使他们产生了友谊或爱情，思想得到净化与升华，甚至对他们的人生产生了深远的影响。再次，小说的浪漫表述更体现在小说强调了商业社会背景下人与人之间的情感重于金钱的主题思想，小说本身便是一曲浪漫之歌。

《缪斯入耳》中的浪漫表述与浪漫内容紧密相连，小说所反映的美国演出团到俄国艺术演出的事件具有浪漫气息。艺术本身便具有浪漫性质，该浪漫使不同的国度和文化连接在一起。尤其是演出过程中，浪漫的表述充分展示出来。演出的开端、高潮、结尾中穿插着美国文化中浪漫与幽默并存的风格。演出剧作《波吉和贝丝》中的多角关系的爱情具有浪漫色彩，而这种浪漫色彩通过演员的舞蹈动作来表现，尽管观众有些难以明白剧情，但后来他们慢慢进入到剧情之中，不时报以掌声和笑声。演出得到肯定，这意味着演出选用浪漫的表达是明智之举。

而《个人领地里的公爵》用浪漫的表述将马龙·白兰度塑造成一个立体丰富的人物形象。小说并没有用说教式的陈述，而是用一个个与白兰度相处的小故事展示他在生活中和事业中的各个方面，这些故事被讲述得浪漫且富有生活气息，因此，呈现在读者面前的白兰度也变得有血有肉，让读者了解到其不为人知的一面。以白兰度在讲述自己鼻子如何断了的往事为例，鼻子断了反而使白兰度因祸得福，使他看起来更加性感。这样一个经历被讲述得轻松，带有

① ［美］杜鲁门·卡波蒂：《草竖琴》，张坤译，上海译文出版社2012年版，第13—14页。

几分浪漫气息。在人物传记中,《伊丽莎白·泰勒》《缅怀薇拉·凯瑟》都同样以浪漫的表述进行讲述,这样的写作方式让这些人物显露出人物性格中真实的一面:伊丽莎白·泰勒严格遵循道德和博学多才,而薇拉·凯瑟平易近人。

从以上白昼型表述来看,无论是哪一种文字表达,都属于白昼小说的艺术表达形式,无论采用哪一种方式,其最终目的还是服务于白昼小说的主题思想,作者的意图是想要读者能够以一种平和愉悦的心态读完小说,从而得到快乐的体验,快乐式阅读贯穿于白昼小说当中,让白昼小说呈现出如喜剧带给读者的快乐感受,让读者在愉快中思考,在快乐中体验与回味。

采用白昼型表述的作用是,通过或轻松或浪漫的文字表达,实则是对白昼小说的主题思想和人物塑造进行写作方式上的印证和支持,这样,白昼小说的主题思想、人物塑造和艺术手法得到完美的统一。因此,白昼型表述是白昼小说的重要写作策略。

除此之外,白昼小说是卡波特20世纪50年代的创作产物,厘清其产生的缘起和意义,对理解白昼小说显得十分必要。

三　白昼小说的缘起和意义

卡波特之所以在这一时期的文风与前期迥异,其原因既有卡波特自身的内因,又有社会的外因。“卡波特创作‘白昼情调的故事’与他当时的心情和所处的客观环境有着密切的关系。”[①]

首先,白昼小说的创作与卡波特在20世纪50年代的生活境况有密切联系。20世纪50年代的卡波特已经凭借着《别的声音,别的房间》《黑夜之树及别的故事》等小说在文坛上取得了一定的位置,其中,《米丽亚姆》于1946年荣获欧·亨利奖,《关上最后一道门》荣

① 张素珍:《杜鲁门·卡波特小说艺术研究》,中国矿业大学出版社1997年版,第3页。

获了 1948 年的欧·亨利奖，得到肯定必然会使卡波特备受鼓舞，他对未来充满了信心。并且，这一时期卡波特的手头宽裕起来，经济条件得到极大改善，这使他有条件去周游欧洲，与上流社会交往，卡波特凭借着自身的社交能力，赢得了上流社会的肯定。这些都让卡波特的创作如同他的心态一般，呈现出积极乐观的一面。

作家的创作不可能逃离他所处的时代背景，卡波特也不能例外。20 世纪 50 年代，麦卡锡主义发展到鼎盛时期，之后一步步走向没落。艾森豪威尔总统上台后，麦卡锡较之前更为疯狂地调查“共产主义渗透”情况，“他担任新职后仅一年多，其常设调查小组委员会就发起了 445 起初步质询和 157 起调查。”[①] 在关于美国之音的“反共宣传已被冲淡”的指控，麦卡锡及其小组委员会虽然没有找到相关证据，但却迫使美国之音领导人和多名雇员辞职或自杀。此外，麦卡锡的两名助手发表了一份报告，指出在西欧国家的海外图书馆中，竟有 3 万多种图书由共产党人或同情共产党的人士所写。不仅如此，麦卡锡还把攻击扩大到宗教、行政、军事、外交等领域。在这种情形之下，人人自危，大家都生怕被卷入其中，作家们也都笼罩在白色恐怖之下，讳忌政治话题，用轻松的内容对社会重大问题进行规避，有的作家由对现实的批判转变为美国生活的歌颂，就连“垮掉的一代”都用其他方式表达自己的愤世嫉俗。卡波特在这样的社会背景之下，“他也只能在作品中抒发他对生活在纯净的小天地里的小人物的眷恋，在希冀和温情的暖色中，精心编织美丽动人的梦想、着意描写生活中戏剧性的一面。”[②] 美国笼罩在麦卡锡主义的阴霾之下，直到 1957 年 5 月 2 日，麦卡锡因病去世，麦卡锡主义才告一段落。在这样的背景下进行创作，便很容易理解卡波特笔下的白昼小说所带有的浪漫主义色彩了。

---

① 刘绪贻、杨生茂主编：《美国通史》（第五卷），人民出版社 2005 年版，第 142 页。

② 张素珍：《杜鲁门·卡波特小说艺术研究》，中国矿业大学出版社 1997 年版，第 4 页。

白昼小说的创作是卡波特在特定时期特定背景之下的产物，但并不是说，白昼小说的存在仅限于卡波特 20 世纪 50 年代的小说创作。实际上，卡波特在其他时期也延续了白昼小说的创作路线与风格。如《一个圣诞节的回忆》《一个圣诞节》和《感恩节来客》，三篇小说均以儿童视角，记录了节日里的欢乐与成长，没有政治元素，小说的基调是轻松欢快的，充满了童真童趣，反映出卡波特的不老童心，小说的主人公巴迪同样是幸福的追寻者，这些小说其实同样可以归入白昼小说一类中。

所谓任何事物的存在都有存在的理由和价值。白昼小说的出现是一定历史条件下的产物，它代表了那个时代的社会状况和思想状况。虽然“出世”与“入世”并非是西方的思想观念，但也可以借用来分析白昼小说。看似白昼小说体现了作者出世的态度，其实出世只是一种表象，出世是为了保护自己，从而让自己更好地进行创作，卡波特出世的态度实则是一种伪装的入世方式，虽然不如那些批评性强的小说那样直接将矛头对准社会，但如同水和石头的关系，看似柔软无力的水在日积月累之后，将看似坚硬的石头“水滴石穿”，可以同样如此推理，出世有时比入世的力量更加强大。白昼小说中所体现出的爱，及对幸福和浪漫的追求和诠释的主题思想其实是人类奋斗的终极目标，也是所有文学作品的永恒主题，是批判之后所要达到的目的。而欢快轻松的写作方式带给读者愉快的阅读体验，快乐比起痛苦让读者更容易倾向于快乐阅读，由此延长了白昼小说的艺术生命力。当然，用批判的眼光来看待白昼小说，白昼小说也有不足之处，过于乐观的写作基调会削弱其批判的力度，会使深刻性有所减弱，“意欲增强一份乐观明朗的情调，背后却隐藏着更加深沉的惆怅和茫然。”① 而这些乐观的内容，反映的是卡波

① 张素珍：《杜鲁门·卡波特小说艺术研究》，中国矿业大学出版社 1997 年版，第 4 页。

特的梦想，卡波特营造出一个充满幸福和浪漫的理想世界，在现实生活中并没有客观存在，某种程度上是卡波特自我营造出的一个乌托邦。

第二节 《草竖琴》：一曲浪漫之歌

卡波特创作了三部浪漫主义色彩浓重的小说，分别为《别的声音，别的房间》《草竖琴》和《蒂凡尼的早餐》。三部小说里面有很多抒情成分，共同抒发了浪漫主义情怀。其中，《草竖琴》虽然是以美国商业社会为创作背景，但是并没有将重点放在强调商业和物质层面，而是讴歌了人与人之间心灵交汇的温情之爱和真善美，仿佛给现代人提供了一个心灵栖息地，另外，小说温馨浪漫的诗意表达，是一曲奏着迷人旋律的浪漫之歌。

一 一个心灵栖息地

《草竖琴》围绕着一桩是否售卖药水的事情展开，小说用浪漫主义情怀为读者提供了一个心灵栖息地，以达到对现实的暂时忘却或逃离。正如本特来所说，“《草竖琴》代表了对乏味现实的逃离”[①]。整个小说是以柯林的口吻来讲述，小说讲述了小男孩柯林因为母亲去世后被送到父亲的两个表姐多莉和韦莱娜那里一起生活，不久之后，父亲也因车祸离世。韦莱娜是城里最有钱的商人，之前她与多莉相依为命。本来柯林、多莉和凯瑟琳生活在自己的天地中，多莉忙碌于制造治疗浮肿的药水，随着药水的不断畅销，韦莱娜开始有些眼红，想要染指多莉的生意，于是，平静的生活被打破。一天，韦莱娜将一个名叫莫里斯·里茨的博士带到家里，他们

① Eric Bentley, *On Capote's Grass Harp*, Joseph J. Waldmeir and John C. Waldmeir, ed. *The Critical Response to Truman Capote*, London: Greenwood Press, 1999, p. 69.

想要为多莉的药水做广告，将这种药水投放到市场上卖，要求多莉把药水的配方给他们。多莉不愿意，由此引来了一场家庭风波。韦莱娜认为多莉对家里没有贡献，责备多莉忘恩负义。多莉只能带着柯林和凯瑟琳离开家出去静一静。他们去了柯林在树林里发现的一个古老树屋，将树屋当成他们的临时避难所和歇脚地。之后，来打猎的莱利发现了他们，加入到树屋队伍的行列中。他无意间将他们的行踪给透露出去，结果引来了一帮人，包括比斯特牧师和夫人、梅西太太、库尔法官、朱尼厄斯警长等，他们想要劝说多莉回家去，并且服从韦莱娜的安排。多莉不愿意，和他们发生了争执，不小心误伤了巴斯特太太。这下子可捅了马蜂窝了。虽然这些人暂时离开了树屋，但他们说还要回来。唯一让人欣慰的是，库尔法官决定留下来加入他们的行列。在接下来的几天时间里，他们组成了一个流放者团伙，在树屋里经历了同甘共苦毕生难忘的几天，他们一同抵抗了世俗的进攻。

在小说中，那个树屋俨然成为当时商业社会中的一隅心灵栖息地。这群人因为要躲避世俗生活的束缚，选择了树屋作为他们落脚之地，也因此成为他们的心灵栖息地。因为在那里，他们可以暂时逃离社会对他们的要求和规范，“他们住在楝树屋里无须遵守什么规章制度。这棵楝树本身已经摆脱旧时生长的局限，因而住在这里的人都感到自由自在，生活在友好、真诚的气氛中。”[①] 树屋俨然成了一个可以让他们忘却自己的身份、痛苦，能够彼此平等友好相处的“世外桃源”。他们几个人其实是主流社会以外的边缘人，主流社会的要求使他们处于压抑痛苦的状态中，逃离便成为他们的选择。多莉在家里一直受到韦莱娜的压制，韦莱娜因为事业上的成功在社会和家里扮演了强权者。她在小镇上是最富有的人，“城里的

① 张素珍：《杜鲁门·卡波特小说艺术研究》，中国矿业大学出版社 1997 年版，第 66 页。

药店、服装百货店是她的，还有一间加油站，一间杂货店，一幢办公楼，统统都是她的……”[①] 另外，她有一定威信和权力，她的决定能影响到警方的决策和行动。如艾达姐姐带着她的孩子在镇上演出，警长想要赶他们走，以便将他们得来的演出费用没收。警长编造了艾达姐姐羞辱多莉的谎言，想借助韦莱娜的权势获得行动的合法性，从而达到自己的目的。在当时的南方小镇上，商品经济已经取代之前的农业经济，成了主要的经济方式，对南方小镇有一定的冲击力，韦莱娜作为资本家，成了主流社会的代言人，她的言行具有较强的影响力。并且，她把这种强权思想也带回到家里，她强迫多莉按照她的要求对药水进行商业包装并投入市场，目的是想要获得更大的经济利益。她认为多莉没有赚钱，依附于她，经济地位决定了政治地位，以至于多莉在家里并没有话语权。而多莉多年来操持着家务，几乎不与外界接触，她多数时间生活在自己的世界中。他们雇用了一个黑人凯瑟琳当佣人，凯瑟琳成为多莉为数不多的朋友之一，可凯瑟琳与多莉的关系却无法改变她在当时社会中的悲惨地位。凯瑟琳虽然自己不承认自己是黑人，但她黑奴的身份无法改变，在当时的美国南方，因为还存在庄园，所以保留了黑奴，通常情况下黑奴的地位低下。树屋的第三个成员是库尔法官。库尔法官不爱出风头，为人谦逊，娶了一个肯塔基州的女孩做老婆，夫妻两人相亲相爱，后来他的老婆得了病，库尔法官便辞去了巡回法官的职位，带着老婆出国旅游，还回到他们曾经度蜜月的地方，可他的用心良苦并没能改变老婆身体每况愈下的状况。等法官回来后，他在政坛上的地位尽失。而他的两个儿子成人后都在银行工作，他们结婚之后便把原来法官的房子隔成两间，让法官轮流与他们住。他们并没有好好孝敬父亲，相反，他们觉得法官是个累赘，并且认为

---

① ［美］杜鲁门·卡波特：《草竖琴》，张坤译，上海译文出版社 2012 年版，第 2 页。

他很怪异。这让法官在家里待着很不开心。当他来到树屋，与简单真诚的柯林、多莉和凯瑟琳在一起，他对生活的热情被激发了出来。并且，他和多莉产生了真挚的感情，他向多莉求婚，希望多莉能够嫁给他。对于终身未婚的多莉来说，经历了这些事情后使她坠入情网，树屋成为见证他们爱情之地。参加树屋行动的第四个人是莱利，“再没第二个人像莱利那样遭人口舌。年长的人说起他来总是叹气，跟他年纪相仿的人，譬如我，总是说他小气，难相处，其实是因为他只许人嫉妒，却不肯接受我们的爱戴，跟我们做朋友。”① 原来的他玩世不恭，对待爱情过于随意，因为打猎使他无意之间发现了柯林、多莉和凯瑟琳在树屋的事情，他无意中将事情散播出去，使事态变得复杂。也同样因为他，柯林、多莉和凯瑟琳能够得到外面的消息和食物。客观上看，在树屋的经历使这些人得到了不同程度的成长。树屋就像他们在商业社会的心灵驿站，让他们得以喘息，收拾心情，继续出发。经历过这些事情之后，多莉同意回家，这象征着旧的秩序又恢复了。只不过，大家从这件事情当中得到了成长，对事物的认识也发生了变化。而一直以获取利益为目的的韦莱娜被骗走了巨额财产，最终认识到亲情的重要性，她说服多莉回家去。莱利与柯林则成了朋友。莱利自己找到了真爱，他与妹妹的同学结婚，并用继承的遗产发展自己的事业，为推动小镇发展产生了积极的作用。而法官表明了自己的感情，虽然最终没和多莉结合，但他生命中得到了很多人的关心，自己的感情也有了寄托。他从儿子那里搬了出来，自己去租了一间房子独自一人住。而当多莉回到家后，得了中风不幸去世，柯林仿佛一下子长大了许多，他开始思考生命的意义，“当天晚上，一列火车将载着我一路北上，穿过广阔的大地，去往大城市，大展拳脚，建功立业。”② “旧的秩序

① ［美］杜鲁门·卡波特：《草竖琴》，张坤译，上海译文出版社2012年版，第31—32页。
② 同上书，第157页。

恢复了，新的友谊建立起来，生命按照自然的节奏向前走，有人逝去，有人成长，离去，只剩墓园边上一片火红的印度草絮絮地讲着他们的故事。”[①] 心灵栖息地是暂时的，前方的路还得继续，但暂时的休息也是必要的，可以让人停下来听听内心的呼唤，养精蓄锐，为的是再次出发。树屋便俨然成了世俗社会的那个心灵栖息地。

二 真善美的回归

在《草竖琴》中，除了树屋给主人公们提供了一个心灵栖息地外，小说更描绘出一幅求真、求善、求美的美丽图画，摒弃了商业社会只唯利的世俗普世价值观，提出了更高的精神方面的追求，小说的价值和意义因此得到了较大的提升。

求真意味着真实和坦诚。小说中人物心灵间的坦诚集中于一天晚上在树屋里的交流，他们各自坦承了自己的秘密、真实的想法和愿望，表达了他们的深层意识。树屋成了他们彼此坦诚，愿意讲自己真实往事和彼此分享的地方。法官首先讲述了作为丈夫、父亲的遗憾。作为丈夫，他不确定自己是否带给妻子幸福；作为父亲，他想要得到孩子们的尊重，“我一直希望，与其说是作为父亲，不如说作为一个人，得到他们的尊重。”[②] 他因为与一个远在阿拉斯加的孤独小朋友做朋友而遭到了儿子和儿媳们的嘲笑。接着，凯瑟琳分享了她的秘密。原来，她曾接到过一封来自比尔的求婚信。虽然她不知道具体是哪个比尔写的，可当一直未婚的她将这个秘密说出来时，连与她形影不离的多莉也大吃一惊。然后是莱利。莱利觉得自己除了打猎、开车、鬼混外，什么都不懂，并且，除了对两个妹妹有感情以外，他对其他任何女孩都没有感情而言。他希望自己能够

① ［美］杜鲁门·卡波特：《草竖琴》，张坤译，上海译文出版社2012年版，第161页。
② 同上书，第59页。

有感情寄托并成就一番事业。而多莉分享了她认为的爱的定义和如何去爱："一片树叶，一把种子——从这些开始，一点一点，学习什么是爱。开始只是一片树叶，一场雨，然后你从树叶那里学到了什么，一场雨又催熟了什么，有人来接受你从这些东西里领悟到的爱。你得明白，这个过程并不容易；也许要耗费一生的时光，我就这样耗费了一生，至今也没有完全掌握——我只知道事实就是这样：爱是一连串发生的，正如自然是一连串的生命串起来的。"① 她的遗憾是从未爱过一个父亲以外的男士。大家都分享着自己的情感和心路历程，各自的遗憾，展现了别人所不知道的内心秘密。开诚布公的谈话形式立即架起一座心灵沟通的桥梁，正如法官所言："说些什么也都不要紧，只要说的人怀着信任感，听的人怀着同情心就行。"② 是他提议采用彼此坦诚的方式："我们费尽心力，彼此隐瞒，怕暴露自己。可如今我们就在这里袒露无余……"③ 于是，各人都打开各自的心扉，真诚地交换了自己的愿望与想法。

求善是追求善意、善良的意思。这是商业社会对道德的考量，强调了在追求物质的同时，精神方面的追求也显得非常重要。小说以商业社会为背景，描摹出一场商业利益和真情之间的较量。

多莉和韦莱娜的矛盾焦点在于是否将药水的配方交出。作为商人、资本家的韦莱娜，她考虑的是如何将自己的商业利益最大化，所以她找来了所谓的莫里斯·里茨博士，设计了自己的方案，包括买地皮建厂，帮品牌设计名字和签名等，他们的唯一难点就在于需要多莉交出药水的配方，于是他们软硬兼施，又是请多莉吃饭，又是拿亲情来威胁多莉。多莉虽然靠药水赚得不多，但她觉得这是她唯一还葆有的东西，所以她宁愿违抗韦莱娜的意

---

① ［美］杜鲁门·卡波特：《草竖琴》，张坤译，上海译文出版社2012年版，第64页。

② 同上书，第59页。

③ 同上书，第58页。

愿，也不愿将药水的配方交出。原本温顺的多莉居然没有听从自己的安排，这是韦莱娜万万没有想到的，她们两人因为药水的事情而影响到她俩之间的感情。因为韦莱娜说多莉没有对家庭做出贡献，多莉一气之下离开家搬到了树屋。而韦莱娜也没善罢甘休，她让警长成立了搜寻小分队，还给邻近城镇发了电报，内容是将柯林、多莉和凯瑟琳三人说成恐怖分子，一起通缉。于是，柯林、多莉、凯瑟琳、法官和莱利组成了一支抵抗小组，而警长、韦莱娜、牧师及夫人等组成了追查小组，一开始他们为捉拿柯林、多莉、凯瑟琳进行了调解，但调解无效，他们开始动手，多莉抵抗时无意间伤到了牧师夫人，事情因此变得复杂。于是，又引来了再一次的逮捕行动。可出乎韦莱娜意料的是，原本韦莱娜信任的里茨博士偷走了她所有的钱后消失了，韦莱娜为此受到了很大的打击，她开始意识到真情真爱的重要。她到树屋来找多莉，希望多莉能与她回家去重新一起生活。追求利益的韦莱娜在追求真情且善良的多莉的影响下最终回归了真情真爱。

多莉在对待艾达姐姐上也体现出她善良的一面。艾达姐姐的经历很坎坷。因为家里缺少男人，为了能够养家糊口，她的姐姐杰拉尔丁决定自己通过出嫁的方式，找个劳动力和爸爸共同经营家庭。杰拉尔丁去到小镇上做了招待，艾达也经常去那里找她玩，她们俩周末常去跳舞，两姐妹都长相标致，不乏追求者，姐姐从中挑选了一个她认为最合适的瑞尼带回了家，与之结了婚。但瑞尼却和艾达萌发了爱情，只是艾达尽量回避这段感情。之后姐姐杰拉尔丁和瑞尼有了孩子，杰拉尔丁因为害怕蛇，见到蛇受到惊吓而失去了宝宝。从此之后情绪变得异常暴躁，夫妻俩的感情日益冷淡。艾达也离开家去接替姐姐做了招待，可艾达始终忘不掉瑞尼。她回去找到瑞尼，不小心怀上了他的孩子。艾达自始至终没有告诉别人自己怀的是瑞尼的孩子，她的怀孕也是秘密进行的，孩子生下来后取名丹尼，所有人都以为丹尼是杰拉尔丁和瑞尼的孩子，并且杰拉尔丁和瑞尼俩人都希望艾达不要碰孩子，艾达只能自己悄悄地离开。艾达为此很痛苦，很长时间内她希望自己能再生一个同丹尼一模一样的孩子。之后她一直想要再找一个同瑞尼一样的男人，她不停地换，直到生了十多个孩子为止。她带着这些孩子，以演出为生，可常常还是饥一顿饱一顿，没有一个固定的居所。艾达姐姐和她的孩子们在镇上进行信仰复兴的表演，引起了轰动，尤其是她的孩子小荷马跳舞甩绳子的节目，受到了广泛的欢迎，除了巴斯特牧师和夫人，他们一看到艾达姐姐一家来到镇上，便立即找来了警长，要求警长下禁令，不许他们开展任何形式的集会。等他们看到“上帝的晾衣绳”上夹满了捐款时，因为平时很多人从不愿往巴斯特牧师的募捐箱里捐一毛钱，而这次这些人居然愿意将整张的美元送给艾达姐姐一家，警长非常生气，警长去找韦莱娜，编造谎言说艾达到处说多莉是个异教徒，与耶稣为敌，希望韦莱娜将艾达一家驱逐出去。韦莱娜听信了牧师的话，强撑着病体给警长打电话。等警长驱逐艾达姐姐一家时，牧师要强行没收“上帝的晾衣绳”上的捐款，为此两边打了起来，警长要求艾达姐姐一家第二天必须离开。艾达姐姐一家没有了生活来源，便萌发出来找多莉的念头，希望多莉出面澄清这一情况。多莉得知以后，她不顾自己的安危，从树屋下来，主动去找艾达姐姐，并将他们叫到树屋吃饭，虽然他们吃的本来就不够，但法官、莱利几人还是热情地“接待”了艾达姐姐一家，并且在他们走时，多莉将自己仅有的钱和法官心爱的金表全部给了他们。多莉对待艾达姐姐的态度，并非按照世俗的观点认为艾达姐姐不好的名声与低下的社会地位来看待他们，而是站在人道主义的立场上，真诚关心艾达姐姐和孩子的安危，觉得他们生活得不容易，表现出强烈的同情心和一以贯之的善良的一面。

再次是小说对美的表达。《草竖琴》构建了一个美好的社会画面，虽然也有和世俗世界的对抗，但树屋成了远离世俗纷争之地，在这里，大家不以世俗社会的身份地位来判定一个人的价值，并且，多莉、法官还对弱势群体抱有同情之心，他们力所能及地帮助艾达姐姐一家，他们还不因世俗之见轻视自己。从小说最后的结局来看，韦莱娜重利，钱却被卷走，她最终明白了亲情的重要，这样的结局设计表明了作者的意图，他构建了一个美好的乌托邦。当然，不能说商业时代就此结束，毕竟当时美国南方的历史趋势是商业社会取代农业社会，只是在商业发展过程中，不能完全唯利是图，卡波特强调了爱、友善、同情、亲情等人格因素，这些才是构建美好社会的重要因素。

三 浪漫的诗意表达

《草竖琴》除了内容弥漫着浓重的浪漫情怀外，其表达也值得称道，具有诗意美。卡波特在讲述故事时文字表现出了温馨的浪漫，语言幽默诙谐，“故事讲得非常抒情。”①

小说中有两场矛盾激烈冲突的场面，都发生在树屋，事情的源头都是警长带了一帮人来逮捕柯林、多莉和凯瑟琳，却被卡波特叙述得紧张却不失浪漫和喜剧。第一次是警长带着法官、梅西太太等人来到树屋前，因为一根藤缠住梅西太太的脚，把她吓了一跳，还大叫了一声，引得多莉笑了起来，他们听到声音后才发现了多莉的所在，其中几个人脸上浮现出惊恐的表情，“仿佛他们去动物园参观，却误打误撞逛进了笼子里面。”② 接着牧师太太让牧师来处理。牧师开口是对韦莱娜的歌颂和对多莉人品和逃跑事情的谴责，他们借着上帝的名义要求多莉下来并和他一起回家去。他们连哄带骗，甚至想要上树将他们逮住，当警长拉住了柯林的脚时，法官跳起身

---

① ［美］杜鲁门·卡波特：《草竖琴》，张坤译，上海译文出版社2012年版，第161页。
② 同上书，第41页。

捉住了警长的一只靴子，凯瑟琳拦腰抱住柯林，而多莉则把在树屋里喝的橙子水倒了下去，警长一松手，跌倒在地，其他人也纷纷跌倒，一个压着一个，而多莉手中的空罐子掉了下去砸在巴斯特太太的头上，没多久便在她头发稀疏的头上鼓起了一个包，她要求警长立即逮捕多莉。警长则和法官两人争执起来，两人甚至要打架，两边势均力敌，警长只有带着人离开了。法官在这次打斗中改变了立场，加入了善良单纯得多的莉这边。第二次打斗比第一次更为激烈。刚好艾达姐姐一家也在树屋这边，就听到艾达姐姐的儿子小荷马来报告说警长带着人来了。法官担任了指挥官的角色，他排兵布阵，让女人和小孩上树屋，其他人带着石头爬到其他树上，做好了攻击的架势。小荷马拿“上帝的晾衣绳”做了个套马索。法官正在下面巡逻时打斗就全面开始了，20 个入侵者们带着步枪，大摇大摆地来到树屋前。小荷马拿套马索套在了牧师的脖子上，他用力拉使牧师叫不出声。小荷马这一拉引起了全面的进攻。孩子们在树上将石头往下砸，一时间“石块纷飞，哨声四起，像野鸟啸叫，那些家伙溃不成军，乱打乱撞，逃避无门，只好伏身在已经跌倒的同志们下方。韦莱娜不得不打了阿莫斯·罗格朗一耳光，因为他试图躲到韦莱娜裙子下面去。你得说只有她一个人表现得像个真正的大丈夫：她朝着树晃拳头，骂狠话诅咒我们。”[①] 接着，打斗进入最高潮，直到一声枪响才使人群安静下来，之后便听到重物跌落的声音。原来是莱利被打中掉了下来，浑身是血。所幸的是，莱利只是被打伤，没有危及性命，被送到医院去了。两次打斗是小说的高潮部分，是以警长、牧师和韦莱娜为代表的主流社会与以多莉、凯瑟琳和法官为代表的流放者团伙之间的矛盾爆发。值得一提的是，卡波特将这样的场面居然写得生动有趣，文字富有诗意。“即使是暴

① ［美］杜鲁门·卡波特：《草竖琴》，张坤译，上海译文出版社 2012 年版，第 124 页。

力的场面，凄零的人物，生离死别，也仿佛透过印度草的歌声，变得悠远，好像隔着晨雾的朦胧美。”①

但应该指出的是，浪漫的表述并不意味内容肤浅。《草竖琴》借助浪漫的表达，其实传达出深刻的意蕴。小说讴歌了为追求梦想的自然人性的坚守和对世俗正统世界的对抗。“本书描写了与正统社会的斗争和为自由和自我表达的对抗。”② 多莉、柯林、凯瑟琳、莱利、法官和艾达姐姐一家并不遵循正统社会约定俗成的要求，他们遵循自己的梦想，按照自己的本性生活：多莉拒绝了韦莱娜的要求，宁愿搬到树屋去住；法官宁愿得罪代表权势的警长，加入到树屋队伍的行列中；莱利我行我素，特立独行；艾达姐姐为了追求生一个和原来的孩子一模一样的宝宝，竟前后生了15个孩子，为了养家糊口四处卖艺；凯瑟琳则与韦莱娜相依为命，并不以外界的要求改变自己的性格……即使到小说结尾，多莉因中风去世，法官鼓励柯林去大城市追求自己的梦想，建功立业，按照自己内心而活。“本书在一定程度上说明要坚守自己内心世界和天然本性，而不是屈服于以牧师和牧师夫人为象征的虚伪的正统世界。”③

在小说中，最具浪漫气质的人物形象当属多莉。她的人物形象与姐姐韦莱娜形成鲜明对比，前者追求浪漫的梦想，后者追求金钱至上，是世俗商业社会的代表人物。且小说中的人物也因此被分为两类：一类是世俗社会的“强权者”，以在韦莱娜带领下的警长、牧师及夫人、莫里斯·里茨博士等为代表，另一类是世俗社会的反抗者，以多莉为首的柯林、凯瑟琳、莱利、法官和艾达姐姐一家等为代表。正因为有了前者的对比，才突出了后者浪漫主义情怀的

① ［美］杜鲁门·卡波特：《草竖琴》，张坤译，上海译文出版社2012年版，第161页。

② Kenneth T. Reed, *Truman Capote*, New York: Twayne Publishers, 1981, p. 84.

③ Ibid., p. 87.

可贵!

或许，追求浪漫和追求现实属于矛盾共同体，既相互矛盾，又相互统一。在多数情况下，两者互相融合。如果只一味追求自己的梦想而不考虑到现实情况，容易陷入过于理想化的泥潭中。只有在结合现实情况的基础上追求梦想，才会让梦想之船航行得更远。小说中的多莉和韦莱娜都有不同程度的坚持与妥协。多莉虽然坚持不给出药水配方，但她却听从韦莱娜的话，在跟韦莱娜回家和与法官结婚两者之间选择了跟韦莱娜回家，这不能不视作是对生活的妥协。韦莱娜在商业利益和亲情的选择中，选择了放弃商业利益，回归家庭，也是权衡了理想和现实之间的利弊。法官对多莉表达了自己的爱慕之情，即使没能如愿，两人虽然不能真正结合，但他们之间的情谊是真挚的。在多莉生病期间，法官常常去探望并照顾她。而柯林在经历中成长，他经历了树屋之战、多莉的死等事件，他在惋惜自己失去了一个心灵朋友的同时，也迈出成长中重要一步——去大城市闯荡，等功成名就之后再回来寻觅童年美好的记忆，在理想和现实中交出了一份满意的答卷。莱利则一改之前花花公子的形象，找到一个理想的伴侣，并成就了自己的事业，为带动小镇发展起到了重要作用，实现了他的梦想。由此看来，卡波特并没有一味将小说写得完全理想化而失去了现实的土壤，那样就有些偏激了。另外，小说也涉及一些深刻的主题，为的是避免一味地浪漫而削弱其深刻程度，比如死亡。多莉在柯林参加万圣节聚会之前一晚因为中风去世，她的去世给柯林、韦莱娜、法官、凯瑟琳带来了无限的悲痛，他们都长时间沉浸在伤痛之中难以释怀，甚至于凯瑟琳和柯林害怕触碰伤痛之处而避开见面。死亡使生者明白了生命的价值和意义，这为看似浪漫的内容和表述增加了小说思想的厚度和深度。

卡波特之所以有浪漫情怀和表述，这跟他当时的心情和所处的环境有紧密的联系。《草竖琴》创作于1951年，正值卡波特事业赢得肯定之时，之前创作的《别的声音，别的房间》和《黑夜之树和别的故事》获得评论界的高度赞扬和读者的欢迎，再加上1946年至1951年卡波特又连续获得了两次欧·亨利文学奖，年轻的卡波特对未来充满了信心，心情一扫创作早期的哥特式风格，转向浪漫情怀。另外，20世纪50年代是美国“冷战”还未结束之际，整个美国被白色恐怖笼罩着，言论上不敢涉及重大的政治和社会问题，卡波特也不能例外，用浪漫主义的写作方法来抒发自己的情怀是迫于当时社会情况的无奈之举。

另外值得一提的是，《草竖琴》还被搬上了荧幕。由于美国经历了“二战”，也造就了长达半个多世纪的充分就业，当遭遇到大萧条，人们的信心受到了打击，而《草竖琴》浪漫乐观的基调和态度刚好满足了人们需要精神慰藉的需求，使人们在一种轻松浪漫的环境中审视自我和发现自我。借助媒体的宣传，《草竖琴》的影响随之扩大，让人们认识到了与之前那个写“黑夜小说”不一样的卡波特：那个憧憬着未来，又不乏对人对世有着深入思考的卡波特；那个一扫阴霾之气，以温馨浪漫征服读者的卡波特。如果说之前的“黑夜小说”是卡波特在漫漫黑夜之中的探寻的话，这时的卡波特已看到黎明前的曙光，为自己下一步迈入光明的创作殿堂跨出了重要的一步。

第三节 《蒂凡尼的早餐》:对幸福的诠释

在卡波特的白昼小说中，《蒂凡尼的早餐》同样以充满浪漫色彩著称，不断追求幸福的女主人公郝莉，属于典型的白昼型人物。

《蒂凡尼的早餐》凭借出色的内容、文字，再加上之后被奥黛丽·赫本在荧幕上的精彩演绎已获得广泛好评。从发表的文章来看，国内外对《蒂凡尼的早餐》的研究主要集中在人物形象塑造、悲剧根源等方面，缺乏从消费主义角度进行的研究。事实上，消费主义思想贯穿于小说始终，从消费主义的角度解读小说，有利于深入挖掘小说的深刻意蕴。

消费有着源远流长的历史。在西方，自古希腊开始，只要有商业，便有消费的存在，人们的消费观念随着社会的改变而变化着：经历了“漫长的中世纪幽暗的禁欲主义，再到今天享乐主义物质主义的盛行，人类对消费生活的理解和认识在不断地深入。”[①] 在古代的中国，消费观更多提倡的是节俭和节欲，众多古语体现了这一消费思想，如提倡节俭的“安贫乐道”“节用固本”“致虚守静，少私寡欲”等，无一不是体现了中国的消费意识。如今，中国经济的发展重心将逐渐转移到扩大内需上，刺激消费便是重要的途径和方式之一，提倡合理的消费观便具有积极且重要的意义。

本书拟从消费主义的角度分析《蒂凡尼的早餐》，结合具体文本，以蒂凡尼这一国际知名品牌为对象，指出对女主人公郝莉而言，其消费的最终目的，是从名牌消费中获取幸福感，小说批判了郝莉一味追求高消费而忽略自身消费能力的行为，提倡一种合理消费观。

一　炫耀性消费的具象代表：蒂凡尼品牌

《蒂凡尼的早餐》讲述了一位生活在纽约的高级交际花郝莉·戈莱特利小姐的一段生活历程。每当她进入“焦虑”状态时，她最愿意去的地方是到著名珠宝店——蒂凡尼那里逛上几圈，在那里，

---

① 徐新：《现代社会的消费主义》，人民出版社2009年版，第53页。

她内心会被安抚，变得平静。

作为作者重要的寓意传达，“蒂凡尼”贯穿于整个小说。从题目的题眼，到文中七次提到，可见其重要意义。

作为国际知名品牌，蒂凡尼在珠宝界享有极高的口碑和认可度，被誉为“珠宝界的皇后”。一提起它，首先映入人们脑海的是优雅的设计、精良的做工，那些漂亮的项链、戒指或其他饰品，每个细节都处理得那么完美，体现着设计师高超的设计理念，其品牌本身就被视为奢侈品，消费奢侈品属于“炫耀性消费”。“炫耀性消费”是凡勃仑在《有闲阶级论》一书中提出的概念，他指出消费的目的并非仅仅为了满足生存的需求，而是为了彰显消费者的身份、财富与地位。这就是奢侈品牌的价值所在，它代表的是一种虚拟价值——人们对它的认可与定位，凡是消费这个品牌，就意味着这个人的社会阶层和收入已经超过了大众水平，迈入上层或名流之列。比如另一个著名的珠宝品牌——卡地亚，同样是上流社会的宠物，被上层人士或名人佩戴，由此确定了该品牌的地位和消费对象。的确，郝莉小姐去蒂凡尼并非出于生存的需要，她看中的是蒂凡尼背后所蕴含的意义——上层社会的身份象征。就连叙述者“我”送给郝莉小姐的那枚便宜的圣克里斯多昂像章，其物品价值已超出其价格本身，在郝莉眼里，像章被赋予了蒂凡尼品牌带给消费者的尊贵含义，她认为佩戴蒂凡尼珠宝是到了一定年纪的人，是有内涵的、高贵的，“只有戴在真正上了年纪的娘们身上才合适。”[①] 在郝莉小姐身上，充分体现了蒂凡尼饰品的主题——爱与美、罗曼蒂克与梦想。郝莉喜欢穿名牌漂亮的衣服，佩戴漂亮的首饰，把自己打扮得时髦、光彩照人。对于一个连在读被“未婚夫”抛弃的信之前都要化妆爱美的

---

① ［美］杜鲁门·卡波特：《蒂凡尼的早餐》，董乐山、朱子仪译，南海出版公司2010年版，第169页。

女子，心中有对哥哥弗雷德、对戈莱特利大夫、对作家等人及对小猫咪的爱。并且，郝莉充满了浪漫气息，她可以在受到刑事起诉后出逃去追求自己梦想中的生活，情愿冒着被逮捕和永远不能回来的危险，她追求自由自在的生活，不愿被束缚，从某种层面上说，这就是她的理想。“我希望有一天早上醒来在蒂凡尼吃早餐时，我仍旧是我。”[①] 蒂凡尼代表的是有一定层次的生活，这种生活是建立在一定物质基础和社会地位上的，在此基础上，郝莉的理想是希望保持自己的本性生活，不愿随波逐流。以上种种，都暗合了蒂凡尼的主题精神。

分析郝莉的处境，这个从乡下来的女孩，来到纽约后，并没有找到一份正式工作谋生，她靠和有钱男士约会为生，她一直想要进入上层社会，却未能如愿，这个高级交际花，扮演了美国艺妓的角色，在强大的帝国大厦面前，这样一个女子显得羸弱和无助，一次又一次的追寻失败，郝莉实则处在一个被边缘化的社会位置上，她无法融入美国主流社会。这与蒂凡尼品牌彰显的上层社会形成了强烈反差。蒂凡尼品牌是成功的范本，主流世界的代表，消费蒂凡尼品牌，代表的是一种入世的精神，对于普通大众而言，这样一个奢侈品牌是那么的高高在上，遥不可及。《蒂凡尼的早餐》讲述的故事发生在1943年的美国，当时正值“二战”期间，“二战”带给美国经济的影响是使处于经济萧条的美国开始经济复苏，人们的消费能力增强，愿意购买奢侈品，蒂凡尼即是其中的一种。但这并不代表大众都具有消费蒂凡尼的能力，高昂的价格让多数人望而却步，蒂凡尼商店内高贵的装修无形中树起了一道墙，让多数人的欲望止步于观赏与向往中，郝莉也不例外。她喜欢去蒂凡尼商店，其实反映了她梦想着被主流上层社会接纳，结束边缘化的境况。“她

---

① ［美］杜鲁门·卡波特：《蒂凡尼的早餐》，董乐山、朱子仪译，南海出版公司2010年版，第168页。

(郝莉) 想用蒂凡尼的珠光驱逐生活的烟雾，填补生命质地的稀薄，这与现实的社会是相互冲撞的。”[①] 而郝莉绝不仅仅是唯一一个被边缘化的人。在美国这样一个移民国家，外来人占据总人口的多数，尤其在1940—1950年，“农村人口继续流向城市，城市人口占全国人口的比例，从56.5%上升到59.6%，增加1500多万。”[②] 城镇化也让那些由农村到城市的人缺乏生存条件，如果没有生存技能，这些人很难真正融入大城市，郝莉来到纽约后便显得迷茫、无助，加上她选择了一条不归路，使其走起来更加艰辛。此外，就连卡波特本人也有被边缘化的感受。从卡波特的经历来看，他除了依靠小说扬名外，还具备出色的与媒体打交道的能力，他和名人在一起的照片不断出现在各大报纸和杂志上，他奋力挤进美国上层社会，可尽管如此，他一直感到自己并未真正被主流社会接纳。另外不得不提的是，卡波特母亲的原名叫莉莉·玛（之后改为尼娜·玛），与郝莉原来在乡下的名字露拉·玛有异曲同工之处，让人觉得巧合之中有作者一定的深意所在。卡波特母亲尼娜年轻时想要走出乡村，便和卡波特父亲结婚，婚后有了卡波特，因为太年轻不会当妈，不久就和卡波特父亲离婚。她到纽约接受教育，年轻貌美的她很快与一名有钱的古巴商人结婚，过上了富裕的生活，从而一步步改变了自己的命运。尼娜的经历和郝莉有太多相似之处，让人不得不怀疑郝莉就是以卡波特的母亲尼娜为原型来塑造的。可与郝莉不同的是，尼娜是一个改变自身边缘化的成功例子，虽然这样的方式遭人质疑，并带给了卡波特一生巨大的伤害。而郝莉能否结束自己被边缘化的境遇，小说到最后并未给出一个确切的答案。

---

① 徐晓飞：《旅行中的无脚鸟——〈蒂凡尼的早餐中〉郝莉·戈莱特利形象解析》，《名作欣赏》2011年第27期。

② 刘绪贻、杨生茂主编：《美国通史》（第五卷），人民出版社2005年版，第442页。

小说通过蒂凡尼品牌将消费主义思想具体化，蒂凡尼已经成为消费主义思想的一个具象代表，一个可以传达作者消费主义思想的传声筒。因此，解读蒂凡尼品牌是解读《蒂凡尼的早餐》消费主义思想必不可少的重要内容。

二　消费的目的：幸福

女主人公郝莉一直在追寻幸福。她喜欢去蒂凡尼消费，喜欢那里优雅的环境、无微不至的服务、品质上乘的饰品，其实，消费只是表象，之所以想去蒂凡尼消费，更多的是为了忘却尘世间的不幸，去追求幸福。“我发现最好的办法是坐进一辆出租车到蒂凡尼去。这马上使我平静下来，那里有安静气氛和高贵气派。你在那里就不会发生非常不幸的事儿，同那些穿着高级西服的和气的男人在一起，还有同那银餐具和鳄鱼皮皮夹的好闻的气味在一起，是不会发生不幸的事儿的。”[①] 这是小说中郝莉对蒂凡尼发表的一番见解，也是她对幸福含义如何理解的关键。郝莉与男人们周旋其实是生活所迫。她出身悲苦，父母双亡，与哥哥弗雷德四处流浪，饿得皮包骨头，被前夫戈莱特利大夫发现时两人正在他家偷火鸡和牛奶，从小的经历使她早熟，未成年就愿意与亡妻不久的戈莱特利大夫结为夫妻，去当比她还大的一群孩子的后妈。可过了不久，她在阅读杂志后开始向往外面的生活，她认为走出去就是去追寻幸福。来到大城市后，郝莉被欲望包裹，周旋在交际场中，成了著名的交际花，看似她得到了“幸福”，其实不然，这样的生活并非出于她本意，她的行为和内心发生了冲撞，她知道自己的行为有违于传统道德，但出于谋生的需要和虚荣心的作怪，她又无法彻底脱离这样的生活。

---

① ［美］杜鲁门·卡波特：《蒂凡尼的早餐》，董乐山、朱子仪译，南海出版公司2010年版，第170页。

根据《人类动机的理论》中提出的马斯洛需求层次理论，人的需要分为七个层次，由低到高分别是：生理上的需要、安全上的需要、归属与爱的需要、自尊的需要、认识与理解的需要、审美的需要与自我实现的需要。将以上七种需要可以归为三类：物质性需要、社会性需要和精神性需要。生理需要和安全需要属于物质性需要，归属与爱的需要、自尊需要属于社会性需要，认识与理解需要、审美需要、自我实现需要属于精神性需要。结合消费理论，炫耀性消费已经属于最高层次的需求——自我实现的需要。地位和身份是一个人事业成功与否的表征，从炫耀性消费中得到的快乐来源于被社会的肯定和认同，这种幸福代表了最高要求，达到幸福的最高峰。郝莉希望享受蒂凡尼高贵的氛围和服务，这是地位和身份的象征，因此蒂凡尼被认为是幸福的代名词。在马斯洛的精神幸福、社会性幸福和物质幸福的理论基础上，王海明在《美德理论学》中将其发展，又将三类分为创造性幸福与非创作造幸福，区分的依据为有无创造性。其中，“非创作型幸福则是不具有创造性生活的幸福，是无所创造的生活的幸福，是未能做出创造性成就的生活之幸福……也就是消费性幸福：或者是消费、使用别人的创造性成就；或者是消费物质财富和精神财富。”[①] 郝莉在逛蒂凡尼商店时进行的是一种精神财富消费，她精神得到愉悦，从中获得幸福感。并且，从层次上看，王海明认为消费性幸福低于创造性幸福。前者消费完便消逝，后者则可以不朽。逛蒂凡尼商店成了郝莉人生中的驿站，也是精神上的寄托，它化作一个幸福的象征符号，成了郝莉所追寻的目标，可这并不表示郝莉就能够达到一个高的消费层次。郝莉的一生没有接受过多少教育，决定了她不可能拥有类似立言、立德、立功的创造性幸福，她还只能停留在财富消费的层面上。另外，王

① 王海明、孙英：《美德伦理学》，北京大学出版社2011年版，第35页。

海明还认为有的幸福是结果幸福，有的幸福是过程幸福。一个是过程不一定幸福，或许经历了曲折的过程，但实现了幸福的结果；另一个并不一定以幸福的结果告终，可过程本身就是幸福。从郝莉的成长历程看，她一直想要追求幸福的结果，看似在戈莱特利大夫那里得到了幸福，可欲望无止境，她又朝着下一个幸福迈进，最终迷失在幸福的找寻中，最后能否得到幸福，小说并没有交代，是一个留待人们思考的问题。郝莉的故事属于过程幸福还是结果幸福，小说本身没有明确表示出来，或许幸福在找寻的过程中，叙述者作家和郝莉小姐的朋友——酒吧老板乔·贝尔都在内心祝愿郝莉小姐能够找到自己想要的幸福，尽管这样的"幸福"是大家不认同的，是郝莉小姐的自我价值观。这种自我价值观无视外在客观环境，她一味站在自己的角度，从自己的价值观出发，把能寻找到符合自己欲求的满足当作最大的幸福，她是想要获取幸福感。那究竟何为幸福感呢？"当生活状况合乎主体的价值期望或价值追求时，主体往往会对其做出肯定的评价，并相应地形成满意和幸福之感。"[①] 从该定义来看，幸福感是努力过后的目标达成的满足，它与欲望有关，"人的欲望生生不息，而幸福在于欲望跃出时能不断地满足它们。"[②] 以上两个表述虽然不同，但含义大同小异，即幸福是对欲望的追寻，是达成欲望后的心理体验。看来这里的幸福既是一种过程，同时也是一个目标。幸福没有尽头，我们不能说自己已经达到幸福的终极彼岸，只能说，幸福在路上，是一个接一个风景的转换。幸福没有特定的答案，幸福观人人不同，人们都为追求幸福而努力，但因为每个人的欲望不同，想要得到的不一样，欲望因人因时因地而不同，所以幸福对于各人也不同：对饥渴的人而言，能够

---

① 杨国荣：《伦理与存在——道德哲学研究》，北京大学出版社 2011 年版，第 273 页。

② ［美］尼古拉斯·怀特：《幸福简史》，杨百鹏、郭之恩译，中央编译出版社 2011 年版，第 13 页。

喝水便是幸福；对劳累的人而言，能够有一个舒适地方睡觉就是幸福……对郝莉小姐而言，她一直想要物质基础雄厚的生活，她为这个欲望曾付出了努力和巨大的代价，她与何塞相好、怀孕，眼看着即将可以结婚过上自己理想中的生活，可生活却与她的愿望背道而驰，她因牵涉毒枭案件，何塞不愿娶这么一位声誉不好的人做妻子，选择离开。幸福对她而言是水中月镜中花，可望而不可即。在小说的最后，叙述者表达了郝莉认为的幸福的确切含义，即寻找归宿。“不管是非洲的茅屋还是别的什么，我希望郝莉也找到了她的归宿。”[①] 小说点出了题旨，归宿成了幸福的代名词。另外，小说题目叫“蒂凡尼的早餐”，是为了表达一种生活状态，再也不是漂泊四方、浪迹天涯，因为，漂泊的目的是回归，回归稳定的状态，无数次的走是为了最后的安定，正如希腊史诗《奥德赛》那样，无论在外面经历再多磨难，最后还是要回家。不仅《蒂凡尼的早餐》《奥德赛》，在整个文学史中，外出找寻和回归是永恒的主题。列夫·托尔斯泰的《安娜·卡列尼娜》中的安娜想要找寻爱，她觉得没有爱的婚姻不能算是最终的归宿，她外出找寻爱的归宿，所以她投向了沃伦斯基的怀抱，但沃伦斯基的爱只停留在玩弄和短暂的激情上，无法给安娜稳定的婚姻，安娜追寻幸福不得而以死结束了找寻的人生旅程。海明威的《老人与海》更是一部不断找寻自我价值的个人成长史，老人圣地亚哥在海上奋力搏斗，既可看作是出于生存的需要，又可看成是寻求自我价值的证明，即使回去时捕获的鱼只剩一个鱼架，但虽败犹荣，他与大自然搏斗的精神赋予了他的回归深刻的含义……

以上都是对郝莉消费目的的剖析，即为了寻找幸福。幸福是终极彼岸。

---

① ［美］杜鲁门·卡波特：《蒂凡尼的早餐》，董乐山、朱子仪译，南海出版公司2010年版，第240页。

通过郝莉对幸福的追求，我们可以看到“二战”时期美国妇女的社会地位与其思想观念。“第二次世界大战是美国女性就业史上的分水岭，它给美国女性经济地位带来的变化远远超过了女性主义者半个世纪的宣传鼓动所能达到的。”[①]“二战”中，因为劳动力的缺乏，美国政府号召妇女走出家庭，去参加工作，妇女的社会地位和经济地位都得到较大程度的提升，经济能力是妇女获取幸福感的最重要因素。并且，收入的增加导致了消费意愿的增强。即使是对于像郝莉那样没有固定经济来源的独身女性，她们也愿意通过消费来获取幸福感。妇女的消费能力与经济能力紧密相关，“经济上的安全感成为美国单身女性独立自主生活的重要元素”[②]，而经济能力又与妇女的就业状况相连。据统计，以“二战”期间妇女的就业问题而言，高学历或拥有一技之长的妇女的就业率显然高于低学历或没有一技之长的妇女。郝莉因为没有受过太多教育，且缺乏任何生存技能，再加上她不愿意去做一些低端劳累的工作，她的经济来源只能依附于男性，其问题的根源在于她的收入与消费不对等，而她的幸福观又有太多物质的成分，所以她对幸福的追求显得不切合实际，这种状况其实是当时美国妇女现实处境的一个缩影。

三 消费的意义：合理消费观

作者卡波特在《蒂凡尼的早餐》中提出的消费主义思想，从深层次挖掘，其目的是为树立一面大旗，提出合理消费观让人们遵循，这便是小说所提出的消费主义思想的意义所在。

郝莉是上流社会的宠儿，她周旋在众多男人当中，梦想有朝一日能够过上富太太的生活，她有众多情人，即使去巴西之前，难得

---

① William Henry Chafe, *The American Woman: Her Changing Social, Economic, and Political Roles*, 1920 - 1970, New York: Oxford University Press, 1972, p. 136.

② Thomas Fahy, *Understanding Truman Capote*, Columbia: The University of South Carolina Press, 2014, p. 100.

去一趟图书馆，也是为了嫁巴西富豪而去了解巴西的知识。郝莉对待爱情的态度，有太多功利的色彩，她的经济来源主要依附于男人，比如书中就有介绍她去一趟厕所男人要给零钱，如果给少了她就不屑理睬这些男人，小说开头的锡德·阿布克惨遭拒绝就是一例，他给去厕所的郝莉两毛钱，就被郝莉拒之门外。当郝莉送给叙述者“我”——作家那只漂亮的鸟笼时，“我”觉得三百五十元太贵了，而郝莉觉得那只不过多去几次厕所就可以挣回来了。她觉得男人对待她是否好坏取决于给予金钱的多少。每次郝莉寻找的恋爱对象都是42岁以上“大叔”级人物，这被看作有恋父情结。在当今社会，也有不少年轻女孩喊出“干得好不如嫁得好”的口号，甚至滋生出“宁愿坐在宝马上哭，也不愿坐在单车后笑”的婚恋观，对待爱情，她们更多地采取一种寄希望于爱情改变自己命运的态度，幸福与否不与感情挂钩，而是与金钱挂钩。这种婚恋观过于物质，忽略了两人的人生观、价值观是否一致的一些本质属性，作者的态度在这里是带有一定批判性质的。卡波特认为在满足一定生存条件的基础上，精神之爱高于物质之爱。郝莉一直追寻物质优越的生活状态，但从小说来看，她屡遭抛弃，找不到安定的家，由此反映出卡波特对郝莉的婚恋观持否定的态度。相反，郝莉和叙述者——作家之间介于友情和爱情的感情却真诚不含任何杂质，能历久弥新。在小说开头，当叙述者“我”得知郝莉去了非洲，留下一个长相几乎与她一样的木雕，他很关心郝莉小姐的命运和归宿，这种关切程度显示出他俩感情的真挚。虽然两人的情谊没有丰厚的物质条件，但两人经历了人生的困难与挫折。郝莉小姐流产，被抛弃，都是叙述者“我”陪伴其左右，他们一起经历了人生的喜、怒、哀、乐，关系已大大超越了单纯的友谊，“我”被视作她的兄弟——弗雷德的化身，弗雷德是郝莉小姐的精神支柱，得知弗雷德在战场阵亡的消息时郝莉小姐几近崩溃，之后便把爱转移到“我”身上，

“我”立即成为郝莉小姐的精神寄托对象，也是爱的存在客体。

另外，关于消费观，作者倾向于合理的消费观。卡波特并不反对消费，这与西方特定的文化背景有关。亚里士多德很早就提出了人的优秀品质之一——慷慨，“慷慨是在财务方面的中庸之道。”[①]符合中庸之道的消费原则，既不过于浪费，又不至于节俭，在消费时，“消费量的大小是否相当，要以什么样的场合，什么样的对象而定……要对花费是否适当进行思考，使巨大的钱财用得恰到好处。”[②] 亚里士多德对合理的消费观进行了界定，并提出了较高的要求。所谓合理的消费，更多需要的是智慧的运用，多一分则满，少一分则缺，适度才是最好的。文艺复兴则提出了以人为本，破除禁欲主义，提出人生可以有享乐的一面。消费即享乐的一种。在消费中，人性得到释放，可以不拘于节俭的一面。之后的重商主义则大大推进了消费主义思想。“主张用节俭的消费观推动生产的思想家有重商主义者亚当·斯密、韦伯等，而主张通过消费拉动需求，甚至用奢侈推动经济发展的有孟德威尔、凯恩斯等。”[③] 他们的思想中崇尚的是大量获取黄金、白银，用消费刺激经济的发展，甚至奢侈品的消费也是重要的一环。应该说，无论是节俭的消费观，抑或炫耀性消费观，不过是西方经济发展过程中的两种情况，两种走向有些极端，必然会导致极左或极右的情况发生。随着历史车轮的转动，这些极端的消费观在不同的历史条件下转化并改变着。合理的消费观却能经受住历史的考验，无论在何种历史条件下都可以存活。提倡合理的消费观，不过于奢侈，也不至于吝啬，小到对个人，大到对社会都具有积极意义。

对于炫耀性消费而言，“炫耀性消费不论与消费者的财力是否

---

① ［古希腊］亚里士多德：《尼各马科伦理学》，苗力田译，中国人民大学出版社2003年版，第68页。

② 同上书，第74页。

③ 周中之、高惠珠：《经济伦理学》，华东师范大学出版社2002年版，第233页。

相当都是有害的，它会助长个人的虚荣心，会导致社会风气的不断浮华。”[①] 因为属于非理性消费，带有享乐成分，炫耀性消费无可避免带有浪费的成分，消费者看中的是炫耀性消费代表的身份与价值，弱化了其本身实用价值与货币价值是否等价的因素。

郝莉的消费观不是合理的消费观，她的消费并非来源于自己的劳动所得，她爱办派对，喜欢买大量的名牌衣服和化妆品，喜欢享乐，她消费时大手大脚，全然不顾是否在自己能力范围内，为了维持自己奢靡的生活状态，她只有不断与各个情人周旋，她的最大愿望是嫁作富人妇过物质丰裕的生活。

而且，炫耀性消费是否是合理消费要从具体情况出发。同样根据马斯洛需求层次理论，也许对于收入不高的普通大众而言，炫耀性消费是不合理的，因为他们的要求仅局限在物质需要，满足衣食住行等的基本需要便获得了满足感与幸福感。而对于收入较高的上层社会而言，他们有着更高的需求，他们需要自我实现。因郝莉还未达到上层社会的标准，她的消费显得不合理。

除此之外，在分析《蒂凡尼的早餐》的消费主义时，不能忽视消费背后的历史背景。《蒂凡尼的早餐》所写的时代是在“二战”期间，“二战”对美国经济有显著的拉动作用，也极大地刺激了人们的消费。“第二次世界大战后，随着新技术革命带来的新发明不断涌现，可供大众消费的商品既丰富又廉价，与此前相比，美国的现代大众消费社会更为成熟……”[②] 并且，美国消费社会在“二战”后得到进一步发展。在小说中，以郝莉小姐为代表的人们喜欢购物、娱乐，人们的消费欲有了明显增长。可后来，战争也导致通货膨胀，经济发展逐渐停滞，物资紧缺。郝莉小姐为哥哥弗雷德买

---

① 黄云明：《社会伦理问题研究》，中国社会科学出版社 2009 年版，第 230 页。

② 王晓德：《战后美国对法国向现代消费社会转型的影响——一种文化视角》，《史学集刊》2008 年第 1 期。

花生酱要跑多个街区就是一例。

从以上对《蒂凡尼的早餐》的消费主义思想梳理中我们可以看到，小说通过以蒂凡尼品牌为代表，表明了《蒂凡尼的早餐》中的消费主义思想的目的是为了能够让人发现幸福所在，从而提倡合理的消费观，这种思想即使对现代社会也具有积极的指导意义。

《蒂凡尼的早餐》及村上春树对该书的评价。

小结　书写浪漫　诠释幸福

卡波特 50 年代的创作呈现出与 40 年代的创作完全不同的创作特征，这一阶段的特征为"书写浪漫、诠释幸福"。这一时期卡波特创作了白昼小说，小说充满了温馨浪漫的情怀，其主题是对浪漫与幸福的追求和诠释。白昼小说塑造了一系列白昼型人物形象，即幸福的追求者，并采用白昼型表述，要么轻松幽默的文字表达，要么浪漫的表述，该表达形式是白昼小说主题思想的有益补充。除此之外，白昼小说是特定历史条件和作者经历下的产物，白昼小说的出现有一定的原因，即白昼小说根源于“冷战”对文学的束缚和影响，再加上卡波特的人生迈入了一个崭新的阶段，他笔下难免创作出符合时代特征与内心想法的新的小说类型。至于白昼小说存在的意义，首先，乐观与快乐的写作内容会带给读者愉悦的内心感受，其次，白昼小说是当时美国社会的缩影，它的出现具有时代性，白昼小说因此成了时代的传声筒。在对白昼小说进行总体介绍后，本章的第二部分是对白昼小说的代表作之一的《草竖琴》进行分析，该小说虽然是以商业社会为背景，却反映了人与人之间的温情之爱和真善美，与此同时，小说还运用了浪漫的诗意表达。本章的第三部分则是对另一部白昼小说的代表作《蒂凡尼的早餐》的阐释，用消费主义观点分析了女主人公郝莉的幸福观。

相比较而言，白昼小说与之前的黑夜小说，是风格迥异的小说类型，前者乐观、欢快，后者压抑、孤独，一个如同喜剧，一个犹如悲剧，不能说孰优孰劣，只能说两种小说类型有各自的风格和特征，代表了不同时期作者本人的所思所想，映射了不同时期的社会状况。卡波特运用自身可以涉猎不同小说类型的写作能力，为他下一阶段创作非虚构小说《冷血》及儿童题材的虚构小说奠定了基础。

第 四 章

卡波特鼎盛时期(60 年代)的小说创作

1960—1969 年是卡波特小说创作的第三个创作的 10 年，也是其小说创作最重要的 10 年，达到了其创作的顶峰。卡波特不再满足于之前取得的成就，他想另辟蹊径，开拓出一条崭新的道路。一桩轰动一时的谋杀案激发了他的灵感，因为他曾当过记者，出于记者本能，他很想探究谋杀案的真实情况，并将之写成小说。他认为，如果仅仅按照之前小说的写作手法，小说的真实性经过艺术加工之后便会大打折扣，艺术震撼力也会随之降低，远不如就按案件本身来进行还原，就按照新闻报道的纪实手法来写作，通过小说对整个案件的深度挖掘，揭示出小说背后所暴露出的美国社会及制度的深层次社会问题。卡波特说干就干，他和助手哈发·李动身来到案发地，调查了所有与案件相关的人和事，经过近 6 年的酝酿，写出了《冷血》。为了区别于以往的小说类型，卡波特将这种纪实性的小说定义为非虚构小说，由此开辟了文学史上的一个新纪元。卡波特是非虚构小说的开山鼻祖，之后的很多作家承袭了这种创作手法，如诺曼·梅勒、汤姆·沃尔夫等，可见非虚构小说对后世的影响力。

卡波特的多元化创作不仅体现在小说创作的不同时期，也体现在卡波特同一时期的小说创作当中。除了创作非虚构小说之外，卡波特于这一时期还创作了两篇儿童题材类虚构小说《一个圣诞节的回忆》《感恩节来客》，这两篇小说收录于《圣诞忆旧集》，小说用儿童的视角展示了节日里所获取的智慧，小说带有浓重的自传色彩。

总而言之，卡波特在第三个10年创作出了两种不同类型的小说。无论是揭露社会真实面貌的《冷血》，抑或充满童真童趣的《圣诞忆旧集》，卡波特向世人展现了自己多元化的创作才能。

第一节 《冷血》:一部深刻挖掘真实的非虚构小说

一 非虚构小说与《冷血》

（一）非虚构小说

非虚构小说（Non-fiction Novel），又称为新新闻主义（New Journalism）、纪实小说、文献小说、新闻小说、高级新闻报道、口述实录小说等，“一切以事实为基础以非虚构为主要创作原则的小说，都属于非虚构小说的范畴。在较小的意义上说，非虚构小说就是新新闻报道。”[①]

关于非虚构小说的定义，严格说来并没有一个文学定义可以完全概括它，相对普遍接受的定义来自哈里·肖，他给出的定义为：“非虚构作品与虚构作品相对，并有别于戏剧、诗歌，这一文学事件依赖事件表达思想。”[②] 由此表明了非虚构小说的主要特点为以真实事件为基础，客观真实地反映事件。非虚构小说的题材广泛，对所反映的新闻题材的时间不加限制，并非只局限于新闻题材，也可

---

① 聂珍钊：《论非虚构小说》，《中南民族学院学报》（哲学社会科学版）1989年第6期。

② Harry Shaw, *Dictionary of Literature Terms*, New York: Mc Graw-Hill, 1972, p. 256.

以是旧闻题材。题材主要涉及几方面内容：一、写社会中的重大事件，非虚构小说“把敏感的时事新闻、重大事件以及人们十分关心的许许多多社会问题作为创作题材”[①]。如反映犯罪案件的《冷血》《刽子手之歌》，反映战争的《M》《黑夜军团》等；二、写游记和名人传记，如卡波特于20世纪50年代就曾写过一些非虚构性质的游记和人物传记，这些小说是他游历欧洲的真实见闻；三、写历史事件或社会运动，如《马丁·路德·金一案何时了》。

虽然非虚构小说被正式命名是在20世纪60年代，其实，早在19世纪后半期，法国以左拉为代表的自然主义就强调用科学方法进行文学创作，以追求绝对的真实和完全精确还原事物作为创作主张，这种创作方法对后世的现实主义手法产生了极大影响。之后，美国作家菲利普·罗斯提出了“事实与虚构混淆不清”的理论，成了非虚构小说的理论基础。另外，作家汤姆·沃尔夫则成为非虚构小说理论的代表作家，他是新闻记者出身，于60年代出版的三部报告文学就已经有了非虚构小说的影子，他还将琼·狄台翁、盖伊·萨森、诺曼·梅勒等人的相关作品集结成册，出版了《新新闻报道》，书中阐发了非虚构小说理论。他在文集中指出，当代严肃的纯文学的小说家们已经不再能够创作出伟大的作品，需要非虚构小说的作家来接替其位置。并且，他将这些新新闻主义的作家的艺术方法概括为四点：“1. 一个场景接一个场景的结构，以生动的形象反映事实；2. 以‘第三者的观点’观察人物的思想感情，深入人物的内心世界，跟人物一道体验在现场的思想感情；3. 精辟的对话；4. 像巴尔扎克一样匠心独运的细节描写。”[②] 沃尔夫进一步发展了非虚构小说的理论。另外，如果追溯历史的话，具有非虚构

---

① 张素珍：《试论新新闻主义的由来、形成和发展》，《徐州师范学院学报》（哲学社会科学版）1991年第2期。

② 转引自聂珍钊《论非虚构小说》，《中南民族学院学报》（哲学社会科学版）1989年第6期。

特征的作品很早就存在，非虚构小说的产生绝对不是无源之水。

非虚构小说得以发展壮大是四位作家努力的结果，他们分别是杜鲁门·卡波特、诺曼·梅勒、汤姆·沃尔夫、盖伊·塔利斯。他们为非虚构小说的发展做出了巨大的贡献。

1956年，杜鲁门·卡波特发表了《冷血》，标志着非虚构小说正式登上了文学舞台。这部记录一桩美国堪萨斯凶杀案的小说以真实还原案件立即引来了众人的目光，小说很快成为畅销之作，在一片赞誉声中尽管也存在一些不认可的声音，但小说仅在五六年间就销售了300多万册，还被译成25种文字畅销全球，事实证明，《冷血》确实顺应了文学史发展的趋势，它的问世标志着非虚构小说得以正名，卡波特成为非虚构小说的开创者。

诺曼·梅勒则是非虚构小说的推动者。他写作了四部非虚构小说。《自我广告》（1959）标志着梅勒开始尝试写作非虚构小说。《黑夜大军》（1968）以1967年美国群众反越战大军向五角大楼进军为背景，由“作为小说的历史”和“作为历史的小说”两部分组成。梅勒试图打破历史和虚构的界限，将两者融合成一体。小说荣获了当年的全国图书奖和普利策非小说奖，使非虚构小说得到进一步发展。《月球上的火焰》（1971）同样以重大历史事件为题材，描写的是美国宇航员第一次登月和这一事件对人们心理上的影响。而《刽子手之歌》（1979）使梅勒获得了广泛的赞誉。该小说和《冷血》有异曲同工之妙，记叙了犹他州杀人犯加里被判处死刑的经过，探讨了其犯罪背后的社会原因，揭露了美国底层人民的悲惨生活。作者为写作花费了大量时间采访、录音、搜集资料，对事件做尽可能详细的报道和描绘，想通过原汁原味的记录将美国最为真实的一面展现在读者面前。该小说对非虚构小说产生了重大影响。

说到非虚构小说，另一个不得不提到的人物是汤姆·沃尔夫及其代表作《电冷却器酸性试验》。沃尔夫在1957年获得博士学位后，先后在《华盛顿邮报》《纽约》等杂志当记者，他将 20 余位非虚构小说作家的作品收集后结集出版，而他自己也在非虚构小说的写作方面努力实践着。《电冷却器酸性试验》便是其非虚构小说的代表作，看似有些怪异的书名来自于 60 年代初一种针对大剂量毒品的测试，小说反映了美国 20 世纪 60 年代被喻为“垮掉的一代”的嬉皮士的生活状态，描写了一个叫肯·凯西的作家和一群自称为“快乐的诙谐汉”的摇滚乐队成员到美国南部各州漫游后又回到纽约的一段经历，他们聚集在一起吸毒、狂饮、滥交，不断挑战道德底线和传统，展现了他们丧失道德信仰、生活空虚的生存状态，由此反映出当时青少年间出现的亚文化状况，小说采用的非虚构手法将他们真实的生活状态展现在读者面前，特别是对吸毒者吸食毒品过后的感受的刻画，使人不得不怀疑作者是不是自己吸食过毒品，不然怎么能表现得如此细致入微？这是沃尔夫对非虚构小说的大胆尝试。另外，沃尔夫还发表了《水站中人》和《虚荣的篝火》，前者真实地再现了 60 年代美国底层社会各种人物的生活状态，后者则还原了美国社会中无处不在的腐败现象。此外，沃尔夫还提出了非虚构小说概念的理论，他将非虚构小说的创作原则概括为“社会现实主义”，提出文学应与新闻紧密结合起来，甚至可以扩大到与社会学和历史学相结合。

第四位非虚构小说的代表人物是盖伊·塔利斯。这位非虚构小说战将的题材多数来源于大众感兴趣之事。除了写作了《帝国与权力》（1969）和《令尊大人》（1971）两部非虚构小说外，塔利斯的《你邻人的妻子》于 1979 年出版，小说围绕着“性革命”，从伦理方面进行讨论，目的是对当时社会存在的道德严重滑坡所导致的灾难性问题引起警觉和关注。小说对比了历史中存在的两种社会道德观念：一种是以前存在的清教徒式的禁欲观，一种是现代社会对性的过度开放，两种观点走向了两种极端，性的过度开放必然会对社会造成严重的影响和危害。小说以出版物为例，出版物随处可见性，除了菜谱，其他书都充斥着性的元素。小说的观点虽然有些夸大其词，但基本上还原了美国当时的社会现实，对美国社会敲响了警钟。该书成了非虚构小说的重要里程碑。

非虚构小说之所以产生，是因为有一定产生的根基和土壤。非虚构小说产生于 20 世纪 60 年代，这时期刚好是各种矛盾汇聚之时。在国际上，美国与苏联为了争夺世界霸权，向世界不断输出武力。1958 年，古巴导弹危机使美国和苏联关系极其紧张，核战争一触即发。另外，越南战争使美国伤亡惨重，并遭遇了重创，到越战后期，国内反战情绪日益严重，掀起了此起彼伏的反战运动。最终，尽管美国不愿意承认，但美国战败的事实摆在大家的面前。在国内，美国总统约翰·肯尼迪在 1963 年遇刺身亡，刺杀事件引起美国强烈震动。之后，美国社会暴力冲突事件不断发生，社会治安和人身安全问题成了社会稳定的重要问题。而种族歧视一直是美国社会的一颗定时炸弹。白人以外的大量少数族裔，尤其是黑人群体，由于享受不到公平的待遇和社会福利，无法改变自己生活在底层社会的命运，加上美国社会不断加大的贫富差距，导致了犯罪和暴力事件不断增加，终于在 1968 年 4 月，黑人民权运动领袖马丁·路德·金发表了《我有一个梦想》的著名演讲，要求改变黑人的不公平待遇，演讲激起了美国历史上最严重的黑人抗议运动。生长于这一背景之下的年轻人对美国社会深感失望，他们在 60 年代中期掀起了“反文化运动”，宣扬无政府主义，强调个性自由，提出享受当下，及时行乐。这种思想的普遍弥漫导致产生了一大批思想颓废和生活作风糜烂的青少年，他们自称为“嬉皮士”，群居在旧金山和纽约曼哈顿东区等地，用吸毒、酗酒、滥交等反传统方式来表达自己对传统价值的否定和对社会的不满，人们因此把他们称为“垮掉的一代”。总之，20 世纪 60 年代的美国处于各种混乱之中，整个社会乱象丛生，美国人的心态也陷于反抗与绝望中。

另外，这一时期科技得以飞速发展，电视越来越普及，电视让人们及时且直观地了解世界动态，这让大众不再满足于传统的新闻报道需求，纪实性报道成了发展趋势。

从思想基础上看，20 世纪 60 年代美国社会矛盾的加剧必然会导致思想层面的需求增加，各种社会流派和思潮应运而生。其中，以存在主义为代表的现代人本主义思潮和以法兰克福学派为代表的西方马克思主义思潮，为非虚构主义小说提供了理论基础。并且，“二战”后，美国一跃成为世界霸主，经济高速发展，但不可回避的是人的思想面临异化问题，人在激烈的竞争中迷失自己，感到空前的压迫感和幻灭感，物质的富足并没有消除精神上的空虚，很多学者和哲学家重思人的存在与价值问题。在众多思潮中，存在主义和法兰克福学派否定了社会中的“人的异化”现象。

法兰克福学派于 1923 年创建，主要是以批判的社会理论著称，被视为“新马克思主义”的典范，在理论上和方法论上以反实证主义著称。代表人物有 M. 霍克海默、T. W. 阿多诺、H. 马尔库塞、J. 哈贝马斯等人。其中，被称为“青年造反者的精神之父”“学生运动的先知”的马尔库塞，称自己的理论是批判的理论，强调要恢复马克思主义的批判性，他提出社会青年、激进的大学生和被压迫的底层人民是反抗的主力军。法兰克福学派的批判观点走向了绝对否定，表现为虚无主义、无政府主义，对科技进步、传统文化、政治制度都采取批判的态度，这些为非虚构小说提供了思想基础。

另外，存在主义产生于第一次世界大战之后，发源地在德国和法国。存在主义这一名词最早由海德格尔提出。存在主义提出以人为中心，应该尊重人的个性发展，人的存在本身无意义，但人可以将这种存在变得有意义和精彩。将存在主义发扬光大的人物是萨特，他提出了著名的“存在先于本质”的命题，这种命题代表了存在主义的形而上学。进入60年代后，普遍存在人的精神异化和两次世界大战对人的生存和精神造成危害的现象，存在主义成了特定时代背景下独特的哲学反思。它所强调的个人意识的自由主义，注重个人的选择和主观能动性，给非虚构小说提供了思想支持和理论基础。

纵观整个文学史，非虚构小说绝不仅仅只有短暂的生命力和影响力，直至今日，我们都可以在众多文学作品中看到它的影子。"它冲击着欧亚各国文坛，许多优秀的新新闻主义（非虚构小说）文艺作品纷纷登上了文学殿堂。"① 它的出现是历史的必然。非虚构小说之所以能在历史中存活并发扬光大，说明有它积极且合理的存在理由。首先，非虚构小说所提出的以事实为基础的创作手法顺应了时代的发展。非虚构小说之前的小说一般是虚构小说，夹杂着许多作者的主观想象，小说即使有一些非虚构成分，但小说的性质仍然以虚构为主，而非虚构小说提出的真实客观是对之前小说的一次大胆挑战，小说提出的新的创作思路与主张确实契合时代的需求，是一种进步的表现，因此具有重要意义。"文学从虚构向非虚构转变，从世界范围来看已成为大趋势。新新闻主义（非虚构小说）的前景正如杜鲁门·卡波特所预言的那样：新新闻主义（非虚构小说）在有待开发的文学领域中是最终也是最伟大的一块文学园地。今天，新新闻主义（非虚构小说）应该是一股严谨的富有创造性的文学潮流。"② 其次，非虚构小说丰富和完善了小说类型，是对文学创作类型的有益补充。非虚构小说打破了之前传统小说类型模式，它为小说再生长提供了新思路和新的创作方式。再次，非虚构小说对新闻写作产生了深远影响。以前新闻和小说属于不同文类，而非

① 张素珍：《试论新新闻主义的由来、形成和发展》，《徐州师范学院学报》（哲学社会科学版）1991年第2期。

② 张素珍：《纪实小说：国际性的文学现象——兼评美国新新闻主义和中国的纪实小说》，《外国文学研究》2003年第3期。

虚构小说使两种不同的文类越界并融合，焕发出新的生命力。非虚构小说在美国产生后，它的影响力很快波及世界各地，许多作家和记者都走进生活，从生活中取材，或做社会调查，创作出一大批非虚构小说，如德国作家沃尔拉夫的《最底层》、美国作家格林的《寒冷的日子》、森村诚一的《饱食的恶魔》，匈牙利作家切莱什·蒂波尔的《寒冷的日子》等，在世界范围内掀起了一股非虚构小说热潮。如《最底层》，作者沃尔拉夫为了写作这本小说，用两年时间冒充土耳其人，深入德国的农村和工厂，将外籍劳工在德国的真实生活境遇展现出来。这本书出版后立即引起社会强烈反响，推动了争取改善工人劳动的斗争，工人生活因此得以改善。

非虚构小说热潮持续了十年左右的时间，但其理论和写作手法对后来的新闻报道和小说写作的方式产生了重要影响。例如，中国的纪实小说正是在其基础上发展并壮大。中国的纪实小说诞生于20世纪80年代中期，兴盛于90年代。创作了《北京人在纽约》《日子》《烦恼人生》等优秀之作。

在肯定非虚构小说的优点时，无法否认的是非虚构小说存在着一些不足。首先，非虚构小说的时效性显然不如新闻报道。非虚构小说本身就不强调新闻报道原则中时效的问题，小说从资料的搜集，到构思，再到写作往往要经历一个漫长的过程，等小说问世距离当时事件的发生已经相隔一段时间，显然不够及时。其次，非虚构小说弱化了新闻报道“信息传播”的首要功能，这让非虚构小说在传统的新闻报道面前显得“另类”，这是非虚构小说具有争议的问题之一。再者，非虚构小说本身具有的新闻的真实性和小说的虚构性两者的界限难以划分，有些小说严格遵循非虚构小说还原事实的原则，有些小说则在反映事实的同时加入一些文学虚构成分，特别是非虚构小说发展到后期，有些作品明显加入了作者的主观想象。

综合而言，尽管非虚构小说存在一些不足，但瑕不掩瑜，非虚构小说以自身魅力屹立于历史长河中，证明了自身存在的价值和意义。

（二）《冷血》

如果提到卡波特的小说，不能不提到《冷血》（*In Cold Blood*，又被译为《凶杀》《残杀》）。《冷血》作为非虚构小说的开山之作，同时也成为卡波特的巅峰之作。小说用非虚构手法将一件发生在美国堪萨斯州的谋杀案的经过真实且详细地记录下来，使人们了解到看似简单的案件背后其实隐藏着深刻的社会原因，而非虚构手法实则凸显了案件的深刻性，引发读者深入思考。

1959 年 11 月的一天，卡波特在报纸上看到一则堪萨斯州凶杀案的报道，立即引起了他的注意。报道很简略，大致讲述了事件的情况：富裕农民赫布·威廉·克拉特和妻子、一双十多岁大的儿女，毫无征兆地竟然在一夜之间被全部杀害，且作案手段极其残忍。看似简单的案件卡波特觉得并不简单，他决心即刻到当地展开调查，并将之写成一本书。

卡波特先与《纽约人》杂志取得联系，说明自己想要撰写一篇关于案件的调查报告。接着，他又去找兰登出版社的社长贝纳特·塞夫，贝纳特安排了卡波特去找他的朋友堪萨斯州大学校长詹姆斯·麦克坎博士，麦克坎博士亲自写了一封信给卡波特，信中答应他可以介绍全州一半的人给他作为采访对象。接到信后，卡波特立即与他童年时代的好朋友哈发·李动身前往堪萨斯州，两人在那里做了详尽的调查与实录，不仅采访了案件的核心人物，如两个罪犯，还采访了其他相关人物与大量市民，卡波特甚至尽量多地与各色人物接触，想从不同人物那里获取各种信息和视角，这些都有利于帮助卡波特完成小说。这样一来，《冷血》的真实性不容置疑。这些都可以表明《冷血》所具备的非虚构的最典型特征——客观真实。

卡波特对案件做了细致深入的调查。整个凶杀案历经五年六个月才审理完毕，最后的结果是判处两名罪犯死罪，处以绞刑。期间，卡波特搜集了能搜集到的所有资料，他深入监狱与罪犯“亲密接触”，与他们交谈，甚至与他们成为朋友，为的是获取第一手资料，掌握两名罪犯的真实心理，除此之外，他并不满足于此，他还和其他罪犯接触，了解他们的犯罪动机和变态心理，这些都为卡波特创作《冷血》做了积淀。当卡波特动手写这部小说时，他的手边已经积累了六千多页的笔记、厚厚的一摞信件、报告、录音、罪犯遗物等文献资料。在小说一开始的致谢词中，卡波特就做了说明：“本书所有资料，除去我的观察所得，均是来自官方记录，以及本人对案件直接相关人士的访谈结果。”[①] 1966年1月，《冷血》一经问世立即引起了巨大的轰动。在头四个月的发行中，每周都要售出五万册，并且，在一年多的时间里，《冷血》都跃居全美畅销书榜首。《冷血》的影响力不仅仅局限于国内，该书还被翻译成25种文字，畅销全球，并被拍摄成电影，在世界掀起了一股卡波特浪潮。

《冷血》不仅是卡波特的代表之作，更是非虚构小说，或者新新闻主义的开山之作。卡波特用“非虚构小说”这一概念来区别于以往的“虚构小说”，“他将新闻报道和虚构小说的写作技巧融合在一起，实际是把历史和文学结合起来了。”[②] 作为优秀的新闻记者出身，卡波特擅长新闻报道写作，客观真实无疑是新闻报道的特点，而卡波特独辟蹊径，他将新闻报道的严肃真实与小说的艺术表达相结合，创造出一种与众不同的文学体裁，立即引起文学界的广泛关注。对于非虚构小说，争论众多，客观上说，一种新生事物总会带来各种不同的声音，但事实证明，非虚构小说在文学史上的地位不可忽视，影响深远，影响了之后一批作家和记者，如诺曼·梅勒创作了《夜晚的军队》，该小说的副标题“如同小说的历史和如

① 摘自［美］杜鲁门·卡波特《冷血》扉页，夏杪译，南海出版公司2009年版。

② 张素珍：《杜鲁门·卡波特小说艺术研究》，中国矿业大学出版社1997年版，第136页。

同历史的小说”表明了该小说的非虚构性质；有记者琼·迪迪恩、吉米·布雷斯林、汤姆·沃尔夫、亨特·汤普森等都选择了从“客观报道”转向用小说的技巧进行写作；还有沃尔夫的新闻报道，都沿袭了卡波特的非虚构小说的创作技巧和理念，将其进一步发扬光大；等等。非虚构小说已经成为一股潮流，其发展势不可当。

二 《冷血》的主题思想

人们提起卡波特的非虚构小说，往往会提到《冷血》。《冷血》的发表，不仅在于它真实地表现了克拉特家谋杀案的前因后果，更为重要的是，通过案件折射出20世纪30年代隐藏在美国表象背后的深刻的社会问题，具有一定社会意义，这些问题涉及了美国20世纪五六十年代人身安全、金钱、青少年犯罪等主题思想。

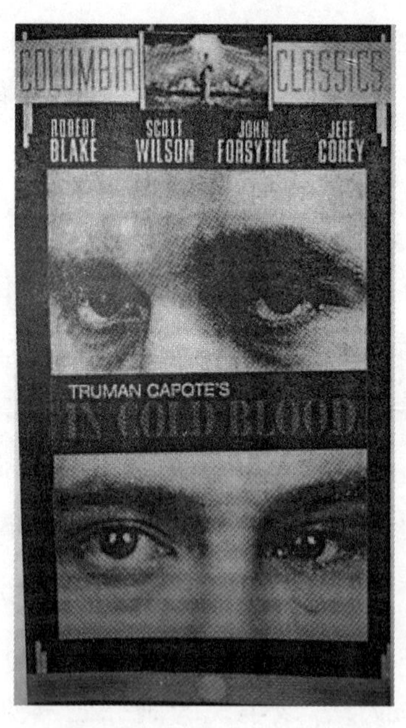

《冷血》被改编成电影的海报，海报突出了两个杀人犯的眼睛。

《冷血》出版后立即引起了轰动，成了畅销小说。

（一）人身安全主题

《冷血》讲述了一桩堪萨斯州发生的凶杀案，案件的发生直击当时美国人的人身安全问题。安全隐患给人们身体上造成了巨大的威胁，甚至于对其心理造成了巨大的阴影，已经完全影响到美国人的日常生活和工作，成为人们首要重视的问题。

小说中讲述的谋杀案之所以会引起人们的巨大反响，其原因在于小说的典型意义，使人们感到自己身处危险之中，使人们不得不思考自己人身安全的问题。如果没有卡波特和《冷血》，或许很多人都并不知道克拉特家谋杀案。“这起恶性案件没有发生在繁华的大城市或郊区，而是发生在美国西部的一个农场中，这样的地点选择代表了美国农村的中心。而克拉特一家则代表了生活在美国中西部农场上典型的具有优秀品质的人们。”①

这样的一家人，是人们最意想不到被残忍杀害的对象，而选取这样的人物无疑具有一定的典型性。如同“9·11”事件对美国人心理的巨大影响一样，该凶杀案如一记重拳打在原本认为自己生活在一个安全的环境中的人们的身上，恐慌心理在不断蔓延，甚至被一度强化，人们一下子觉得自己生活在无数的不确定和危险之中，一切皆有可能发生。小说中，有些情节表明了这种情况，如案件发生后警探杜威的夫人立马将自己家中的锁全部换了，小镇居民们都房门紧闭，戒备森严，人人都用怀疑的目光看着别人，生怕一不小心得罪了其他人而遭到像克拉特家一样的灭门惨案。“迄今为止邻里之间的和睦相处不见了，骤然间老朋友们要承受彼此猜疑的痛苦，他们难免认为凶手就是左邻右舍。”② 小说中有一个情节较好诠释了人们的恐慌感。在案件发生之后的十二月初，仅仅只是一个下午，小镇上的咖啡馆就有两个人宣布他们即将打点行李，他们要离开芬尼县，还要离开堪萨斯州。“谁在这里能睡觉呢？我老婆睡不着，也不让我睡。……我们要搬家了，搬到东科罗拉多州去。也许在那儿我能好好歇歇。”③ “看起来大家都要走了。活着的，或是死了的。”④

再将典型意义放大，克拉特家居住在霍尔科姆镇的一个农场，是当时美国城市发展最为常见的地方，霍尔科姆镇就属于普遍意义上的一个美国郊区的小镇。“二战”后，人口的市郊化成了美国发展的一个重要特征。“据统计，市郊人口在全国人口中所占比重，1940 年为 15.3% ……战后市郊化的进程，在五六十年代进

① Ralph F. Voss, *Truman Capote and the Legacy of "In Cold Blood"*, Alabama: The University of Alabama Press, 2011, p. 3.

② ［美］杜鲁门·卡波特：《冷血》，夏杪译，南海出版公司 2009 年版，第 82 页。

③ 同上书，第 108 页。

④ 同上书，第 109 页。

人高峰期。”[①] 从 1950 年到 1960 年，1500 万人口涌向郊区，并且这些人口呈几何级数增长的。大量州际高速公路的建成使交通便利，廉价的土地使房地产经营者愿意到郊区建房，商业、工业和服务业的市郊化使配套服务完善，这些都有利于人口向市郊流动。再加上去郊区意味着可以有更大的住房和庭院，住房的种族隔离使之更安全，并且能够给孩子提供更好的教育，于是，迁往郊区成了众多美国人的选择。而“市郊居民的主体是白人中产阶级”[②]，这样的群体在美国占据多数，所反映的社会现状因此具有普遍性和代表性。

克拉特一家在 20 世纪 50 年代中期过圣诞节时拍摄的一张全家福。

选取这样具有常见的场景和人物作为案件受害者，使人们禁不住联系到自己：同样的事情会不会发生在我身上？难说下一个就是我！该案件的影响力在于这种恐怖心理的威慑力并不是随着案件的

① 刘绪贻、杨生茂主编：《美国通史》，人民文学出版社 2002 年版，第 605 页。

② 同上书，第 607 页。

结束就可以完结，相反，对人们心理造成的冲击和威慑远远大于案件本身，容易引发社会的恐慌。人们的想象力无穷无尽，就造成了人们在认识和思考这个案件时增加了无数的揣测和个人想象，安全问题成了人们的最大隐忧。

从小说中得知，克拉特先生一家之所以成为被谋杀的对象，是因为他们家庭的情况被泄露了，这些情况被两名罪犯获知，而这则消息的传播者是一个叫弗洛伊德·威尔斯的年轻人。威尔斯曾换过无数的工作，他当过士兵、机修工，在克拉特牧场工作过，甚至当过小偷，偷窃让他在堪萨斯监狱服刑。迪克是他在牢房里的第一个狱友，一天，当迪克谈起自己出狱后的打算时，威尔斯无意中聊到了自己曾经的雇主克拉特先生家中的情况，这立即引起了迪克的兴趣，迪克想知道克拉特家是不是很有钱？之后，迪克不断打听克拉特家的情况，“他们家有多少人？孩子现在多大了？去他们家的路怎么走？房间的格局如何？克拉特先生有保险箱吗？”[①] 迪克告诉威尔斯，他将和自己的好伙伴佩里去打劫，然后准备如何将这些人绑起来，再如何用枪将他们打死。当时的威尔斯并没有在意，因为他认为迪克只是随便说说而已，根本不会这么干，因此也没有劝阻迪克。可当威尔斯听到克拉特一家被枪杀的广播时，他震惊了，作案的情况居然和迪克说得一模一样，他过后便向警方报告了这一情况，让一直无法找到线索的案件得到实质性的突破。

威尔斯、迪克和佩里都属于流动人口。威尔斯因为在克拉特家干活对克拉特家情况熟悉，携带了大量克拉特家的信息，并将这些信息透露给危险人物迪克，从而使克拉特一家陷入危险之中，其人身安全受到了严重的威胁。

隐藏在人身安全背后的深层问题是社会阶层和等级的问题。无

---

① ［美］杜鲁门·卡波特：《冷血》，夏杪译，南海出版公司 2009 年版，第 150 页。

论是迪克、佩里抑或威尔斯，这群人物均来自于社会的底层，他们处于“二战”后美国社会各种矛盾爆发之时，在经历了一次次想要改变命运却以失败告终后，他们终究丧失了对生活的热情和信心，特别是迪克和佩里，两人均是多次进出监狱，干脆破罐破摔，最终决定采用这种极端方式来“改变命运”和报复社会。像迪克、佩里和威尔斯，可以将之称为社会的落魄群体，处于落魄的生活状况之中，这样的人物是社会安全和人身安全的隐形炸弹，一碰到导火索便立即被引爆。“这一群体对社会的不满、怨气积累到一定程度就会心态失衡，不良情绪得不到及时宣泄就会产生报复社会的极端暴力事件。”[①] 他们社会资源少、社会地位低，容易将自己的不满情绪和承受的生存压力通过他人或社会发泄出来，发展为报复社会的极端行为。

另外，在“二战”后的美国，少数族裔问题依然很突出，小说涉及种族问题，这也是人身安全的一个重要隐患。

佩里的母亲是印第安人，“史密斯硬直的印第安人的头发，爱尔兰和印第安混血的黑色皮肤”[②] 将佩里的印第安血统表露无遗，佩里因此遭遇了歧视与不公平对待。事实上，像佩里这样一个印第安裔在美国的处境显然不是个案，印第安裔属于少数族裔。少数族裔是指除了白人以外的各个民族的美国人，包括非洲裔、亚裔、印第安裔等。“美国少数族群历来就是弱势群体，他们受教育程度不及白人，就造成了他们在就业上，经济政治地位上不及白人。”[③] 少数族裔中的印第安人，又称为原住美国人（Native Americans），成为少数族裔中最贫穷落后的一支。早在美国建国之初，印第安人居

---

① 贾俊强：《当前个人极端暴力事件研究分析——以“失意群体”为视角》，《河南财经政法大学学报》2014年第1期。

② ［美］杜鲁门·卡波特：《冷血》，夏杪译，南海出版公司2009年版，第210页。

③ 张晨光：《论当代美国少数族裔面临的生活及他们美国梦的实现》，《湖北广播电视大学学报》2010年第2期。

住地就曾被强占，以及对他们施行的残忍的奴隶制度成为他们痛苦的记忆。后来，成千上万的印第安人不得不去城市谋生。但由于缺乏生存的技能，这些印第安人很难在城市中生存下来，生存条件非常恶劣。40 年代后，由于提倡对印第安人实行种族多元化政策的《印第安人改组法》的施行，使其社会地位有所提升。但不可否认的是，印第安人仍然成为最贫困的群体。“由于历史和文化原因，印第安人仍然被排斥在主流经济之外，他们的平均家庭收入非常之低，失业率是全国平均数的 10 倍或更高，保留地的失业率常常高达 80%。”[①] 而这些印第安裔引起的社会问题也不可忽视，如暴力冲突、犯罪，以及种族之间的问题引发的冲突。

而佩里的父亲是爱尔兰族裔，是一名骑马能手，在一次西部牛仔竞技巡回表演时遇到了佩里的母亲。在佩里五岁以前，夫妻俩四处巡回表演。表演不可能天天有，生活因此没有保障。当两人因为伤病被迫放弃了这项职业后，便常常因为生活窘迫吵架，母亲开始嗜酒，不管孩子。在经济大萧条时，佩里的母亲离开了父亲。父亲带着佩里四处漂泊，两人住在“房车”上，在车上吃住。当他们在一个地方待的时间一久，人们便用异样的眼神看他们，他们就只有重新换地方。父亲曾经雄心万丈要开一个叫“猎人之家”的客栈，希望能够赚到钱。他把佩里叫回来，两人动手建成了一个有“怀旧花园”“许愿井”和酒吧的“令人赞叹、充满乡野风味的”[②] 客栈。然而，游客并没有出现，钱都打了水漂。没有了经济来源，两人开始互相责怪，甚至为争夺饼干差点将对方杀死。佩里父亲的经历就是爱尔兰移民的生动写照。“他们（爱尔兰裔美国人）因贫困所迫来到美国，渴望融入美国社会，改善自己的政治经济地位，但也正是由于贫困、无知、酗酒和与主流新教不相容的天主教信仰而受到

① 叶凡美：《20 世纪美国少数族裔的命运变迁》，《史学月刊》2002 年第 6 期。

② ［美］杜鲁门·卡波特：《冷血》，夏杪译，南海出版公司 2009 年版，第 127 页。

主流社会的轻蔑。”[1] 正因为连基本的生存都成为问题，这些人很容易走上犯罪的道路。佩里及家人的遭遇反映的是美国少数族裔的生活状况，他们的悲剧值得反思。

种族问题是一个社会问题，更是一个制度问题。首先，在很长一段时间内，美国的司法制度偏向于保护白人，少数族裔的利益得不到保护。白人与少数族裔生活在完全不同的两个世界，他们的生活、工作与教育都与白人隔离开，基本生活经常得不到保障，更别提其他方面的公平对待，特别是黑人，在社会的地位极其低下，甚至还不及战时。少数族裔，特别是黑人，为争取与白人的同等权利进行了艰苦的斗争。1955 年，一名黑人女子罗莎·帕克斯因为在公共汽车上拒绝给白人让座而被逮捕，由此激起了反对权利不平等的抗议活动。还有马丁·路德·金领导的对公共汽车抵制运动引起了美国的强烈震动，最终迫使市政当局取消了种族隔离法。由此才使少数族裔的权利得到一些改善和保障。其次，教育体制也是造就少数族裔贫穷落后的一个重要原因。少数族裔，特别是黑人，不能与白人同校读书，只能在规定的学校就读，而这些学校的师资、硬件设施往往与白人学校有很大差距，少数族裔不仅输在了起跑线上，在就业等方面也遭到严重歧视，他们根本无法融入白人的主流社会，由此导致了他们始终无法改变自己的命运。另外，由于战后新技术的广泛使用，“新技术的应用带来的结构性失业，在 50 年代成为引人注目的问题。……（少数族裔）由于种族和性别歧视，处境格外艰难。”[2] 少数族裔往往缺乏生存技能，他们的工作局限于低端、不需要太多技术含量的一些工种，多数是体力劳动。然而，体力劳动在机器化年代最容易被机器取代。佩里的父亲多数从事体力工作，他还把这些技能教给佩里，他教佩里如何淘金，“怎样在雪

---

① 朱全红：《论美国族裔群体的双重文化认同》，《学海》2006 年第 1 期。

② 刘绪贻、杨生茂主编：《美国通史》，人民文学出版社 2002 年版，第 155 页。

水汇集的溪流沙床淘金；在那里，佩里还学会了打枪、剥熊皮，做陷阱捕捉狼和鹿。”① 可社会对这些技能的需求量并不大，佩里和父亲便常常处于失业中。

由此看来，克拉特家惨案引发了社会对人身安全问题的思考。人身安全并非一个简单的问题，涉及很多历史、社会和制度的因素。而如何避免这些悲剧的发生，这便是一个值得深思的问题。

（二）金钱主题

在《冷血》中，之所以发生这样的恶性事件，其中一个重要原因在于金钱的罪恶。

“二战”后，美国经济与战时经济相比，其增长速度趋于减缓，政府不得不面临一个重大问题，即贫困问题。在20世纪50年代，经济不景气，已有1400万个至1500万个家庭受到贫困的影响。以至于肯尼迪总统在上任后的第一件官方措施便是为贫困家庭发放双倍食物。为了增加家庭收入，妇女们也出去工作赚钱。此外还有很多人靠领取政府福利来消除贫困。除了看得见的贫困外，还有一些因为贫困而导致权利被剥夺的问题，如按各种消费能力划分不同的阶级，贫困者只能居住在贫民区，贫困家庭的孩子也只能在贫民区的学校读书，还有因为贫困导致的政治权利的丧失，等等。

另外，贫富差距日益增大。对于有钱人来说，有的变成资本家，用金钱换取了更多的财富，所谓钱生钱。而对于贫穷者而言，他们沦为被剥削和压迫的对象，只能在社会底层苦苦挣扎。金钱是每一个人生存的基础，离开了金钱，所有理想和愿望都无从谈起。两个杀人犯迪克和佩里，他们的犯罪始于获取金钱的欲望。当他们

---

① ［美］杜鲁门·卡波特：《冷血》，夏杪译，南海出版公司2009年版，第124页。

从狱友威尔斯那里得知克拉特先生很有钱，手头有大量现金，从来都不会少于一万元，并且都放在保险箱里，他便动了行窃的念头。可以说，他们犯罪的罪魁祸首是金钱。从整个案件来看，金钱成了万恶之源。但事实是，当他们真的进入克拉特家之后，大大出乎他们意料的是，克拉特家中几乎没有现金，他们也没能找到保险箱，他们唯一的收获不过是一台旧收音机和望远镜，另外还有几十美元的现金，仅此而已。颇具讽刺意味的是，当他们想要获取金钱而不得时，他们依然按照原计划，残忍地将克拉特一家杀死。“金钱！这是多么冷血，用鲜血来交换金钱。……仅仅为了四五十块钱，平均十块钱一条人命！”[①] 用这么少的金钱来衡量人命，显得人命是那么廉价，也突出迪克和佩里为了追逐金钱不惜杀人的悲惨社会现实。

对金钱和财富的追逐几乎是每个美国人的愿望。在美国，人人向往成功和富裕的生活，这成为众多美国人的美国梦，他们希望用财富来彰显自己的成功。迪克和佩里也不例外，“强调财富和成功的美国梦深深侵蚀着他们的心灵，使他们不惜一切手段去实现一夜暴富。”[②] 克拉特先生和迪克、佩里之间，形成了一组鲜明的对比。

克拉特先生无疑是美国梦的实现者，他之所以吸引了迪克和佩里的注意，富有是最重要的诱因。他身体健康，正直善良，拥有一个农场，有着优越的社会地位和广泛的社会影响力，与自己心爱的女子喜结良缘，并育有三女一男，他富有，名气大，这一切都符合了美国上层社会的标准。可谓是家庭幸福，事业有成。克拉特先生身上所具备的条件，刚好是迪克和佩里所缺乏的。

---

① ［美］杜鲁门·卡波特：《冷血》，夏杪译，南海出版公司 2009 年版，第 285 页。

② 李林旭：《美国噩梦——论〈凶杀〉中美国梦的消极意义》，摘自《福建省外国语文学会 2008 年年会论文集》2008 年版。

佩里

而迪克和佩里为底层社会的代表，从小被贫困困扰。佩里的父母靠表演西部牛仔竞技为生，经济来源不固定，“我们靠吃稀粥、小甜饼和炼乳过活”①，佩里因此从小肾脏功能不好，经常尿床。之后，夫妇俩被伤病困扰，不能再去表演，失业在家，便不断争吵，在佩里六岁时，佩里母亲便带着孩子去了旧金山。然而，佩里母亲开始酗酒，勾搭男人，对孩子不闻不问，使佩里缺失家人的关怀和爱，生活在贫困和暴力之中，由于母亲没有能力照顾他们，便把他们送到了孤儿院，佩里在那里受到了看守的虐待后，佩里的父亲将佩里接回了家。两人只能不断辗转于各地，佩里因此没有上过几天学。当佩里的父亲做生意失败后，两人的生活越来越拮据，甚至为争夺食物差点将对方杀死。此后，父亲将佩里撵出家门，佩里不断换工作谋生，但所找的都是低薪的工作。在经过一系列犯罪之后，心里充满了对社会的仇恨。佩里之所以要参与犯罪的最主要的原因在于他和迪克一样需要钱。而在杀害克拉特先生一家的那个关键时

① ［美］杜鲁门·卡波特：《冷血》，夏杪译，南海出版公司2009年版，第123页。

刻，是贫穷诱发他实施了暴行。小说中有一个细节具有无比的讽刺意味。佩里和迪克来到克拉特先生家里，佩里四处寻找藏钱的地方，可他找了一圈后都没有找到。这时，他看到南希包里有一枚硬币，这枚硬币一不小心滚到了椅子下，佩里为了拿到这枚银币，便跪在地上，极力弯下身子去取，连他自己都觉得这样做很恶心，是耻辱，为了区区一枚小孩子的硬币，竟然这样不顾人格尊严地去拿。对于佩里，警探杜威的评价是："佩里·史密斯的一生与幸福无缘，而是一个可悲、可恶与孤独的旅程，是一个幻象接着一个幻象。"[①] 这样的评价夹杂着杜威对佩里悲惨人生的同情。

迪克

而迪克虽然比佩里遭遇好一些，但也错失了受高等教育的机会，拿着微薄的收入，还经常陷入失业中，再加上车祸后身体出了问题，不断嗜酒。作案之前，迪克的生活状态是：离异，有三个孩子需要抚养，没有稳定收入，靠四处打工为生，生活窘迫，这样的

---

① ［美］杜鲁门·卡波特：《冷血》，夏杪译，南海出版公司2009年版，第231页。

处境让他一步步走上犯罪的道路。他们在犯罪逃亡的过程中，迪克看到一个金发美女在替一个和自己年纪相仿的富人按摩，他发出了感慨："为什么这个'该死的王八蛋'运气这么好？如果手里有把刀的话，迪克就威风了。"[①] 他在刹那间便萌发了杀人的念头，因为"所有这一切都属于他（富人），而迪克却永远也不可能拥有。"[②] 对生活丧失希望立即激发了他的暴力念头。

他们也曾多次尝试改变自己的命运，可终究发现一份高收入的工作始终离他们很遥远，他们无法改变自己的命运，所以寄希望于通过偷窃来实现自己的美国梦。但事与愿违，当"希望与现实之间的距离，使佩里产生了巨大的愤怒和羞耻，由此直接导致了杀戮的发生。"[③]

（三）犯罪主题

1. 青少年犯罪

迪克和佩里的犯罪问题涉及青少年犯罪问题。

到 20 世纪 50 年代，婴儿潮的孩子们都已经成长为青少年，他们成长在物质生活丰富的时代，诱惑增多，当无法把持住自己时，这些青少年容易走上犯罪的道路。青少年犯罪成为广播节目、报纸、杂志、电影、书籍中的热点问题，青少年犯罪问题曾一度引起公众的恐慌，这种社会心理已达到前所未有的程度。"到 1956 年……超过一百万的孩子'走进警察的视线……很多年轻的罪犯是因为贫穷而犯罪。"[④] 一些社会经济学者认为，现实和理想的巨大差距导致了犯罪的发生，"个人的理想和有限的社会、经济机会之间

---

① ［美］杜鲁门·卡波特：《冷血》，夏杪译，南海出版公司 2009 年版，第 187 页。

② 同上。

③ John J. Mcaleer, *An American Tragedy and In Cold Blood: Turning Case History into Art*, Joseph J. Waldmeir and John C. Waldmeir, ed. *The Critical Response to Truman Capote*, London: Greenwood Press, 1999, p. 212.

④ James Gilbert, *A Cycle of Outrage: America's Reaction to the Juvenile Delinquent of the* 1950s, Oxford: Oxford University Press, 1986, p. 280.

的差距使之产生了一个犯罪的亚文化群体。”[1] 这个群体由那些处于底层的青少年组成，他们常常有被社会剥离和压迫之感，加上社会缺乏有效的上升通道，这些青少年的不满情绪一触即发，在这种情况下，他们很容易走上犯罪的道路。其次，缺乏信仰和贫穷也是导致犯罪的原因之一。贫穷是贫民区中的孩子犯罪的主要原因，再加上信仰的缺失，很容易让他们走上犯罪的道路。联邦调查局局长埃德加·胡佛便指出：“问题的根源是缺少宗教培养，而其他人把矛头指向越来越多的城市贫民区。”[2] 另外，导致犯罪的原因还与当时美国的家庭结构有关。“二战”后，美国很多家庭一般都是母亲照顾和陪伴孩子的时间居多，父亲角色的缺失不利于孩子健康成长，使他们过多受到女性的影响，缺乏男子气，特别是男孩更需要父亲的指引，父亲没能起到一个表率作用。在这种家庭氛围中成长起来的孩子容易存在攻击心理，成年后也容易有犯罪倾向。

佩里和迪克就属于青少年犯罪。

佩里偷窃已经不是第一次，他的第一次被捕是在自己 18 岁的生日那天，而他被捕的原因就是因为偷窃，对于杀人，他的认识是：“所有的罪行其实都是‘一种盗窃的形式’，包括谋杀在内。你杀死一个人就等于偷走了他的生命。”[3] 从佩里父亲的信中可以看出，佩里也曾表现出自责和悔改之意，他并非就完全没有是非感，父亲教导他应“老老实实的……做一个模范犯人”[4]。他确实在监狱中也做到了。尽管佩里有悔改之心，可他同时又表现出恶的另一面，连他自己都说：“也许我们俩根本不是人。我的人性只够怜悯

① Thomas Fahy, *Understanding Truman Capote*, Columbia: The University of South Carolina Press, 2014, p. 121.

② ［美］乔治·布朗·廷德尔、［美］大卫·埃默里·施等：《美国史》，宫齐译，南方日报出版社 2012 年版，第 993 页。

③ ［美］杜鲁门·卡波特：《冷血》，夏杪译，南海出版公司 2009 年版，第 272 页。

④ 同上书，第 187 页。

自己。……杀人不过是在靶场里随意挑几个靶子。"[1] 佩里的双面性表现得尤为突出。他在凶杀案之后，也曾有亏欠和罪恶的心理，他觉得自己不可能干了事情后还能逃之夭夭。并且在作案时，他为了让克拉特先生感到舒服一些，将枕头放在他身下。还有，他为了不让克拉特先生躺在冰冷的地上，还铺了一个箱子在地上。对于佩里的这种双重性格，他的狱友威利·杰伊在给他的信里写道："你（佩里）是一个极富激情的人，一个饥饿却不是很清楚想要吃什么的人，一个饱经挫折却拼命在牢不可破的世俗中寻求自己生存空间的人。你悬挂于两种精神状态之间，一种是自我表现，另一种是自我毁灭。……（你具有）什么缺陷？不分场合随时会爆发的感情用事。……你厌恶他们，因为他们的道德、他们的幸福正是你挫败和愤慨的来源。"[2] 而医生对佩里的诊断是："他的童年非常不幸，极度缺乏父母的关爱。他似乎是在没有指导、没有关爱、没有吸收任何道德规范的情况下长大的……他性格中有两个病态的特点很突出。首先是对世界的偏执狂妄。他总是怀疑、不信任任何人，总觉得别人在歧视他、亏待他，也不能理解他……他经常认为所有人不过是伪善抑或邪恶，因此不管他对这些人采取什么行动，他们都是罪有应得。关于他的第二个特点……那就是随时爆发、难以控制的愤怒——只要他感觉到被欺骗、蔑视或鄙夷，他就会一触即发。"[3] 并下结论佩里得了"妄想型精神分裂症"[4]。这两段分析的话深刻地洞察了佩里的性格及缺陷，对其性格的剖析入木三分，尤其是医生的诊断更为全面和深刻，指出造成佩里性格缺陷的原因。一方面，佩里对弱者具有同情心，他为了让迪克开车时搭载一个老人和一个小孩，不惜和迪克翻脸。还有一个情节也深刻地表现了佩里的

---

① ［美］杜鲁门·卡波特：《冷血》，夏杪译，南海出版公司 2009 年版，第 273 页。

② 同上书，第 41 页。

③ 同上书，第 279 页。

④ 同上书，第 280 页。

这种同情心。迪克想去克拉特先生家作案的一个鲜为人知的原因，在于克拉特的小女儿南希。迪克一直对未成年的小女孩非常有兴趣，有恋童癖。当他听说克拉特先生家里有南希的存在时，他立即就表现出强烈的兴趣。在枪杀之前，迪克想对南希有非分行为，是佩里坚决保护南希，才让南希逃脱了迪克的魔爪。还有便是佩里主动承担杀人的罪名，让警察篡改供词，说所有人都是他杀的，因为他觉得迪克的妈妈是一个好人，不愿让她知道迪克杀人而受不了。另一方面，佩里具有残暴、无法控制自己愤怒情绪的性格，在克拉特家被杀的关键时刻，是佩里最先开的枪，及主要实行杀人的行为。在实行这些骇人举动时，佩里觉得自己就像做梦一样，但对克拉特家而言，这绝对是他们一生中最恐怖的梦魇。

而比起佩里，迪克的童年算是幸福的，虽然处于“半贫困”状态，但他的家庭生活还算正常，父母恩爱，尽自己所能抚养几个子女和教育他们，迪克本来曾有机会接受高等教育，他在田径、篮球、橄榄球、棒球方面都很有天赋，获得了九封推荐信，两所大学的资助，可他选择了去工作，又很快就被裁员了，他不断换工作，没有固定的经济来源，很年轻时就结婚生子，再加上遭遇车祸，使生活没有了着落，开始了偷窃。紧接着，他酗酒，勾搭别的女人而导致离婚，花的比挣的还多，只有靠偷窃和开假支票过活，后来就成为小偷被送进了监狱。迪克同样具有性格缺陷，“妒忌总是缠着他。任何人，只要获得了迪克所期望的成就或者拥有迪克想要的东西，都是他的敌人。”[①] 医生对迪克的诊断是：“他是一个行为冲动的人，做起事情倾向于不考虑后果，也不考虑是否会令自己或他人不舒服。他似乎无法汲取经验教训，表现出异常的周期性活动症状，行动全无责任感。他无法像正常人一样忍受挫折，只有通过反

① ［美］杜鲁门·卡波特：《冷血》，夏杪译，南海出版公司2009年版，第187页。

社会行为才能使自己摆脱……他的自我评价非常低，内心深处总觉得低人一等。”[①] 并诊断他得了“严重人格分裂症”[②]。一开始，是迪克怂恿佩里去克拉特家偷窃，当他们没找到保险箱，佩里提议离开，可迪克却坚持不走，他是谋杀案的发起者和导火线。在整个案件中，迪克其实并不想谋杀克拉特一家，虽然他曾说不能留下一个目击者，但其实他只是说说而已，正如佩里给迪克下的定义，迪克是一个胆小鬼，即使迪克自己不承认。

除了迪克和佩里，小说中还同时刻画了另一些少年罪犯，他们的罪行同样反映了一些社会问题，令人深思。

与迪克、佩里关在同一间牢房里的有一名“大名鼎鼎”的杀人犯罗维尔·李·安德鲁，他的罪名是杀死自己的亲生父母和姐姐。当时，18 岁的安德鲁还是一个大学二年级的学生，性格内向、安静、不善交际，成绩优秀，是老师眼中的好学生，父母眼中的好孩子，“沃尔科特最善良的男孩”[③]。其实，人们都只看到他的一面，没看到他人性中隐藏着的另外恐怖一面，“一种情感发展不健全与心灵扭曲的人格，这使他的行为朝残忍的方向发展。”[④] 1958 年的夏天，安德鲁策划了一个恐怖的计划，他准备将他们一家全部毒死！这个腼腆的学生经常幻想着自己是一个冷酷的犯罪大师，能够做出一些惊人之举。他犯罪的最直接原因是安德鲁想要继承老安德鲁的一片价值二十万美元的土地，杀死自己的家人是实现自己梦想最快也最直接的方法。他开始想用砒霜毒死他们，再放火烧房子，让大家从表象看以为是一起意外死亡。但他觉得不放心，他花了三个月时间，制订了另一个计划。三个月后，在一个寒冷的夜晚，他决定采取行动。对于他的险恶用心，家人毫无察觉。在安德鲁读完

① ［美］杜鲁门·卡波特：《冷血》，夏杪译，南海出版公司 2009 年版，第 277 页。

② 同上。

③ 同上书，第 304 页。

④ 同上书，第 292 页。

《卡拉马佐夫兄弟》的最后一章后，他刮了胡子，换上最好的西装，拿着一把半自动步枪和一把左轮手枪，穿过房间，找到姐姐，扣动扳机，子弹正中姐姐眉心，姐姐当场倒地身亡。接着，他又对准母亲，朝母亲开了三枪，向父亲开了两枪。他看到母亲并没有立即死亡，张开嘴仿佛想说什么，为了不让她说话，安德鲁说："闭嘴！"[①] 接着朝她开了三枪。而父亲这时也还活着，他流着泪，呜咽地想说话，害怕地朝厨房爬去。安德鲁拔出左轮手枪，朝父亲连发了十七枪。这时的安德鲁"毫无感觉。时候到了，我正在做我必须做的。就是这么回事"[②]。然后，他让家里布置得像被小偷洗劫过一样，接着驱车行驶了四十英里，来到他学校所在的劳伦斯小镇，把枪支丢入河中，又和别人聊了一会儿，伪造了他不在场的证据。之后，他回到家，给治安官拨通电话，报告自己家遭遇了一起"抢劫案"。如果不是神父沃尔特，可能安德鲁永远不会说出事情的真相。

像安德鲁这样的青少年罪犯属于另一种罪犯类型：高智商，低情商，最重要的一点是不尊重生命，无论是别人的生命还是他自己的生命他都不尊重。他主修生物，成绩优异，其表象蒙蔽了别人的双眼。即使是在监狱里，他都不忘大量阅读，为了供他阅读，监狱还专门进了大量的书籍。在监狱里，他的文化水平最高，是为数不多接受过高等教育的犯人，他随时纠正其他犯人的语法和读音，也纠正过佩里的语法和读音，这让佩里感到难堪和愤怒。因为内向，也让别人无法洞悉他的内心世界，整个作案计划都是他自己精心策划的结果。他不尊重生命的价值，认为生命可以轻易被拿走。在报案后，前来查看现场的警察震惊了，叫来验尸官，询问安德鲁如何安排葬礼，他一副无动于衷的表情，说："随便你怎么处理他们，

---

① ［美］杜鲁门·卡波特：《冷血》，夏杪译，南海出版公司2009年版，第293页。

② 同上。

我不在乎。”[①] 他的冷漠仿佛死的不是他自己的亲人。他甚至不在乎自己的生命会怎样。培养出这样一个“冷血”的人，敲响了美国教育的警钟，如何尊重生命和珍爱生命应该成为教育的重要内容。

另外还有两个青少年罪犯也同样具有典型性。18 岁的士兵乔治·罗纳德·约克和他的同伙——19 岁的詹姆斯·道格拉斯·莱瑟姆。两人都很英俊，在穿越各州的过程中连续杀死了 7 个人。两个人处于两种极端的生活状态中。约克的家庭生活富裕且舒适，在父母的溺爱中长大。而莱瑟姆和佩里类似，贫穷使父母不断争吵，最终离异，孩子们只能自己养活自己，四处流浪，没有依靠，为了寻求安身之处，莱瑟姆参军，但因擅离职守被关进监狱，在里面他认识了约克。虽然从小的经历不同，但两人却有一点相同，他们都认为“这个世界是可憎的，世界上所有的人最好都死掉。……无论你杀的是谁，你实际都是在帮他。”[②] 这种畸形的世界观和人生观塑造了两个罪恶的心灵。他们杀害了两位家庭主妇、一位正在旅行的推销员、两个男人，不可思议的是，他们居然杀死了一位热心想帮助他们修车的老人，还有一个可怜的女孩。这个 18 岁的女招待听信他们的话，跟他们出走准备去加利福尼亚去当“电影明星”而惨遭杀害。当记者询问他们为什么要这样做时，约克甚至还笑着答道：“我们憎恨这个世界。”[③]

从小说刻画的这些罪犯来看，这些人物都具有不同程度的人格分裂，虽然他们身上并非一无是处，但从某种程度上看，要么都对世界充满了憎恨，对人生充满了绝望，要么想获取金钱或其他而采用了极端手段，而他们的共同点在于性格或多或少有缺陷，对生命缺乏尊重，正如佩里所言：“生命是什么？生命是夜晚的萤火虫之

---

① ［美］杜鲁门·卡波特：《冷血》，夏杪译，南海出版公司 2009 年版，第 294 页。

② 同上。

③ 同上书，第 304 页。

光，是冬天里野牛的呼吸，是在草地上掠过的一小片阴影，转瞬便消失在日落里。”①

尊重生命，这应该是教育的重要内容和终极目的。尊重生命使人区别于禽兽，是人成为人的基本要求。试想，一个连生命都不尊重的人，他无法最终成长为一个拥有理性思想的人。应该说，凡是杀人犯都应属于对生命的不尊重，正因为他们对生命的冷漠甚至冷酷，才最终导致杀戮的发生。小说中的迪克和佩里因为家庭的原因和没有接受过高等教育，特别是佩里，佩里悲惨的童年和人生经历，他们对生命采取轻蔑的态度是情有可原，可安德鲁和约克对生命的不尊重则反映出教育的失败。这里的教育包括家庭教育和社会教育，两种教育并没有让他们认识到生命的重要性，使他们在进行选择时错误地视生命为儿戏，丧失了对生命的良知，反映出他们所接受的教育中极度缺失人文情怀，这种人文情怀应该从小就开始培养。否则，等悲剧发生才意识到人文情怀的重要性已经为时过晚。作者卡波特在涉及这一问题的时候具有非常沉重的态度，卡波特曾在其他小说中表明自己对生命的态度，如他对《草竖琴》中多莉的去世和《一个圣诞节的回忆》中苏柯的去世表现得非常悲痛，这种正常情况下的死亡让小说主人公感到生命的可贵。因为《草竖琴》和《一个圣诞节的回忆》都带有作者的自传色彩，所以两部小说都可从侧面看出卡波特对生命的态度，尽管这种悲痛是出于亲人之间的情感，但也可以管窥到卡波特对生命的尊重。而犯罪导致的杀戮是更残忍的剥夺生命的方式，卡波特在这个问题上的态度具有多面性。一方面，作者卡波特流露出对戕害生命可耻行为的痛恨；另一方面，卡波特又不仅仅用简单的对与错来评判，而是深入地分析行为背后的深层次原因，卡波特认为这样才能理性且深刻地剖析犯罪

① ［美］杜鲁门·卡波特：《冷血》，夏杪译，南海出版公司 2009 年版，第 138 页。

问题。

追究其犯罪原因，可归结为以下四点：第一，家庭结构不完整，多数罪犯来自于单亲家庭。最为典型的就是佩里，几个兄弟姐妹在缺失爱和温情的家庭中成长，几乎都有心理问题，大多数都难逃厄运：一个可爱、爱跳舞的妹妹突然有一天从十五楼跳下去；一个弟弟唆使自己的妻子自杀后，第二天也自杀了；只有佩里的一个姐姐过上了正常人的生活，但也生怕自己难逃厄运，断绝了和家人的往来，搬家，不让佩里找到她。当警察去找她调查佩里的下落时，姐姐让警察不要告诉佩里自己的家庭地址。另外还有莱瑟姆，也同样生长于贫穷的单亲家庭中。在这样的家庭中成长出来的孩子，一般情况下，因为缺乏关爱和指引容易走上歧途。佩里就是一例。即使佩里被逮捕后，他的姐姐和爸爸也始终没有出现，佩里感到极端痛苦，他甚至于动了想杀自己的那个活着的姐姐的念头，他曾说："我唯一觉得遗憾的是，我希望我那该死的姐姐也在那所房子里。"[①] 他急切地想要被爱。当以前的战友唐·卡利范千里迢迢来看佩里时，佩里感到心情无比激动，他不断收拾自己和牢房，尽自己所能精心准备以便招待卡利范。从心底深处来讲，卡利范让佩里感到了爱与关怀，让他对生活有了些许的憧憬。试想，如果佩里和莱瑟姆不是在这样冷漠、畸形的单亲家庭长大的话，犯罪的可能性将会大大降低。第二，青少年在成长过程中遭遇了虐待和不公平对待。迪克、佩里和莱瑟姆遭遇了一系列不公平待遇，甚至遭到虐待。他们三人无法找到有稳定收入的工作，生活经常无着落，连生存都是问题。佩里在军队里有一段被同性恋战友折磨的痛苦经历，让他身心受到摧残。后来，虽然表现不错曾荣获铜星勋章，但同样因为不愿意"委身"于同性恋的男上司而没有得到提升的机会。第

① ［美］杜鲁门·卡波特：《冷血》，夏杪译，南海出版公司 2009 年版，第 134 页。

三，美国私人拥有枪支的合法化。美国是私人拥有枪支最多的国家之一，这是美国政府为了保证人权的一项重要措施，但不可否认，由此带来了一系列安全隐患问题，除了克拉特惨案，美国血淋淋的凶杀案不断，很大程度上跟枪支可以私人拥有有关。第四，父母溺爱，不注重培养孩子健全的人格。毋庸置疑的是，青少年在成长过程中需要爱的滋养，可如果父母给予的是溺爱，同样会戕害他们的心灵，使他们丧失了对善恶的辨别能力。约克和安德鲁就是这样的例子。他们的家庭为其提供了不错甚至是优渥的生活条件，让他们接受教育，约克父母还把他视为掌上明珠，骄纵且溺爱他，殊不知，溺爱的结果是扭曲了约克的价值观和人生观，约克错误地认为杀人是在帮助他（她），并以此为乐。而安德鲁的父母死不瞑目，他们无论如何也没想到，自己"善良"的儿子居然禽兽不如，连自己的亲生父母都能下此毒手，死之前的眼泪包含了太多的绝望和自责，也许他们如果还有来世，确实应该好好反省下自己的教育方式。可见，社会和家庭对青少年的成长的影响巨大。由克拉特案可见，社会和罪犯的家庭难辞其咎！

2. 死刑

死刑在美国是一个颇具争议的问题。一方面，从人权和宗教立场而言，死刑不可取。美国曾在1967年废除死刑。在1966年的民意调查中，47%的人反对使用死刑；另一方面，居高不下的谋杀率和恶性犯罪事件的增多又让死刑重新走进历史舞台。美国在1976年恢复了死刑，但现实情况是，在美国50个州中，有38个州有死刑，12个州则没有，如迪克和佩里被审判的堪萨斯州，在克拉特案之前，就已将死刑废除。但迪克和佩里这样毫无人性的犯罪引发了人们重思法律的警示作用，为了避免以后再发生类似的案件，经过法院的再三考虑和讨论，用死刑作为最终的定刑。堪萨斯州曾在1907年将死刑废除，在1935年重新使用，原因是中西部出现了一股职业凶杀狂潮。自 1954 年后的 6 年间，由于已故的州长乔治·多金始终反对死刑，所以死刑又停止了，直到 1960 年 4 月本案发生时，在兰辛监狱里共有 5 名罪犯即将被处死。并且，堪萨斯州在 1976 年以后便没使用死刑。如何能够客观公正地使用死刑一直是美国政府着力解决的问题。作为极刑，死刑不能轻易使用，死刑主要适用于一级杀人罪、叛国罪、间谍罪等重罪，“其（美国）死刑人数之所以比较少，主要得益于其比较科学合理的慎用、少用、限制死刑的法律制度及其在死刑制度建设方面已经积累的比较丰富的理论和实践经验。”[①] 死刑数量少基于以下四个方面的原因：第一，从基督教教义来看，基督教所宣传的是宽恕和仁爱，即将被处死的犯人有生的权利，并且，基督教有救世精神。《新约》中，有一位因为通奸即将被处死的妇女，耶稣曾经挽救过她并宣扬宽恕与慈悲，强调对错误行为的宽恕。在迪克和佩里被审判之前，他们的辩护律师弗莱明帮他们分析，认为他们在加登城审判对他们而言有利，因为这里是个宗教信仰深厚的地区，大多数牧师都认为死刑不道德且违反教义，反对使用死刑，就连考文牧师（既是克拉特家的牧师又是他们的挚友）都反对采用死刑。“死刑不能解决问题，它没有给罪犯在上帝面前改过自新的机会”[②]；第二，从人道主义来看，死刑有悖于人道主义精神；第三，从道德上看，反对死刑者认为人性本善，“人性本质上是具有道德属性的，可教化的，可救赎的”[③]；第四，从经济上看，由于死刑案件从立案、庭审、判决、上诉、复审(死刑案的上诉和复审是自动的)，直到最后开释或执行，整个过程要花 10 年时间，对一桩死刑案的审理，至少要花百万美元，[④] 可谓

① 孙春雨：《美国死刑制度概览》，《中国检察官》2007 年第 2 期。

② ［美］杜鲁门·卡波特：《冷血》，夏杪译，南海出版公司 2009 年版，第 287 页。

③ 李立丰：《上帝与死囚：基督教视野中的美国死刑问题》，《世界宗教研究》2010 年第 5 期。

④ 参见孙春雨《美国死刑制度概览》，《中国检察官》2007 年第 2 期，第 46 页。

花费巨大；第五，被判处死刑的人有多重上诉机会。美国的死刑案件有九个步骤程序：1. 州初审法院定罪量刑→2. 向州最高法院直接上诉→3. 向联邦最高法院申请调卷令→4. 向初审法院提起定罪后申诉→5. 向州最高法院提起定罪后上诉→6. 向联邦最高法院申请调卷令→7. 向联邦地区法院申请联邦人身保护令→8. 向联邦巡回上诉法院提起上诉→9. 向联邦最高法院申请调卷令。从整个程序流程图来看，程序复杂但有助于公正客观。一般而言，从州内上诉失败后，可以向联邦法院提起诉讼，依据美国宪法中的人身保护权，进行重新审判，如果上诉再次失败，还可以向联邦巡回上诉法院上诉，可以一路上诉到美国最高法院，“绝大多数保留死刑的州都规定由州最高法院强制审查，以确保死刑判决公正、合法。”[①] 克拉特家一案就曾三次成功地提交到美国最高法院。甚至还可以呼吁州长和总统进行行政干预，宣布中止、减刑、暂停甚至赦免等。迪克在死牢里阅读了大量法律书籍，他希望推翻审判，寻求复审，他不断写信抗议对他的审判；迪克在信中一直强调他和佩里没有得到公正的审判，终于有一封起了作用。堪萨斯州律师协会法律援助委员会指定了一位律师舒尔茨进行调查，“如果证据确凿，协会将会向堪萨斯州最高法院提出人权保障诉讼，对原判的有效性提出异议。”[②] 舒尔茨递交了人权保障请愿书，堪萨斯州最高法院专门任命了一位退休法官，主持一个全面的听证会。在审判过去的两年后，参与审判的原班人马重新聚集在加登城法院，只不过迪克原本认为的两位辩护律师取代了被告的位置，成了被调查的对象，调查他们在原来审判的案件中是否认真准备和进行辩护。听证会共用了六天的时间，仔细调查了案件的每一个疑点。甚至还将地点转移到囚禁迪克和佩里的兰辛监狱，以便于听取迪克和佩里的证词。为了显示

---

① 张栋：《美国死刑程序研究》，博士学位论文，中国政法大学，2006 年，第 33 页。

② ［美］杜鲁门·卡波特：《冷血》，夏杪译，南海出版公司 2009 年版，第 187 页。

审判的公正性，8 位陪审员发誓他们根本不认识迪克和佩里，不会把偏见带入审判中。

这些程序复杂且耗时。如杀害妻子的杰克·奥尔德曼从 1975 年被判处死刑到 2008 年被处决，历经整整 33 年。从逮捕到处决，克拉特案总共用时近五年，经历了多次申诉与判决。例如，如果被诊断为精神病的话，审判结果需要重新审判并定刑。第一次传讯佩里和迪克之后不久，便有两名被告律师提出要求两名犯人做详细的生理和心理方面的检查，这个提议遭到了检察官助理的反对，原因是如果一旦被确诊为“暂时性精神错乱”，便会影响到最终的审判结果。医生对佩里的诊断是“妄想型精神分裂症”[①]，对迪克的诊断是“严重人格分裂症”[②]，这样的诊断可以影响到对迪克和佩里的裁决，原因是“一个确实无法控制自身行为，或是缺乏能力去理解自身行为和行为可能导致的处罚之间有何关系的精神病人，无论面临如何极端的制裁，也是不会被震慑的。……罚不当罪或是因精神残疾而被认为无可非难之人，恐有不正义或不人道之虞。”[③] 而杀人犯之所以会做下惨无人道的罪行，本身可能与他们自身的精神状况有关，“据估计，在美国大约 5%—10% 的死囚都患有严重的精神疾病。”[④] 因此，如果迪克和佩里一旦被认为患有精神疾病，其死刑的判决就有可能被推翻。从精神病来判决犯人是否执行死刑或其他刑罚，是一项富有争议的事情，“没有任何一种对精神病的法定表述和处理方式得到普遍认同。”[⑤]

---

① ［美］杜鲁门·卡波特：《冷血》，夏杪译，南海出版公司 2009 年版，第 279 页。

② 同上书，第 103 页。

③ ［美］柯恩、唐哲、高进仁：《当代美国死刑法律之困境与探索：问题及案例》，［美］蔡婷霞编，刘超、刘旷怡译，北京大学出版社 2013 年版，第 123 页。

④ 美国精神卫生协会：《死刑与精神病患者》，数据来源：www. nmha. org/go/position-statements/ 54。

⑤ ［美］柯恩、唐哲、高进仁：《当代美国死刑法律之困境与探索：问题及案例》，［美］蔡婷霞编，刘超、刘旷怡译，北京大学出版社 2013 年版，第 129 页。

另外，对于死刑的执行，美国各州都尽可能人道。死刑犯可以享受较多的自由，可以和律师、亲属或朋友见面、打电话，可以要求“最后的晚餐”。

此外，在美国，死刑被处决的过程是否公开也是一个具有争议的话题。从 1834 年开始，第一个不在公众面前执行死刑的州是宾夕法尼亚州，以后各个州逐渐开始实行死刑不被目击的规定。近年来，有的州颁布了死刑犯家属可以选择观看死刑执行的过程，也可以选择不观看的法律。有时候也会让媒体参与进来，电视上有时会播放行刑的过程，用专题片的形式介绍案件的具体情况，介绍被害人、死刑犯及其家属，死刑犯家属接受记者采访，让观众了解他们的感受。还有报纸、杂志也会报道相关事情。有评论对目击死刑过程持否定意见，认为让人观看死刑犯被处决的过程是一件过于残忍的事情，而赞同目击死刑过程的观点则认为可以让公众了解这一刑罚的残忍与病态，由此加速废除死刑的过程。事实上，在大多数国家，目击死刑已经慢慢淡出公众视线，原因很简单，无论是受害者还是死刑犯，抑或其家属，这件事情本身就不是一件光彩的事，很有可能会对家属造成二次伤害。在迪克和佩里被处决的过程中，便存在目击者的问题，有 50 多人目击了整个过程，其中包括了卡波特。卡波特为了获得最真实的体验，他亲自去看了迪克和佩里被绞死的整个过程，当被问到有什么感受时，卡波特说：“这是我创造性的一生中让我感到最为情绪激愤的事情。”[①] 且佩里最后的话也是对卡波特所说的，就可以看出当时是允许观看整个行刑的过程，这样做的后果是，让卡波特极为震惊，也因此感到烦恼和气愤。此外，在这之后，卡波特还目击了另外两个罪犯被处死，他承认自己有写一部反对死刑书的冲动，但他并没有付诸实践。

---

① Lawrence Grobel, *Conversations with Capote*, New York: New American Library, 1985, p. 117.

3. 犯罪工具之一：汽车

在犯罪逃亡过程中，汽车充当了一个重要的交通工具。汽车，工业社会的产物，随着人类活动半径的不断扩大，美国高速公路的大量建成，廉价的汽油，和美国城市郊区化进程加速，汽车成为人们出行的重要交通工具。

20世纪50年代，青少年犯罪很多和汽车有关。美国很多青少年已经常常使用汽车作为交通工具，并且，处于叛逆期和青春期的他们，想要逃离父母的管教和束缚，“由于可以用车，青少年们能够摆脱父母的控制。”① 当青少年犯罪浪潮席卷美国时，盗车成为普遍犯罪行为之一。

迪克和佩里的犯罪跟汽车有密切关联。从迪克和佩里的路线上看，他们的逃亡路线遍布美国十个州，之后还逃至墨西哥。之所以能跨越大半个美国，汽车发挥了易于隐蔽和易于转移的特性，让他们从一地辗转到另一地，走过闹市，走过偏僻的山村小镇，为了避开警察的搜捕，他们多数时候选择的是一些隐蔽的路线，或者是他们认为警力相对薄弱的地区。另外，汽车也对迪克和佩里的生活造成了极大的影响，他们遭遇了车祸后使他们身带残疾，由此导致了他们的悲惨命运。迪克曾做过汽车油漆工，能修理汽车，并遭遇了一起严重的车祸。“那次车祸把他的长下巴和窄脸撞歪了，左半边脸比右半边低，因而嘴也有点斜，鼻子也歪，而他的两只眼睛不但不在一条水平线上，连大小也不一样了。”② 而佩里也同样遭遇了一起车祸，甚至比迪克还严重，五处受伤，短小肥腿上伤痕累累，为了减轻疼痛，他服用阿司匹林成瘾，最为惨痛的是，他因此残疾了。这对本来就难找工作的他们而言，无疑是雪上加霜。在整个案

---

① ［美］乔治·布朗·廷德尔、大卫·埃默里·施等：《美国史》，宫齐译，南方日报出版社2012年版，第993页。

② ［美］杜鲁门·卡波特：《冷血》，夏杪译，南海出版公司2009年版，第29页。

件中，汽车作为他们主要的交通工具。在谋杀克拉特家之前，两人就驱车八百多英里，按照狱友威尔斯提供给他们的路线，一直开车到克拉特先生家前面。作案结束后，又开车离开。在逃亡过程中，依然一路开车前行，路途中曾经身无分文卖车，他们为了掩人耳目，迪克发挥了自己的老本行，将汽车重新进行粉刷后卖掉。后来他们去到内布拉斯加州，重新偷了一辆汽车继续逃亡。警方根据提供的线索首先发现了车，对照车牌号将他们逮捕。因此，汽车是整个案件的一个重要线索。

总之，小说虽然是以克拉特家凶杀案为题材，但是卡波特的写作意图并不局限于此，他欲借此案反映美国的社会状况和深层次社会问题。当读者读罢掩卷之际，常常会有无比的沉痛和震撼涌向心头，既为克拉特家感到不幸和惋惜，又对两个罪犯夹杂着复杂的情感，读者认识到这不仅仅是美国的悲剧，同时也是人类的悲剧，是美国资本主义社会发展过程中产生了一系列社会问题，反映了人性中公平与正义、善与恶、各种欲望之间的交锋。也许我们不应该对罪犯行为下一个简单的结论，而应挖掘出他们恶行背后的原因，以及如何预防这样的恶性事件发生才是关键，这也是小说最终的价值和意义所在。

迪克和佩里只不过是底层社会的代表。在逃亡过程中，迪克和佩里心情复杂，他们有过后悔，有过自责，但更多的是对社会的仇恨，佩里在说到自己犯罪的原因时这样说道："我之所以杀了他们，不是因为克拉特家做过什么。他们从未伤害过我。不像其他人。我这一辈子受尽了别人的欺负，也许仅仅是因为克拉特家命中注定要替别人还这笔债。"[①] 这是佩里对社会的控诉！从中道出了杀人的原因是对社会的报复。佩里的经历并非个案，他的经历实则体现了身

① ［美］杜鲁门·卡波特：《冷血》，夏杪译，南海出版公司 2009 年版，第 272 页。

处底层社会人们的无望，他们之所以采用那么极端的方式的原因让人深思，小说的矛头直指当时万恶的美国社会！正如迪克临死前所说："我只想说我不难过。你们正在送我去一个比这个世界更好的地方。"①

小说是一个时代脉动的艺术呈现，《冷血》也不能例外。该小说之所以蕴含了丰富的内蕴，与小说所处的特殊时代和背景有关，再加上卡波特选取的卡拉特案本身就具有深刻的社会意义和典型性，由此赋予了小说深刻的历史含义和现实意义。

克拉特案发生于1959年11月，迪克和佩里是在1965年4月14日午夜被绞死，到《冷血》1966年1月问世，小说呈现了20世纪，特别是20世纪五六十年代的美国社会状况。这段时期的美国处于各种社会矛盾之中，导致了各种社会问题层出不穷。

首先，美国在20世纪五六十年代卷入越南战争和朝鲜战争之中。两次战争，美国都没有胜利，引起国内外反战舆论的高涨，激化了美国国内社会矛盾。

其次，"冷战"的阴霾并未消散。美国一边与苏联对抗，一边在国内清除所谓的"共产主义意识形态"，查找秘密的共产党人，由此解雇了数千名"行为不忠"的人。参议员约瑟夫·麦卡锡发表林肯纪念日的演讲时，声称自己有一张名单，名单上有205名共产党和间谍的名字，并且，这些人在国务院工作，影响着美国的正常运转。麦卡锡将矛头对准了政府、学校、军队、教会甚至民众。据统计，共有2000多万人受到了不同程度的审查，为了保住自己的饭碗，雇员宣誓忠于政府，教授如果不在课堂上大骂共产主义和苏联就会被解雇……麦卡锡的这一举动引起了社会的轩然大波，刹那间人心惶惶，大家都生怕自己被牵连进去。事实上，麦卡锡的指证

---

① ［美］杜鲁门·卡波特：《冷血》，夏杪译，南海出版公司2009年版，第316页。

并非建立在证据确凿的基础上，他的信息来源并不可靠，所以，他的指证使很多无辜者受到诬陷和冤枉。1954 年，政府谴责麦卡锡，麦卡锡主义因此走向终点。“此后，麦卡锡主义成为反共歇斯底里和诬告背叛美国的代名词。”①

最后，从思想信仰方面来看，“二战”后，美国跻身为世界第一军事和经济大国，资本主义和科学技术的快速发展却给精神方面带来了一场空前的危机，有的美国人对上帝的信仰有些动摇和削弱，上帝拯救世界的信念在现代化战争面前变得那么苍白虚弱。物欲横流，金钱至上取代了人与人之间的脉脉温情，信仰缺失使人们失去了正义感和同情心，贫富差距加大了社会矛盾，同时扭曲了部分人的心理。在这样的背景之下，容易导致暴力、犯罪事件的发生。

以上有些背景尽管没有完全用文字写出来，但作者不可能逃离那个时代进行创作，社会因素或多或少会影响到小说的思想和认识，这让整个小说的含义更加丰富，反映的社会意义更加深刻。

三　《冷血》的叙事策略

《冷血》作为卡波特的经典之作，其高明之处不仅在于其丰富的内蕴，此外，小说本身采用了高超的叙事策略，让小说呈现出完美的艺术表达。

（一）叙事时间

时间记录着人类活动的进程与速度。在艺术作品中，同样存在着时间。文字表达的时间有自身特征，小说不像时钟用转动来传达时间概念，也与图画的时间表现不同，小说用直接或间接的时间语言等方式来告知读者。

① 郝澎：《美国历史重大事件及著名人物》，南海出版公司 2007 年版，第 261 页。

关于叙事时间，热奈特在《叙述话语》中提出了时序（order）、时距（duration）、频率（frequency）三个问题，就叙事作品的发生时间、时长和事件发生的时间频繁程度做了详细的阐释。

《冷血》的叙事呈现出两个特征：第一个特征是以文本时间和叙事时间的关系进行分析，指出小说中文本时间和叙事时间呈现出动态的关系；第二个特征是时距的变化，小说的各个部分选用了拉伸、概要、场景要么单一、要么多元的叙事策略。

1. 文本时间与故事时间之间的动态关系

克里斯蒂安·麦茨曾将时间分为被讲述事情的时间（所指时间）和叙事的时间（能指时间）[①]。谭君强教授在此基础上，将文本时间与故事时间做了界定。文本时间是指“在叙事文本中所出现的时间状况，这种时间状况可以不以故事中实际的事件发生、发展、变化的先后顺序以及所需的时间长短而表现出来。”[②] 而故事时间“则指故事中的事件或者说一系列事件按其发生、发展、变化的先后顺序所排列出来的自然顺序时间”。[③] 不同的作品中表现为不同的叙事时间，而卡波特为了真实客观还原整个案件的过程和结果，采用了使小说的文本时间和叙事时间之间动态变化的叙事手法。这种手法是在内容真实的基础上对叙事手段真实进一步的强化，从而使《冷血》达到内容真实和叙事真实的完美统一。

《冷血》一书分为四章，标题分别为：死神来临前夕、不明人士、水落石出、角落。四个标题既可视为小说的内容概括，亦可视为小说的发展线索。

第一章标题用“死神来临前夕”形象地概括出这一章的主要内

---

① 参见［法］克里斯蒂安·麦茨《电影涵义论文集》，柯林克西克出版社 1968 年版，第 27 页。

② 谭君强：《叙事学导论：从经典叙事学到后经典叙事学》，高等教育出版社 2009 年版，第 120 页。

③ 同上。

容。时间以1959年11月14日星期六作为小说开始记录的时间起点，这个时间同时是文本时间和故事时间的起点。小说有两条线索。一条是克拉特家生前的活动。小说讲述了1959年11月14日开始到案件发生的这段时间内，克拉特家的常态生活。和往常一样，克拉特先生在自己经营的农场上辛勤地工作，满足于自己物质丰盛、家庭和睦、备受社会肯定和赞誉的生活，他唯一担心的是因为产后抑郁受到病痛折磨的妻子。他的四个孩子中，大女儿已经出嫁并有一个十个月大的儿子，住在伊利诺伊州北部，经常回来看望他们，二女儿去堪萨斯城学习，已经订婚，将于圣诞节举办婚礼，留在家中的有十五岁的儿子和被誉为“全镇宠儿”的可爱聪明的三女儿南希。克拉特先生未曾预料到自己的家庭即将遭遇一桩震惊世人的惨案。到1959年11月16日之前，一切都沉浸在美好的生活状态之中。这部分是对现实生活的记录，文本时间和故事时间相重合。小说中穿插了对克拉特家庭情况的介绍和对一些以前生活的回忆，而这部分的故事时间先于文本时间。另一条线索是迪克和佩里行凶前的活动与准备工作。同样是从1959年11月14日到11月16日两天时间，小说详尽地介绍了他们两人的心理状态，对计划的安排和准备。两条线索并行发展，以时间的先后为序，为下文案件的发生做了铺垫。卡波特在第一章里便基本采用了文本时间和故事时间重合的叙事策略，有一部分回忆以倒叙的手法属于故事时间先于文本时间，这样的安排一开始便体现了非虚构小说追求真实客观的重要特征。

第二章“不明人士”的时间是从1959年11月16日至17日。这一部分共有三条线索。第一条是迪克、佩里在作案后的逃亡经过。小说省略了两人的作案经过，一开始便记叙他们已经在逃亡的路途中，主要内容依然是按照时间的前后顺序，故事时间和文本时间基本上重合，只有迪克和佩里回忆自己的童年和成长经历是属于倒叙，故事时间早于文本时间。第二条线索是警方为破案寻找线索。“不明人士”的标题暗示了寻找的过程极其艰难，以警探杜威为侦探负责人的警方在最初一直苦于未能找到破案的蛛丝马迹。这一部分的故事时间和文本时间是重合的。第三条线索则是写社会对案件的反应，特别是克拉特家惨案发生之地——加登城内引起的社会反应。是克拉特先生的朋友最先去到犯罪现场发现这一惨案的，这一事件曝光后引起了加登城，乃至整个美国社会的强烈反响和震动。这一条线索的故事时间和文本时间也基本一致。从这一部分的故事时间和文本时间来看，两者基本一致，对迪克和佩里的成长经历介绍是作为人物性格分析的有益补充，为挖掘案件起到了必不可少的作用。

第三章“水落石出”分为前后两部分。第一部分依然有三条线索。第一条线索是迪克和佩里继续逃亡。第二条线索是警方得到线索，根据线索继续寻找。这两条线索的文本时间与故事时间是一致的。第三条线索则是社会外界和克拉特家亲朋好友的回忆，在记录社会外界的反应时叙事时间和文本时间相重合，而亲朋好友的回忆属于倒叙，故事时间先于文本时间。小说中存在三条线索的情况在1959年12月30日（迪克和佩里被捕的时间）发生了改变：第一条线索和第二条线索汇合成一条，从总体上看，大部分内容的两种时间是重合的。应该指出的是，小说穿插了迪克和佩里在被审讯时对整个作案细节的回忆与重现，这属于故事时间早于文本时间，但这一部分应该算作小说的高潮部分，让读者可以解开之前的种种疑惑，对案件有了清晰的了解和认识。小说中依然还存在外界对案件的反应，可视为第三条线索。

第四章“角落”主要记录了迪克、佩里被审判、定刑、起诉及被绞死的整个过程，“角落”本身就是绞刑房间的代名词，说明他们这段时间的主要活动场所就在牢房中。这一部分的开始时间是

1960 年 1 月，到 1962 年 11 月 30 日，也就是两人被送上刑架的时间，历经近两年的时间，这一部分的故事时间和文本时间是重合的。小说还记录了两人死后的事情。小说的结尾的时间跨越到警探杜威已经 51 岁了，他遇到了南希的好朋友苏珊，不由得让他回忆起了案件，小说最终以杜威对案件的回忆和对未来的展望作为结束。

从整个小说来看，卡波特为了突出非虚构小说的客观真实，大部分内容采用了将文本时间与故事时间相重合的叙事策略，按照整个案件发生的先后顺序，将案件的发生、发展、高潮、结尾一一展现在读者面前，即使连一些细节信息也按照这样的思路和理念进行叙述。除此之外，出于对文本的有益补充，小说用回忆的形式将主人公和事件的背景资料用倒叙的手法表达出来，针对这样的内容，小说的故事时间显然早于文本时间。可见，这样的叙事手法显然经过卡波特的深思熟虑，他希望将小说最真实的一面展现给读者，这也契合了非虚构小说的主要特征——真实。

除了文本时间和故事时间之外，《冷血》还通过时距的变化，将一个谋杀案件布局得层次分明，详略得当，且吸引读者的眼球。

2. 时距的变化

时距（duration）是叙事时间的另一个重要概念，简言之，时距就是叙事过程中用多少篇幅来讲述事件所用的时间，申丹教授界定了其基本含义：“故事时长（用秒、分钟、小时、天、月和年来确定）与文本长度（用行、页来测量）之间的关系。”[①] 另外，她还进一步概括了其主要特征：“小说家同长度不等的篇幅，这就是叙述时距的主要特征。”[②] 关于故事时间和文本长度（叙述时间[③]或

① 申丹、王丽亚：《西方叙事学：经典与后经典》，北京大学出版社 2010 年版，第 119 页。

② 同上。

③ 热奈特将文本长度称为叙述时间。

话语时间[1]），法国叙事学家热拉尔·热奈特划分了根据叙述时间和故事时间之间的长度之比来测量两者之间的四种关系，分别为：1. 概要（summary，即叙述时间短于故事时间）；2. 场景（scene，即叙述时间基本等于故事时间）；3. 省略（ellipsis，即叙述时间为零，故事时间无限大）；4. 停顿（pause，即叙述时间无穷大，故事时间为零）。美国叙事学家西蒙·查特曼在此基础上，进一步提出了第五种关系：拉伸（stretch），“话语时间比故事时间长”[2]。拉伸就像电影里的慢镜头，所不同的是电影是让放映速度低于摄影机的放映速度，而小说则是将小说的事件放慢速度进行铺陈或填充大量的细节加以具体化。《冷血》之所以可以将一个案件详略得当且层次分明地展现在读者面前，跟作者采用了不同的时距有重要关联。如果将构思小说比喻成排兵布阵，作家就如同军师，怎么将小说安排得最为合理和吸引读者就显现出该作家的功力。卡波特在四章中用不同的时距，将案件的整个过程和后果既客观真实地记录下来，又融合了强烈的戏剧性，将一个简单的案件叙述得生动且深刻，读者在阅读中读到的不仅仅只是案件的过程，而是透过表层深入到案件背后所传达出来的深刻的文化、历史等含义，将非虚构小说的真实性和艺术性两者完美地统一起来，显示出卡波特高超的叙述功力。

本文针对小说四章的不同时距进行分析。

第一章的故事时长是从 1959 年 11 月 14—16 日，短短两天时间，却占据整部小说近 1/4 的文本长度——69 页。按照叙述时间和故事时间之间的长度之比，应属于拉伸。之所以采用大量篇幅详细地记录克拉特家案发前的详细情况，作者在创作之初就有一定深

---

① 申丹将文本长度称为话语时间。

② ［美］西蒙·查特曼：《故事与话语：小说和电影的叙事结构》，徐强译，中国人民大学出版社 2013 年版，第 57 页。

意，他想要交代案发原因及人物背景，这一部分应该视作对整个小说的铺垫，这样做的效果是大大提高了读者的阅读期待，读完该章以后，读者禁不住会想：这么好的一户人家，本来与迪克、佩里这样的底层人物不曾有交集，为什么会成为两人的犯罪目标?！由此强烈地激发起读者想要知道后文的兴趣。

第二章是以1959年11月16日为起始时间，克拉特先生的好朋友们和平时一样，照旧来找克拉特先生，准备去打扫河谷农场的房间，但他们却意外地目睹了案发现场。而该章的结束时间没有明确给出，但因为整部小说总体是按照时间的前后顺序，可以从第三章的起始时间推测出，第二章的结束时间大概是1959年11月，小说以两个罪犯亡命天涯般的逃亡为本章的结束。故事时间大约是两天，文本长度为76页。按照叙述时间和故事时间之间的长度之比，本章的叙事手法同样属于拉伸。本章详细地记录了警方寻找线索和迪克、佩里逃亡的来龙去脉，用那么长的文本时长记录较短时间的文本，小说的内容需要用大量的细节进行支撑。卡波特将警方搜索的整个过程非常细致详尽地记录下来，以及迪克、佩里逃亡的经过、心理都一一进行展示。警方的抓捕和罪犯的逃亡形成了如同猫与鼠的对峙关系，因为得不到线索，警方煞费苦心地四处寻找。因为小说同时记录了迪克和佩里潜逃的过程，读者可以认定他们即为罪犯，但案件的有些部分依然无法衔接起来，读者对整个犯罪过程的认知受到局限，本章的文本时长较长的作用是给读者了解到案件的始末，更重要的是，小说制造了一个很大的悬念，让读者怀着巨大的好奇心，想一探案件的究竟。除此之外，小说有一部分是迪克和佩里回忆自己的童年及往事，属于倒叙，因为也属于简单的回忆，所以也属于概要部分。

第三章的开始时间是1959年11月17日，迪克曾经的狱友弗洛伊德·威尔斯听到广播里正在播放克拉特家被杀的消息，他惊人地发现整个案件居然和迪克曾经跟他说过的一样，于是他向警方报了案。而以1960年1月6日作为结束时间，那天是迪克和佩里被送进芬尼县监狱的日子。前后故事时间共计50天。而文本长度为87页。这章主要记录了迪克和佩里在监狱中被审讯的过程，他们交代了整个犯罪事件的经过，直到这时，案件才得以完整地展现在众人面前。小说并没有将迪克和佩里在监狱里度过的每一天都进行记录，这样做显然没有必要。小说重点突出了两人在审讯过程中的表现，表现包括具体的行动和心理过程，从他们俩试图撒谎、掩盖自己的罪行，到在警察的诱导下心理防线瓦解，再到将他们两人隔离开，用引起他俩内讧的战术使他们不得不一一交代，审讯的过程是一个犯人与警察斗智斗勇的过程，这个过程是整个小说的第一个高潮，让读者在胃口被吊起那么久之后终于可以了解到整个事件的真相，无论是出于小说和案件需要有一个交代，还是出于这部分对好奇的读者有巨大的吸引力，这部分在整个小说中的地位和价值绝对不可小觑。按照叙述时间和故事时间之间的长度之比，本章的主体部分应属于拉伸。而其他对案件没有太多作用的部分则一笔带过，按照热奈特在《叙事话语·新叙事话语》里根据叙述时间和故事时间之间的长度之比来测量两者之间的四种关系，这些一笔带过的内容属于概要，即叙述时间短于故事时间①。不重要的内容可以略写，重要的内容则凸显出来。

第四章开始时间是1960年1月，即迪克和佩里在监狱的时间，到1965年4月14日年夜至深夜两点，即他们被处死的时间，作为结束时间，故事时间共计约五年零三个月。小说用了84页作为文本长度。该章的故事时间属于四章中最长的一部分，而文本篇幅并不长。作者为什么要压缩这部分的内容呢？答案显而易见，最后这

① 参见［法］热拉尔·热奈特《叙事话语·新叙事话语》，王文融译，中国社会科学出版社1990年版，第59—62页。

一部分主要讲述了迪克和佩里被审判、起诉、实施绞刑的过程，这些内容不用铺开来说，只用择其重点记录就行。这部分主要突出的是迪克和佩里想要进行申诉和反抗的过程，及他们最终反抗无力以悲剧收场的结局，这些内容的安排增加了两人的悲剧色彩，让读者在阅读的过程中陷入深深的思考当中，思考他们为什么会有这样的悲剧命运？这绝不是一起简单的谋杀案，它反映了一定的社会和历史问题，具有深刻的思想意蕴。这一部分内容属于概要和场景的结合。在记录他们进行反抗的部分，为了凸显他们的悲剧性，作家采用了叙述时间基本等于故事时间的时间策略，即场景，整个事件与所述时间大致相符，再现了两个罪犯投诉无门的真实状况。另一个重要的场景是实施绞刑的那部分，两个罪犯按照规定的时间和程序走完了最后的人生之路，这部分因为简短，用场景将悲剧和恐怖渲染到极致，该场景是两个罪犯生命结束的悲剧时刻，又将整个小说推向了另一个小高潮，让读者在两个罪犯被绞死之际感受到强烈的震撼。此外，这部分介绍了监狱中其他几个死刑犯的大致犯罪经历和情况，这些属于对小说的扩展部分，是对案件的有益补充，所花笔墨不多，叙述时间明显短于故事时间，所以属于概要。

从总体上看，《冷血》中的前三章主要采用了以短时间（几天到一个多月）的故事时间，反映了整个篇幅的近 3/4 的文本长度，属于拉伸。这部分内容讲述详细具体，详细到每一个细节，交代了案件的发生、发展和高潮。第四章的概要部分明显多于前三章，1/4的文本时间和近两年的故事时间之间形成对比，可以看出作者有意将案件的结尾讲述得详略得当，突出迪克和佩里为申诉做出的努力和被残忍处死的悲惨结尾，对一些不太重要的内容则叙述得简略，甚至用较大的时间跨度直接省略掉不重要或关联不大的内容，如用“两年过去了”“一个星期以后”“1961 年秋季的一天晚上”等表明时间的词句概述了案件的缓慢进展。这样的安排不但没有让小说显得头重脚轻，相反，小说叙述起来层次分明，详略得当。

3. 频率方式的转换

频率是叙事时间的一个重要概念。这个概念来自里蒙·凯南，叙述频率涉及“一个事件出现在故事中的次数与该事件出现在文本中的叙述（或提及）次数之间的关系”①。也可以这样进行表述，“一个事件在实际发生的故事中出现的次数与该事件在文本叙述（或提及）的次数之间的关系。”② 热奈特进一步将频率划分为三种不同的方式：单一叙述（singulative）、重复叙述（repeating narrative）及概括叙述（iterative narrative）。首先要明确三个不同的概念。所谓单一叙述，“讲述一次发生了一次的事件”③ 而重复叙述则“讲述数次只发生了一次的事件”④。至于概括叙述，则是“讲述一次发生了数次的事件”⑤。在《冷血》中，卡波特为了突出事件的真实性，他采用了不止一种频率方式，而是三种方式的集合体，频率方式的采用根据情节和表达目的的不同而进行转换。

在多数情况下，卡波特采用了单一叙述，这也符合一般小说的叙事模式。谋杀案的发生、发展，迪克和佩里的被捕、坐牢等情节多数情况下都按照事件的进展叙述，仅仅发生一次，在讲述方式上采用讲述一次的单一叙述方式，原因是多数时候只是介绍或陈述式的讲述，一次叙述便已足够。如克拉特一家被枪杀之前的活动，迪克和佩里的逃亡经过，迪克和佩里被判刑和绞死的过程……卡波特在《冷血》中运用单一叙述的作用在于，用一次性的叙述方式可以将整个事情的来龙去脉讲述清楚，便于读者了解事件的情况和获取

---

① Rimmon-kenan, *Narrative Fiction*: *Contemporary Poetics*, London and New York: Methuen, 1986, p. 56.

② 谭君强：《叙事学导论：从经典叙事学到后经典叙事学》，高等教育出版社 2008 年版，第 149—150 页。

③ 申丹、王丽亚：《西方叙事学：经典与后经典》，北京大学出版社 2010 年版，第 124 页。

④ 同上。

⑤ 同上书，第 125 页。

信息。而如果采用重复叙述，则会显得信息冗繁累赘，反而使讲述效果大打折扣。

除了单一叙述，卡波特在《冷血》中还采用了多重叙述。从数量上看，多重叙述远远少于单一叙述。小说中使用多重叙述最多的地方主要集中于第三章“水落石出”，内容在于对迪克和佩里案情的陈述。小说分别从迪克、佩里和其他人的口中多次讲述案情的情况，同一个案子，从不同的人口里讲出来便具有了不同的效果，甚至内容因为个人的主观思想和立场的不同也会发生改变。譬如，在讲述究竟是谁杀害了克拉特一家时，迪克和佩里所陈述的内容便有所不同。佩里承认了自己杀害克拉特一家的罪行，说迪克根本就没有杀人，可是，迪克却对警察说是他开枪杀死了克拉特一家。这里两人的说辞便出现了矛盾，究竟是谁杀死克拉特一家呢？而在陈述这一情况的时候，从不同的人物嘴里陈述事件便属于多重叙述，这种叙述方式能够继而引起读者思考，激发读者进一步想要知道事件真实情况的兴趣。同时，多重叙述也为了能够深刻展示出人性和案件本身的复杂性。迪克在对警方交代罪行时曾承认是自己开的枪，他的说辞与佩里完全不同。根据小说之后的交代，原来，杀人时并非只有佩里实施了杀人的罪行，迪克也参与了杀人，只是从案发之前就一直声称不能留下目击证人的迪克，其实就只是说说而已，按照佩里的说法，迪克根本就是一个胆小鬼，后来，在佩里杀害了克拉特夫人和孩子之后，迪克也动了手。佩里之所以要帮助迪克掩盖，他其实是想帮迪克逃脱罪行，因为他觉得迪克不像自己，没有人真正关心自己，所以生死都无所谓，而迪克不同，他觉得迪克的父母是好人，他不想让迪克的妈妈感到难过，所以他主动承担起杀死所有人的罪责。从迪克和佩里的重复讲述中可以表现出两人的不同性格特征。迪克的看似张狂，实则胆小，从小在一个健全，还算幸福的家庭里长大；佩里则看似理智，实际却胆大，会做出一些极端的举动，富有同情心，这与他从小的生活环境与经历有很大关系。除了迪克和佩里的讲述外，还有警方和作者卡波特对实际情况的调查可以视为多重叙述的表现。小说还从多角度陈述案情。警方主要是从两人的证词和各种证据线索得出案件的情况，两人均参与了杀人。而卡波特对案情的讲述则更为全面，小说追究了究竟是谁实施杀人罪行的前因后果。进行多重讲述的目的，在于可以让读者从多角度了解案件的情况，在众多声音中能够让读者有自己的判断，不被表象所迷惑，进而明辨是非曲直，看到案件背后藏匿的各种因素。

而概括叙述则在小说中使用得较少，主要集中于第四章“角落”，这一章是对迪克和佩里进入监狱等候判决，和判决后两人等待执行死刑的一段记录。在监狱里的情况每天过得大同小异，并不需要一一叙述，所以，这一部分属于概括叙述，用概括性的文字将重复、无足轻重的内容一笔带过。

频率的转换，可以使整部小说的内容有详有略，详略得当，《冷血》中并没有使用单一方式的频率，而使用三种频率方式的不同交叉，来对内容进行详略处理。总体上看，使用不同的频率的效果各不相同：用单一叙述将事件进行陈述，符合《冷血》的非虚构小说要求的客观真实记录的陈述要求，因此使用得最多；使用重复叙述，从不同的角度对同一时间进行叙述，可以从不同侧面了解事情的真相，有利于增加事件的蕴藉效果和阐释空间，让案件背后的真实复杂因素展现出来；而概括叙述则属于一种简略概要式的叙事方式，可以让该小说省略很多关联不大或不需要详细陈述的内容，用简单来反衬出其他内容的重要。三种不同的频率方式效果不同，卡波特根据写作需要将之运用到小说的不同部分，这样可以使小说详略得当，情节有起有伏，富有可读性，并增加小说的思想深度。从这个层面上看，频率的使用与时距的变化形成对应，两种叙事手法交相呼应，使整个小说层次分明、详略得当，让小说读起来扣人心弦。

总而言之，《冷血》运用了文本时间与故事时间之间的动态关系、时距的变化、频率的转换多种叙事时间的写作策略，都是为了服务于客观真实反映案件本身这一小说主旨，如何让案情得以最真实地展现在读者面前，除了内容上的真实外，卡波特深知叙事手法的运用可以为内容的真实增光添彩，在非虚构这一指挥棒的指挥下，该小说将叙事时间表现得具有一定灵活性和张力，并不仅仅囿于其中一种叙事策略，而是让三种叙事策略将各自的长处发扬光大，根据不同的需要使用恰当的时间叙事策略，这是对真实客观非虚构小说内容的另一种强化，最终使非虚构小说达到内容与叙事的完美统一。

（二）叙事空间

在文学作品中，除了叙事时间外，叙事空间是另一个重要因素，两者经常联系在一起，构成了叙事时空。“文学作品中的时空，空间与时间的标示被融合在一个精心布置而又具体的整体中。”[①] 作为文学作品，时空是由文字来呈现，所以，时空存在于抽象的想象之中。

由于《冷血》主要讲述了迪克和佩里对克拉特家谋杀之前的准备、作案经过、作案之后的逃亡和一系列后果，叙事空间跟随主人公的脚步随时变换，加上作者采用了完全还原事件本身的非虚构的创作手法，所以小说的叙事时空呈现出脉络清晰的线性特征，即小说是按照时间的前后顺序来进行叙述，叙事空间也因此发生改变。

前面一部分分析了《冷血》的叙事时间，这里再对该小说的叙

① M. M. Bakhtin, *The Dialogic Imagination*, Austin: U of Texas P, 1996, p. 84.

事空间进行分析。

经典叙事学概念将叙事空间分为“故事空间”（story space）和“话语空间”（discourse space），是由叙事学家查特曼在《故事与话语》中提出，“故事空间”通常指作为叙述内容的事件和人物发生的地点或者场所，而“话语空间”则是叙述行为发生的场所或环境。① 具体以《冷血》进行分析，小说是以第一人称“我”或“我们”进行叙述，并没有专门交代叙述行为发生的具体场所或环境，可以看作小说隐藏了话语空间。与之相对的是，故事空间则根据主人公的逃亡发生了一系列的变化。故事空间不断变化的优点在于，可以让读者跟随主人公的步伐扩大自己的视野，进入到更深层次的思考之中，能够更深刻地理解小说的主题思想。

沿着迪克和佩里的逃亡路线，他们的足迹遍布美国 10 个州，甚至逃至墨西哥（如下表），故事空间变化是随着主人公的逃亡经历的地点的改变而变化。从逃亡的各个地点可以联系到在那里的时间、发生的事件，及小说想要表达的目标和意义，以至于用来更好地理解小说的主旨。

地　点	时　间	事　件	备　注
堪萨斯州	1959 年 11 月 14 日至 15 日	迪克与佩里开车到克拉特家并作案。	
俄克拉荷马州	1959 年 11 月 21 日至 23 日	迪克与佩里开车一路逃亡。	
德克萨斯州	1959 年 11 月 23 日至时间不详	迪克与佩里开车一路逃亡。	
墨西哥	待了一星期	迪克与佩里逃亡，度假。	短暂的度假激起了他们对美好生活的羡慕。

① 参见［法］西摩·查特曼《故事与话语：小说和电影的叙事结构》，徐强译，中国人民大学出版社 2013 年版，第 81—82 页。

续表

地　点	时　间	事　件	备　注
加利福尼亚州	时间不详	迪克与佩里想搭别人的车逃亡。	
内华达州	1959 年 12 月，具体时间不详	迪克与佩里逃亡，重新油漆车后卖车换钱。	
内布拉斯加州	时间不详	迪克与佩里身无分文逃亡，偷车。	
堪萨斯州	时间不详	迪克与佩里换车牌，开假支票，逃亡。	
密苏里州	时间不详	迪克与佩里开车逃亡。	叙述简单，一笔带过。
阿肯色州	时间不详	迪克与佩里开车逃亡。	同上
路易斯安那州	时间不详	迪克与佩里开车逃亡。	同上
佛罗里达州	1959 年 12 月 24 日前后	迪克与佩里开车逃亡。	同上
得克萨斯州	时间不详	迪克与佩里搭载乘客，和他们一同捡破烂卖钱谋生。	突出了他们的生活窘境。
内华达州	1959 年 12 月 30 日至 1960 年 1 月 3 日	迪克与佩里逃亡，被捕，审讯。	
堪萨斯州	1960 年 1 月 6 日至 1965 年 4 月 14 日	迪克与佩里被押送至监狱，坐牢，被审判，上诉，上诉失败，被绞死。	

注：地点的顺序是按迪克与佩里逃亡的先后顺序。

沿着迪克和佩里的逃亡路线，他们的足迹遍布美国 10 个州(堪萨斯州、俄克拉荷马州、德克萨斯州、加利福尼亚州、内华达州、内布拉斯加州、密苏里州、阿肯色州、路易斯安那州、佛罗里达州)，甚至逃至墨西哥，也就是说，故事空间变化是以主人公的逃亡经历的地点的改变而变化着。从图表中可以看出，迪克和佩里的路线经历了美国大部分地区（10 个州），有些地区是两次经过，如德克萨斯州、内华达州，而堪萨斯州甚至三次经过，原因是那里作为案件发生地、中转地和最后被关押、审判和被执行死刑之地，自然是被重点加以突出。应该说，选择堪萨斯作为重点突出的地区，除了克拉特家刚好居住在那里的偶然因素外，还因为堪萨斯州对死刑的态度不断发生变化：从 1907 年的废除到 1935 年的重新使用，再到 1954 年至 1960 年的废除，再到之后的使用，到 1976 年便没再使用。可见，堪萨斯州对死刑的态度摇摆不定，由此可以看出堪萨斯州对死刑有了充分的思考，并权衡了实行死刑与废除死刑的利弊，从侧面烘托出克拉特家案件的作案手段过于残忍，在当时的轰动性与对社会造成的负面影响过多，最终才不得不使用死刑作为最后的定刑。

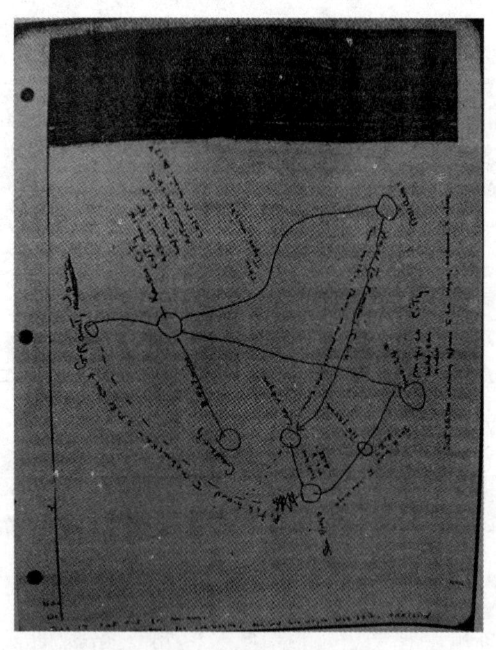

卡波特手绘的迪克和佩里的逃亡路线图

作者以迪克、佩里逃亡的形式反映出叙事空间的变化，这种叙事方式的优点在于，读者可以跟随主人公的步伐，了解美国特定时代下的文化，了解美国各个社会阶层情况和美国人不同的生活状况。迪克和佩里企图逃脱法律的制裁，他们选择的逃亡路线，都是根据自己经验确定的，每到一处的落脚点大都是一些不起眼的旅店、商店、加油站等。因为身上没钱，廉价也是他们考虑的重要因素之一。逃亡而导致的故事空间变化正是由这些地点构成。应该说，采用这种故事空间变化的作用在于揭露了美国底层社会和上层社会的真实面貌。迪克接触到一些上层社会和富有的人，如克拉特家幸福且富有便是他们理想中的生活状态，他们是富有阶层的代表。还有他们在墨西哥遇到了律师奥托，他们在一起吃饭，喝酒，到深海捕鱼，费用都由奥托承担，过了几天逍遥自在的日子，可好景不长，他们很快又恢复到不得不面对缺吃少穿窘迫的生活状态中。而迪克和佩里折射出底层社会的生活状态。迪克和佩里多数时候都挣扎在贫困生活线上，他们俩在作案前就寄希望于通过抢劫变得富有，可等他们作案后发现自己就连最基本的生存都成问题。在迪克和佩里逃亡的日子里，经常食不果腹，每天都为生存担忧，以至于迪克为了解决温饱问题，冒着被逮捕的危险重新回到堪萨斯州，用写着自己真名的假发票兑钱，从而为警方的搜索留下了线索。还有他们接触到的人，如拾荒者、妓女、狱友等则为底层社会的代表。那些富有且美好的上层社会的生活与底层人物的生活形成了鲜明的对比，通过故事空间的变化显示出各种不同阶层人的生活状态。

对叙事手法的分析应该与小说的背景和内容联系起来，以便于挖掘出深刻的内涵意蕴。对于当时 1960 年的美国而言，“这个多灾多难的时代仍是一个产生悲剧的时代。”[①] 贫富差距大，缺乏有效的可以改变命运的上升渠道，导致了下层社会对上层社会充满敌意，

---

① ［美］康拉德·尼克伯克：《堪萨斯的死亡之旅——评杜鲁门·卡波特的〈冷血〉》，唐建清译，《书城》1998 年第 9 期。

这种不满很容易一触而发，克拉特一家惨死便是一例。叙述者用第一人称来叙述整个事件或讲述整个故事。这样做的好处在于，有助于在故事空间变化的情况下将整个事件和各个阶层状况清晰地呈现在读者面前，让读者最大程度地体会出小说本身传达出的深意。

另外，通过故事空间变化，卡波特将一个个人物塑造得栩栩如生，其性格特征、生活状态和特定时代背景下的社会状况淋漓尽致地展现在读者面前。“除了为人物提供了必需的活动场所，‘故事空间’也是展示人物心理活动、塑造人物形象、揭示作品题旨的重要方式。”[①] 如在故事空间的变化过程中，佩里的小气、自卑、无法控制自己的情绪但又富有同情心等性格特征就表现了出来，而迪克则表现出善于吹牛，无法克制自己的性欲，但又胆小、开朗乐观的性格特征。通过小说的故事空间变化，反映出卡波特既是一位社会学家，他想要借小说反映20世纪60年代美国的社会状况，又是一位犯罪学家，指出罪犯背后的深层次社会问题，更是一位哲学家，他对社会和历史进行思考，想要找出对策和方法来医治这个社会的问题和创伤。

逃亡有多种，因犯罪而逃亡，因战争而逃亡。逃亡并非出于本意，而是一种被迫的离开，这种亡命天涯的逃离往往带着太多的无奈。因犯罪而逃亡是为了逃离法律的制裁，因战争而逃亡是为了在乱世中存活下来。迪克和佩里的逃亡属于前者。

故事空间变化同样发生在因爆发战争而导致逃亡的小说中。曾获诺贝尔文学奖的《日瓦戈医生》，以十月革命为背景，主人公日瓦戈一路逃亡，经历了前线——莫斯科——瓦诺金诺村——尤里亚金市——莫斯科一系列故事空间变化，展示了一个十月革命中风起云涌的俄罗斯。这些故事空间包括了俄罗斯的首都、乡村、城市，

---

① 申丹、王丽亚：《西方叙事学：经典与后经典》，北京大学出版社2010年版，第132页。

《日瓦戈医生》的作者帕斯捷尔纳克借助这样的叙事手法，目的是让读者能够领略到十月革命带给俄罗斯人民巨大的伤痛。

（三）真实作者与隐含作者

“真实作者”和“隐含作者”是韦恩·布斯（Wayne C. Booth）提出的两个重要概念。真实作者，顾名思义，就是作者本人。而“隐含作者”，布斯其将定义为：“在他（作者）写作时，他不是一个理想的、非个性的‘一般人’，而是一个‘他自己’的隐含的替身……”① 隐含作者不能等同于作者本人，“他是作者的‘第二自我’……不管一位作者试图一贯真诚，他的作品都将含有不同的替身……”② 从该定义看，隐含作者其实就是真实作者艺术加工过的作者形象，它有选择地传达自己的观点，通过文本将自己塑造成一个读者假象中的作者形象。因此，读者不能简单地将隐含作者所传达的观点视为真实作者的观点，并且，各个读者心中的隐含作者有一定差异，“由于读者的人生观、价值观不同，在调动他们的阅读经验阅读时，他们心中构建的隐含作者的形象是不同的。”③ 将真实作者和隐含作者进行有效的区分，可以让我们更准确和更深入地理解作品的含义。

为了更好地理解隐含作者的概念，申丹教授提供了一个叙事交流图：

作者（编码）——文本（产品）——读者（解码）④

从该图上看，叙事涉及作者、文本和读者三个环节。因为作

① ［美］W. C. 布斯：《小说修辞学》，华明等译，北京大学出版社 1987 年版，第 80 页。

② 同上书，第 80—81 页。

③ 吴松山、侯丽、张伟敬：《论作者与隐含作者》，《名作欣赏》2012 年第 9 期。

④ 申丹：《叙事、文体与潜文本——重读英美经典短篇小说》，北京大学出版社 2009 年版，第 36 页。

者、文本和读者本身彼此联系为一个整体，因此，作者是这个整体中的一环，它“既涉及作者的编码又涉及读者的解码”[①]。联系到隐含作者，“就编码而言，‘隐含作者’就是处于某种状态、以某种立场和方式来‘写作的正式作者’；就解码而言，‘隐含作者’则是文本‘隐含’的供读者推导出的这一作者的形象。”[②] 该交流图站在解码和编码的不同立场，进一步阐释隐含作者的概念，对完善其含义有重要意义。

《冷血》运用的是非虚构小说的写作方式，整部小说的出发点和落脚点是真实客观地反映事件，小说的叙事方法也围绕着这一原则，其隐含作者和真实作者表现为两方面：第一，隐含作者和真实作者的统一；第二，隐含作者的可靠叙述。

1. 隐含作者和真实作者的统一

《冷血》以第三人称叙述，叙述者站在“居高临下”的位置，对整个“克拉特家谋杀案”进行讲述。出于对小说的客观叙述，隐含作者看似独立于真实作者——卡波特，实则不然，真实作者借隐含作者抒发了自己对案件的所思所想，小说的隐含作者和真实作者是统一的。

小说大量运用了对事件的记叙、描述，且穿插了人物之间的对话，真实作者卡波特始终站在一个看似是旁观者的位置，密切地“关注”着事情的进展。不可否认的是，小说出于作者之手，所以这样的“旁观者”不可能完全置身于事外，相反，整个故事的发生、发展、高潮、结尾，甚至于细节的安排，显然都经过作者精心安排。而小说中隐含作者既受到真实作者有意识地引导，代表的是真实作者的观点和立场，又可以从读者的视角推导出一个满足读者

---

① 申丹：《叙事、文体与潜文本——重读英美经典短篇小说》，北京大学出版社 2009 年版，第 36 页。

② 同上书，第 37 页。

需要的作者形象。

小说主人公迪克和佩里因为使用残忍手法杀害克拉特一家而受到法律制裁，而法院却一直在权衡怎样处罚他们俩和是否执行死刑的问题。一方面，迪克和佩里的行为构成重大犯罪，对社会造成了恶劣影响，只有执行死刑才能平息公众的愤怒，法律的警示作用才可以显现。但另一方面，出于人道主义、宗教、社会发展趋势等因素考虑，死刑并不是解决问题的根本方法。围绕着是否执行死刑的问题，小说展开了激烈的讨论，法院在立案、庭审、判决、上诉、复审、执行的程序过程中便存在争议。另外，争议还来自民众和两名罪犯，当然，《冷血》本身就是真实案情的再现，当时的社会也存在这样的争议。还需指出的是，在死刑问题上，小说的隐含作者不再处于隐匿的状态中，它“站出来”表明自己的态度，其态度随着案件的发展不断变化着。在整部小说中，隐含作者并不是完全主导整个作品的唯一声音，小说呈现出“百家争鸣”的状态，允许别的声音——当时社会中的各种观点表明自己对死刑的看法和认识，让读者在阅读过程中广泛地听取各种不同的声音，并找到一种自己认同的观点，这种“民主”的叙事策略可以让读者处于和隐含作者相对平等的位置上，充分调动读者的主观能动性和积极性，让读者也能参与到小说的讨论当中。但应该强调的是，读者的参与固然重要，但并不意味着隐含作者就将小说的主导权完全交到读者手中。其原因有两个。首先，小说的材料来源于克拉特家谋杀案，案件的过程及处理结果并不能以某人的主观意志得以改变，这是一个客观事实，无法更改。其次，如果隐含作者对事件没有一个最终控制权的话，任由事件随意发展，小说就会陷入混乱的状态中，小说的整体效果便会大打折扣。在对“克拉特案”的审判过程中，卡波特本人参与到案件当中，是真实作者最真实的参与，卡波特多次到监狱探望迪克和佩里，与他们建立起朋友关系，并帮助他们寻找线索上诉和复审，这让两名罪犯仿佛抓到了救命稻草。为了改变自己被绞死的命运，迪克和佩里可以说是将希望完全寄托在卡波特身上，在这种情况之下，凡是卡波特想了解之事，迪克和佩里都愿意完全将自己最真实的情况和内心感受对卡波特和盘托出。从某种程度上看，作者和主人公成了一种命运共同体，真实作者最大程度地参与和影响小说主人公的命运。当然，迪克和佩里的判决并非卡波特的参与就能完全改变，尽管卡波特也确实积极地帮他们联系律师、寻找证据，但毕竟迪克和佩里犯下的罪行过于严重，在社会舆论的强烈要求下对他们执行绞刑是历史的必然。对执行死刑的态度，真实作者卡波特将自己的观点通过隐含作者表达了出来。小说反映了对是否执行死刑的矛盾态度。一方面，隐含作者反对死刑。“死刑是没有效果的，它并不能阻止犯罪，只会使人的生命贬值，导致更多的谋杀。”[①] “把他们绞死又算什么呢？那就不冷血了吗？”[②] 在这里，一针见血地指出了“冷血”的含义，杀人犯看似因冷血杀人，但仅仅以牙还牙，以眼还眼来处置罪犯，没有从根本上解决犯罪之源，死刑制度就没有起到真正警示的作用。从某种程度上看，施刑者难道就不算冷血了吗?! 表明了卡波特对死刑持有反对的态度。这里隐含作者的观点代表了卡波特的观点。正如卡波特自己所说：“我本人非常反对死刑。”[③] 并认为“这（压死骆驼的）最后一根稻草过于沉重”[④]。卡波特认为克拉特一家的死已经无法避免，为什么还要继续杀人呢？他不认为这属于人道主义行为。其实，叙事手法是作者观点的表达方式，研究叙事手法应联系作者的思想认识进行分析，才能透过现象看本质。卡波特所代表的隐含作者之所以反对

---

① ［美］杜鲁门·卡波特：《冷血》，夏杪译，南海出版公司 2009 年版，第 284 页。

② 同上书，第 287 页。

③ Lawrence Grobel, *Conversations with Capote*, New York: New American Library, 1985, p. 118.

④ Ibid..

死刑有两个原因：第一，他在写作过程中认识到该恶性事件的发生并不仅仅是罪犯的个别问题，而掺杂了深刻的社会因素，反映了社会矛盾和深层次问题；第二，在调查案件的过程中，卡波特对佩里建立起一定的感情，他由衷地同情佩里的悲惨境遇，他认为施行死刑对佩里而言并非完全公平。但另一方面，隐含作者和卡波特本人又认为死刑似乎是当时解决问题的相对可行的办法。隐含作者和卡波特深知，如果从小说出发，小说需要有罪犯被处死的结局，这样才能吸引读者的眼球，满足读者的好奇心和阅读期待。再加上堪萨斯州民众的愤怒和复仇情绪高涨，实行死刑势在必行。

小说的隐含作者和真实作者的统一还表现在对待佩里的态度上。佩里虽然是主要作案者，但整篇小说都可以看到隐含作者对佩里有着深切的同情。佩里在众人眼里是一个冷血杀手，但从隐含作者的讲述中可以看出，佩里的悲剧更多是由社会造成。小说中的佩里并非一无是处，他具有很多天赋，譬如音乐方面，他第一次拿起口琴就会吹，吉他也是如此，即使没接受过太多正规教育，可他不断学习并扩充自己的词汇量，喜欢写作和画画，对弱者具有同情心，并且，他喜欢读书，自学成才，他随身携带的“财产”大部分是一些书、信件，如果能够提供给他一定成长的土壤，他不至于误入歧途。小说中有一个情节代表了隐含作者的态度。第一个是佩里在得知自己被宣判死刑之后，他失声恸哭得像个孩子，他已经无法再控制住自己的情绪。他所在监狱的副警长的妻子迈耶太太为了安慰他，走到他的牢房门口，并伸手握住了他的手，他只说了一句话：“我觉得很羞耻。”① 据可靠资料证实，这一情节并非真实，佩里根本就没有显露出悔恨之心与羞耻感，这一情节是隐含作者自己的安排，它有意将佩里塑造成一个有血有肉、让读者同情的对象。

① ［美］杜鲁门·卡波特：《冷血》，夏杪译，南海出版公司 2009 年版，第 289 页。

“作者对佩里惨无人道地杀害了一家四口的冷血罪行轻描淡写，却有意刻画或是杜撰了他内心的负罪感和耻辱感，并把他与迪克的麻木不仁相对比，其结果就是使读者的感情天平倾向了佩里。”① 隐含作者之所以对佩里寄予深切同情，是因为将佩里放到一定历史和社会背景中看待。从本质上看，佩里的悲剧是美国社会的悲剧，佩里是社会发展的牺牲品，他的美国梦的破灭代表了众多底层人们美国梦的破灭。其实，隐含作者的态度与真实作者有密切联系。真实作者卡波特和佩里，有太多相同之处：两人同样有不幸的童年经历，都怀揣着美国梦，历尽种种艰辛却不得志。从某种程度上看，佩里其实是另一个卡波特，“卡波特知道噩梦般的童年、父母爱的缺失、被抛弃的深深的孤独感意味着什么样的灾难。”② 卡波特自己的经历如此，他笔下的佩里在不知不觉中便倾注了自己的情感，这与隐含作者相一致。

2. 客观真实的可靠叙述

判断可靠叙述或不可靠叙述主要从三方面来确定：第一，是由“叙述者”和“隐含作者”之间的关系决定，两者存在着或近或远的距离。“当一位叙述者的言行与作品的准则（即隐含作者的准则）相符合，那么我说他是可靠的，反之则是不可靠的。”③ 如果读者感受到叙述者与隐含作者形象不一致，叙述者与隐含作者发生背离或冲突，是不可靠叙述；相反，如果让读者感觉到叙述者的态度与隐含作者的态度相一致，则是可靠叙述。第二，判断是可靠叙述或不可靠叙述还可以从是否给读者提供的信息与话语来进行判

① 张倩：《从人物形象塑造看卡波特在纪实小说中的感情倾向》，《福建省外文学会2007年会暨华东地区第四届外语教学研讨会论文集》2007年版，第34页。

② Ralph F. Voss, *Truman Capote and the Legacy of "In Cold Blood"*, Tuscaloosa: The University of Alabama Press, 2011, p. 125.

③ Booth. Wayne C, *The Rhetoric of Fiction*, Chicago: University of Chicago Press, 1961, p. 159.

断，“叙述者是否可靠在于是否能提供给读者正确和准确的话语。”[①] 第三，经典叙事学中，对是不是可靠叙述或不可靠叙述的区分，“主要是依据其（叙述者）与隐含作者之间的思想道德、价值规范来进行的。”[②] 这一点涉及伦理学的问题，“小说修辞最终的问题是要决定作者应该为谁而作的道德问题”[③]。

《冷血》的叙述者并未在作品中出现，读者只能根据小说推导出叙述者声音。而隐含作者出于对客观事实的反映，他采取了与叙述者态度相一致的立场，并且，为了突出非虚构小说的特征，叙述者和隐含作者给读者提供了真实准确的信息与话语，由此反映出小说的可靠叙述特征。另外，小说的叙述者和隐含作者在思想道德、价值规范方面总体上相一致，再次证明了小说的可靠叙述特征。

首先，小说的叙述者隐匿在小说之外，叙述者借由小说中的各个人物之口进行叙述。为了创作《冷血》，卡波特和助手哈发·李用了近6年的时间专门搜集资料和做大量的准备工作，他们采访了两名罪犯及相关人物，与他们交谈，为了追求真实准确，卡波特和哈发·李甚至用录音和笔录将这些信息记录下来，生怕遗漏了任何宝贵信息或将其弄错，然后，卡波特将这些信息一一写进小说。不仅作者如此，连叙述者也遵循同样的原则，小说的各个人物所发表的议论和评论在现实中都可以找到依据。曾经有人怀疑小说是否每个细节都是真实的，便真的有人沿着卡波特的足迹走了一遭，结果发现每个细节确实来源于客观存在。有一种说法甚至认为小说中的每个字都是真实的，反映了小说运用了可靠叙述的叙事策略。并且，隐含作者的态度与叙述者是一致的，卡波特的高明之处，便在

① 申丹：《叙事、文体与潜文本——重读英美经典短篇小说》，北京大学出版社2009年版，第64页。

② 谭君强：《叙事学导论：从经典叙事学到后经典叙事学》，高等教育出版社2009年版，第224页。

③ 聂珍钊：《文学伦理学批评导论》，北京大学出版社2014年版，第1页。

于虽然小说看似真实作者和叙述者并不出场，可事件、情节、人物对话都显然经过作者精心安排，通过这些事件、情节、人物对话，读者便可以推测出隐含作者的态度和立场，这与隐匿的叙述者的态度和立场一致，并不干扰读者对小说进行判断。《冷血》并不像其他小说那样出现众多不可靠叙述，多数小说让读者通过六种不可靠叙述的亚类型，即价值/判断轴上的“错误判断”和“不充分判断”，事实/事件轴上的“错误报道”和“不充分报道”，以及知识/感知轴上的“错误解读”和“不充分解读”，对小说是否是可靠叙述抑或不可靠叙述进行判断。相反，《冷血》的主旨明确，作者采用陈述事实的方法，将一件看似简单的案件不断放大，隐含作者和叙述者将读者引入思考，让读者思考看似“简单”的案件背后的不简单之处。应该说，正是出于这样的考虑，隐含作者和叙述者自始至终都以明确的态度出现在小说中，它们是“可靠的”，同时又是高明的，因为隐含作者和叙述者的目的是将小说写成一件能够引起别人注目和思考的具有社会意义的事件，这就提升了小说的思想深度和社会价值。

其次，新闻记者出身的卡波特在写作《冷血》时采用的是新闻体式的文字表达方式，小说以真实准确的话语，所传达给读者的信息也是真实可靠的，由此反映了可靠叙述特征。小说主要以陈述事实为主，大量运用了人物间的对话，对场景的描写和对事实的记录，它不像虚构小说那样，运用艺术手法（如意识流、夸张等）对事实进行艺术加工，小说里话语的准确性和真实性有待考证。而《冷血》却恰恰相反，人物对话虽多却并非杜撰，都有据可考。并且，从整体上看，小说按照事件的时间顺序发展，只有局部以倒叙的手法插入了迪克、佩里的成长经历或与案情有关的信息。这样一来，小说的脉络清晰，符合了新闻报道方式的特点。虽然叙述者并没有直接发表自己的意见，但是给读者提供的信息与话语却是准确的，由此反映出小说的可靠叙述特征。

再次，《冷血》中的叙述者与隐含作者之间的思想道德、价值规范也是一致的。这里用伦理学中的人性因子和兽性因子来具体分析佩里的人物形象。“人性因子即人的伦理意识，其表现形式为理性意志。……人性因子的表现形式是理性意志，其最重要特征就是分辨善恶的能力。”[①] 而“兽性因子与人性因子相对，即人的动物性本能。”[②] 佩里身上，体现出人性因子和兽性因子两者的激烈冲撞。从佩里在作案之前的犹豫、惧怕，到作案以后的悔恨，充分体现出佩里身上具有人性因子的理性思维。而在作案过程中，佩里作案的手段极其残忍，他将克拉特一家杀死的场面令人震惊，又表现出他的兽性因子，只有禽兽才能做出如此残忍的事情。特别是在杀人的瞬间，佩里没能用理性意志克制住自己的自由意志，也就是没能让人性因子压制住兽性因子，最终才会犯下这滔天罪行。在佩里身上，虽然他是罪犯，但他身上同样具有斯芬克斯因子，即善恶同体，在不同的时候，表现出不同的伦理选择，也就具有不同的伦理选择的结果，作案过程中不同时刻佩里的伦理选择不同。在迪克对南希有非分之想的时候，佩里的伦理选择表现出善的一面，他不让迪克有单独和南希在一起的时候，让迪克根本没机会下手。还有佩里为了让克拉特太太觉得舒服一点，曾拿枕头垫在她的头下面，伦理选择同样表现为善。可杀害克拉特先生一家的刹那，佩里的伦理选择却以恶占了上风，而且这种恶是大恶，是极恶，正义和犯罪的伦理选择是根本原则性问题，他所犯下的罪行太严重，使他善的一面也未能抵消他所做过的恶。作案后佩里曾表示出自责、羞耻和悔恨，这时的他表现出善的一面来。但因为就佩里本身杀人这件事情来说，无论是叙述者还是隐含作者，对迪克和佩里杀人一事的态度

---

① 聂珍钊：《文学伦理学批评导论》，北京大学出版社 2014 年版，第 274 页。

② 同上书，第 275 页。

都显然是批判和否定中夹杂着一些同情，但对杀人这样的原则问题的态度并不曾改变，所以从道德伦理的角度上看，小说属于可靠叙述。而在迪克身上，则表现为自然意志、自由意志常常压制住理性意志。迪克的性欲旺盛，他即使在逃亡的路上，都不忘与多名女子勾搭，这也是佩里常常看不起他的地方，佩里最讨厌那些不能控制自己性欲的人。迪克的这种表现属于受自然意志和自由意志的驱使，他的问题在于理性意志无法控制他的自然意志和自由意志。“自然意志主要是人的原欲即力比多（libido）的外在表现形式，自由意志是人的欲望（desire）的外在表现形式，理性意志是人的理性的外在表现形式。”[①] 力比多即性欲的代名词，指一切身体器官的快感。迪克无法控制性欲，就代表了他的自然意志和自由意志无法受到理性意志的控制。更为严重的是，迪克有恋童癖，他已经多次引诱幼女与他发生性关系，这一嗜好也成为他去克拉特家的主要原因之一，他从狱友那里得知克拉特家里有少女南希，这引起了他的欲望。并且，在杀人之前，迪克多次想接近南希，是佩里的干扰使他的计划最终没能得逞。这同样是自然意志和自由意志不受到理性意志控制的表现。通过对迪克和佩里的分析，可以得出这样的结论，他们之所以犯罪，其原因之一是因为他们在重大伦理选择时，理性意志没能控制住自然意志和自由意志，他们不仅仅没能成为伦理的人，甚至触犯了法律，最终走向了毁灭。对迪克和佩里的态度，隐含作者所持有的道德伦理观点和叙述者一致，对他们放纵自己的自然意志和自由意志，隐含作者和叙述者都予以否定，这是小说可靠叙述的又一表现。

以上是小说所运用的三种叙述策略，这些策略的运用归根结底是为如何凸显客观真实的内容服务的，卡波特想要将客观与艺术相

① 聂珍钊：《文学伦理学批评导论》，北京大学出版社 2014 年版，第 42 页。

结合，“我的目的在试图应用一切小说创作方法与技巧来写一篇新闻报道以叙述一个真实发生的故事。但阅读起来却如同一部小说一样。”[①] 事实证明，卡波特的确做到了，《冷血》即是最好的证明。

应该说，叙事手法的运用从一定程度上是服务于作品内容的，而作品内容的产生又与当时的时代背景与社会环境有密切联系。卡波特是虚构小说的开创者，《冷血》以自己独特的内容和叙事方式占据文学史上的一席之地，除了卡波特本人独具慧眼的选材和高超的写作手法，同时也与他的非虚构小说符合当时社会的背景和发展趋势有关。20 世纪 60 年代的美国处于激烈变化之中。越南战争的爆发、肯尼迪总统的当选和被刺、黑人运动和性解放、女权运动等事件都发生在这一时期，美国政局和社会动荡不安。此外，美国掀起了反社会的反文化运用，这场运动对权威表示质疑，宣扬的是无政府主义和个性自由，提出享受当下的口号。传统的文学体裁已经不再满足大众的口味，人们需要一种崭新的创作形式来反映社会。而这一时期电视进入到千家万户中，媒体对大众的影响也日益增大，人们了解社会的渠道增多，这时，结合了新闻与传统小说的新型创作方式——非虚构小说就满足了这种社会需求，它的出现犹如一阵春风，使整个文坛瞬时耳目一新。

总之，卡波特写作了这样一部反映客观真实事件的巨作，成了非虚构小说的开山之作。《冷血》内蕴丰富，“卡波特引入社会学、历史学、新闻学、生理学等知识，居高临下地审视当代美国社会，高屋建瓴地提出重大的社会问题，并娴熟地调动文学、新闻、影视等技巧丰富自己的表现力，创造出‘不似小说胜似小说的’的新型艺术作品。”[②] 卡波特关注社会的发展，对社会暴露出来的问题积极

---

① Johan Hollowell, *Fact and Fiction*: *The New Journalism and the Non-fiction Novels*, Carolina: University of North Carolina Press, 1977, p. 66.

② 张素珍:《试论新新闻主义的由来、形成和发展》,《徐州师范学院学报》(哲学社会科学版) 1991 年第 2 期。

地进行思考，并挖掘问题背后的深层原因，具有忧国忧民的普世情怀，小说的意义不仅仅局限于反映20世纪60年代美国的社会现状，对当今暴力与恐怖事件频发的世界同样具有指导作用，由此凸显出小说的重要价值。

第二节 《圣诞忆旧集》：一部书写认知的虚构小说

在第三个创作的10年，卡波特除了创作了非虚构小说《冷血》外，他还创作了充满童真童趣的虚构小说《一个圣诞节的回忆》和《感恩节来客》，这两部短篇小说被《圣诞忆旧集》收录，《圣诞忆旧集》还包含了另一篇于80年代创作的短篇小说《一个圣诞节》，因为三篇小说都以节日作为题材，又都记录了儿童的成长经历，共同反映了乔尔在成长过程中的认知发展过程，所以将其归于一起进行研究。

认知是一个心理学常用术语。“指人类获取并运用知识解决问题的求知活动和心理过程。认知过程有助于人们理解和适应周围环境，它主要包括注意、知觉、学习、思维和记忆。简而言之，是描述人类意识中难以察觉的活动。”[①] 少年儿童的成长，是一个认知发展的过程，只有其知识、情感、道德、人格发展到一定程度，能够在社会里适应并发展，少年儿童最终才能成长为一个完善的个体。芮渝萍教授把“认知发展细分为社会认知、自我认知、道德认知、情感认知、智慧认知和环境认知六方面”[②]，这是将认知具体化，从六个方面反映出不同的认知内容。

---

① David R. Shaffer：《发展心理学——儿童与青少年》（第六版），邹泓等译，中国轻工业出版社2005年版，第233页。

② 芮渝萍、范宜：《认知发展——成长小说的叙事动力》，《外国文学研究》2007年第6期。

在《圣诞忆旧集》中，七岁的主人公巴迪的认知同样涉及认知的各个方面，其中，以智慧认知、道德认知和环境认知最为突出，三个方面的认知展示出巴迪认知成长的不同方面。

一　节日里的智慧认知

三篇小说的背景时间均在节日前或节日中，从三篇小说的题目中便可得知小说发生的背景时间。《一个圣诞节的回忆》和《一个圣诞节》是以圣诞节为背景，《感恩节来客》是以感恩节作为故事的发生时间。小说之所以选取节日作为背景时间，因为这两个节日在美国是一年当中最为重大的两个节日，人们为了过节会做大量的准备工作，亲朋好友会在这时相聚。而节日更意味着欢乐的氛围、情感的交流、感恩、分享等。对孩子们而言，节日往往是他们一年当中最为开心的时刻，这个时间也会成为青少年成长的重要时间。

关于智慧认知，“智力发展和智慧增长是青少年发展的第二个维度。智慧认知包括青少年的理解能力、观察能力、思辨能力、表达能力、获取知识和解决问题的能力等。”[①] 智慧有来自书本的智慧，也有从实践中获取的智慧。在美国，强调动手能力和实践能力使智慧认知主要来源于实践当中。

在《一个圣诞节的回忆》中，巴迪获取的是实践动手过程中的智慧。小说以巴迪和他的朋友（小说中没有告知名字）、苏柯（一只狗）一起准备圣诞节为主要故事内容，讲述了巴迪如何学习制作蛋糕，砍伐树木并如何拉回来对其进行装饰，在其过程中如何获取智慧的过程。本来看似一件简单的事情，可对于他们俩却并不容易。他们在几乎没有资金、缺乏工具、年纪一个尚小、一个又超过 60 岁的情况下，全凭自己动手做所有的事，整个过程充满了挑战，

① 芮渝萍：《成长的风景——当代美国成长小说研究》，商务印书馆 2012 年版，第 252 页。

却同时趣味横生。以他们去砍圣诞树为例。他们俩一大早便出发，穿过冰冷湍急的小溪、危险的荆棘路，好不容易来到一片冬青树林，他们挑选了一棵有巴迪两倍高的冬青，用了30斧把树砍断，接着，“我们使劲拖着它踏上漫长的归途，像拖着一头死去的猎物。每走几码我们就放弃挣扎，坐下来大口喘气。”[①] 让人倍感欣慰的是，汗水与辛劳换来了很多赞美声，甚至还有人愿意出钱买这棵树。对于他们而言，通过劳动换来的树是无价之宝，没有其他的树能够替代这棵。正因为付出了辛勤的劳动和整个过程艰难，使得整个砍树过程难忘又值得回忆，他们从中获得了一定的观察能力、获取知识和解决问题等能力，汲取了一定的智慧。这种智慧认知的获取是一个辛苦并快乐的过程，为巴迪留下了深刻的印象，会对其一生产生深远的影响。接着，这种快乐的智慧认知体验在两人装饰圣诞树，并为其他人准备圣诞礼物中达到了高潮。

《一个圣诞节的回忆》并没有只停留在快乐的认知中。关于智慧认知，最为深刻的是对死亡的认知。小说的深刻之处在于，如果说快乐带给人的是愉悦的感受体验的话，死亡则让7岁的巴迪开始思考生命的意义和价值，这是智慧认知里一项更为重要的内容。快乐之后难免伴随着痛苦。原来，短暂的快乐之后便会有痛苦到来。那个圣诞节竟是他们一起度过的最后一个圣诞节。圣诞节过后，巴迪去了军事学校学习，留下他的朋友和苏柯在家里，苏柯被马踢伤后死去，他的朋友也不久离开人世。死亡让巴迪对人生有了新的领悟，这是另一种智慧认知，属于对人生、生命的认知，他对生命有了更进一步的思考。这种思考伴随着爱、伤痛和领悟。

《一个圣诞节》的智慧认知是一种来自于初到新城市对新生事物的认知。主人公巴迪来自于一个离异家庭，小时候的他一直生活

① ［美］杜鲁门·卡波蒂：《圣诞忆旧集》，潘帕译，译林出版社2012年版，第24页。

在美国西部的阿拉巴马乡下。圣诞节到了，巴迪的父亲争取到他的合法监护权，于是巴迪千里迢迢来到新奥尔良和父亲一起过圣诞节。来到大城市，巴迪来到了一个陌生的环境，一切都与南方小镇迥异，巴迪要学习很多东西，从如何穿戴，到如何与人相处，再到学习大城市的不同生活方式。这些都属于智慧认知的范畴。显而易见的是，巴迪并不喜欢城市里的框框条条，他更中意乡下无拘无束的生活，就如他不喜欢皮鞋对脚的束缚，反而觉得光着脚更自在些。对于智慧认知，小说中有一个情节反映了巴迪智慧认知过程中显示出来的成长和冲突。平安夜，爸爸在家里举办了一场晚会，到会的人全都是一些年纪比父亲大很多的男男女女。父亲和一个比自己至少大10岁的女子跳舞、拥吻，这让巴迪感到惊讶和愤怒。接着，巴迪躲在黑暗中，他看到了父亲在圣诞树前忙忙碌碌地准备圣诞礼物，爸爸的这一举动让他觉得非常惊讶与痛苦，因为他一直以为礼物都是圣诞老人准备的。这一事件使他的认知发生改变。但以上的这些认知让他感到异常痛苦。巴迪的智慧认知是通过到大城市去开阔眼界而获取的，尽管他对这样的认知有抵触心理。小说中，巴迪将礼物打开，用玩具手枪的枪声惊醒了睡梦中的父亲，他假装不知道父亲准备礼物的事情，说自己喜欢圣诞老人给的礼物，还问爸爸为他准备了什么礼物？爸爸为了配合他，只能说自己等着巴迪挑选自己喜欢的礼物。从而可以体现出巴迪对圣诞礼物究竟是谁给的这一智慧认知具有抵触的情绪，他即使知道真相，可还是不愿意去面对。巴迪对圣诞树这一认知的抵触，实则是他对父亲之爱抵触的情感表现。由于从小缺失父母的关爱，再加上他看到了父亲是依靠与比自己年纪大很多的女人结婚从而维持目前的生活状态的真相后，他表现出情绪上的抗拒和怨恨，对圣诞礼物的智慧认知无非是一根导火线，引发了自己对父亲的怨恨情绪。小说最后，巴迪坚持要回到南方小镇，他在离开父亲的那一刻，“我感到一种最为莫名的痛楚。紧迫的痛感传遍全身。我以为脱掉笨重的城市皮靴，那折磨人的妖怪，那种疼痛就会减轻。我脱了鞋，但那神秘的痛楚没有消失。从某种意义上说，它从未消失；永远也不会。"[①] 长时间缺失父爱对巴迪的成长造成了极大的影响，这种痛楚刻骨铭心，当智慧认知与情感发生碰撞时，巴迪的智力也变得情绪化，智慧认知因此受到影响。从巴迪身上可以看出，智慧认知与少年儿童的情感培养有密切联系，不能将智慧认知孤立起来，父母对孩子的关心与爱是智慧认知的重要前提和基础，孩子一旦缺失了父母的关爱，便会或多或少地影响到孩子的智慧认知。

二 节日里的道德认知

除了智慧认知，卡波特笔下反映了巴迪道德认知的建构过程。这是继智慧认知之后的更高的认知阶段，反映了巴迪即将从知识层面的成长进入到道德层面的成长中去，这是每一个少年儿童成为社会化自我的必经阶段。道德认知强调的是道德的完善和优秀品质的学习，优秀品质包括同情心、宽容、诚实、正义感等。

《感恩节来客》是一篇强调要具有宽容之心的成长故事。宽容之心是道德中一项重要的优秀品质。小说主人公依然是巴迪。巴迪在学校受到同学奥德·汉德森的欺负，因此想对奥德进行报复。他极力想寻找报复的机会，表姐苏柯提议让他请汉德森来家中过感恩节，借感恩节来调节他俩的关系。当巴迪发现汉德森拿走了他和苏柯一直很珍视的胸针后，便借着大家吃饭的时候将汉德森偷窃的行为故意讲了出来。巴迪的行为之所以不道德，在于他是有意让汉德森出丑，他的报复心理使他丧失了理智。而之后苏柯却告诉他，要学会宽容，"只有一种罪不能被原谅，那就是故意的残忍。"[②] 苏柯

---

① ［美］杜鲁门·卡波蒂：《圣诞忆旧集》，潘帕译，译林出版社 2012 年版，第 60 页。

② 同上书，第 120 页。

通过这件事，告诉巴迪宽容比报复的力量要大得多!

巴迪的年纪尚轻，因为阅历和年纪的原因，他无法理解人生的诸多道理，道德认知需要有一个学习的过程，巴迪便是在不断的磨砺和学习中成长，并且，巴迪的成长并非一帆风顺，其道德认知常常伴随着内心的痛苦与挣扎，他与汉德森之间的矛盾，其实也就是学生之间经常出现的恃强凌弱现象，巴迪被汉德森欺负，客观上看，错确实在汉德森，但如何解决他们两人之间的矛盾也是一个成长的过程，是以暴制暴？还是通过其他更好的方式解决问题？年幼不谙世事的巴迪想要以牙还牙，他认为这是解决问题的方法。可看似单纯、与外界交往不多的苏柯却显然比巴迪要成熟、理智得多，她觉得还有其他更好的方式可以解决问题，她想要趁着感恩节培养他们之间的友谊，化干戈为玉帛。小说精彩之处，也是具有教育意义的地方在于巴迪的思想和行为并没有按照苏柯的愿望进行。按照科尔伯格道德发展理论，6 岁到 10 岁的孩子还处于他律阶段，他们虽然服从权威，但“这个年龄段的孩子也能对成人的权威提出质疑”[①]。小说中的巴迪处于这个年龄段，他并没有一味听从苏柯的安排，并且，他还没有形成一套自律道德观，无法对事情做到完全合理的处理。汉德森到他家过感恩节的那天，巴迪根本无法冰释前嫌，相反，他一直在寻找报复的机会，机会终于被他找到了，他终于让汉德森在众人面前出了丑。仅从小说的表面上看，汉德森的行为属于罪有应得。可小说的教育意义并未停留于此。很多时候，孩子犯错只是表象，那些问题的根源在于社会和家庭。汉德森就是这样的例子。他的性格缺陷来自于社会和他的家庭。他们所在的家乡阿拉巴马遭遇了大萧条，汉德森的家庭处于贫困之中，一家十口挤在黑人教堂旁的四间房的屋子里，他之所以偷胸针，最根本的原因

① 陈会昌:《道德发展心理学》，安徽教育出版社 2004 年版，第 90 页。

也是因为贫穷，他没见过那么好看的东西，胸针深深地吸引了他，以至于让他产生偷窃的念头。追根究底，这也是家庭原因造成的。试想，一个来自富裕家庭的孩子，看多了好东西，胸针对他们而言自然不会有太多的吸引力。并且，从小说中交代的汉德森之后的情况来看，他“因为成绩太差和行为恶劣，我们校长不许他再来上课，所以他冬天就在一个牛奶场做帮手。我最后一次看到他之后不久，他搭车去了牟拜耳参加商船队，然后就消失了。”[①] 由此看来，汉德森并没有拥有大好前程。当时年幼的巴迪其实看不到这些问题，他只能看到事情的表象，他无法理解苏柯的一番苦心，只觉得自己委屈，苏柯的话也只是模糊的理解。随着年纪渐长，当他回想起这桩事情时，他意识到自己当时的错误，“时间过去了，我（巴迪）明白她（苏柯）是对的。可那时我能理解的，是因为我的报复失败了，我的方法肯定错了。奥德·汉德森——他怎么做到的？为什么？——表现得比我好，甚至比我诚实。”[②] 汉德森虽然错在前，可他能在众人面前勇于承认自己的错误，表现出诚实、坦诚的一面。其实，汉德森的行为意识还与他的年纪有关，小说中交代汉德森是 12 岁，按照科尔伯格道德发展理论，10 岁到 11 岁以后的孩子开始处于自律阶段，他们对自己的行为已经开始具有了伦理方面的判断，能决定自己的行为，汉德森已经显示出具有自己的行为判断，在这件事情的处理上明显优于巴迪。而巴迪因为比汉德森年幼，他的年纪还停留在他律阶段，故意让汉德森出丑的行为使他的报复显得很狭隘，显示出他报复的错误方式。巴迪通过这件事情，其道德认知得到了提升，或许经过是痛苦的，巴迪却明白了宽容和解决问题的方式的重要性，这或许是成长需要付出的代价！在痛苦中成长，已经成为成长小说的一个重要主题。巴迪的道德认知经历

---

① ［美］杜鲁门·卡波蒂：《圣诞忆旧集》，潘帕译，译林出版社 2012 年版，第 121 页。

② 同上书，第 120 页。

了自己受欺负——报复——醒悟的过程，自己的亲身经历比起道德宣讲使感受更深刻，对巴迪而言是其道德认知建构的一段重要经历。

另外，小说中还涉及巴迪的道德情感问题。道德情感是道德认知的三个方面之一[①]，“道德情感包括由与道德有关的行为产生的内疚、羞愧或者自豪等感受”[②]。巴迪在感恩节那天让汉德森出丑后，其道德情感表现出了一个变化的过程，在揭露了汉德森的偷窃行为后，他认为苏柯小姐为了帮汉德森圆谎而觉得苏柯背叛了自己，感到愤怒，到意识到自己的方法错误而感到模糊的自责和愧疚，再到过后回忆起来真正意识到自己的行为不正确而感到由衷的内疚和羞愧，这种情感的认知伴随着巴迪成长的步伐，说明他已经在成长过程中获得了道德认知。

不仅如此，从小说主人公的道德认知情况来看，巴迪和汉德森的道德认知属于习俗道德水平中的人际和谐与一致阶段遭遇了困难。劳伦斯·科尔伯格将道德发展划分为三水平六阶段，分别为：前习俗道德水平、习俗道德水平、过渡水平、后习俗与原则道德水平，前习俗道德水平包括服从与惩罚阶段、利己主义定向阶段，习俗道德水平包括人际和谐与一致阶段和维护权威与社会秩序定向阶段，后习俗包括社会契约定向和普遍伦理原则阶段[③]。巴迪的情况是属于习俗道德水平中的人际和谐与一致阶段中遇到了问题，这一阶段要求个体在社会中扮演好自己的角色。这就要求在交往中做到关心别人、珍惜他人，做到信赖且忠实于伙伴，并且不断鞭策自己遵守规则和自己内心的期望。对于年幼的巴迪来说，学校便是一个小社会，和同学相处某种程度上意味着他需要和同学有一定的人际

---

① 道德认知所包含的三个层次分别是道德情感、道德推理和道德行为。

② 芮渝萍：《成长的风景——当代美国成长小说研究》，商务印书馆 2012 年版，第 240 页。

③ 参见 http://zh.wikipedia.org/wiki/%E6%9F%AF%E5%B0%94%E4%BC%AF%E6%A0%BC%E9%81%93%E5%BE%B7%E5%8F%91%E5%B1%95%E9%98%B6%E6%AE%B5。

交往往来，而他无法处理自己与同学的矛盾，他在报复的驱使下已经完全不可能去顾及对方的感受，当时，他和汉德森之间处于一种敌对的关系，如何改善他们之间的关系成了学习人际交往的重要一课，也是道德认知的重要一环。除了巴迪，汉德森也同样在人际和谐与一致阶段中遭遇了困难，并且，从小说中得知，在他身上是长时间存在这个问题。他是学校里的恶霸，无论年纪比他大，抑或比他小，都害怕他，被他盯上是一件极为不幸的事，巴迪便不幸成为他的目标。经过感恩节的事情后，汉德森放过了巴迪，但他依然本性难移，只是将目标转移到别的学生身上。对汉德森而言，他的伦理认知中的人际交往出现困难，他的交往方式便是欺负比他弱小的同学，用打架等暴力手段与别的同学建立一种畸形的人际交往。从儿童心理学的角度进行分析，打架其实是汉德森不知道如何与别的同学进行正常交往的表现，汉德森想通过打架来与他人交往并证明自己是强者的一种方式。

道德认知是继智慧认知之后更高层面的认知阶段，它已经从单纯对知识的汲取转向道德层面的自我规范与要求，如何从他律到自律的转变，是巴迪和汉德森面临的下一个认知的重要问题。“所谓他律，是指青少年对社会道德的认同是建立在对绝对权力的信任或畏惧之上；而所谓自律，是指青少年对社会道德的自觉遵守，这种自觉性的来源不是对社会惩罚性权力的惧怕和畏惧，而是对社会道德规范的理性接受和认同。”① 由于年纪的关系，巴迪的道德认知处于他律的阶段，而汉德森年长，已表现出他律与自律相结合的情况，他们两人的道德认知还处于发展之中。

还需要指出的是，感恩节那天之所以对巴迪和汉德森的道德认知发挥了积极作用，感恩节这个特殊的日子起到了非常重要的作

① 芮渝萍：《成长的风景——当代美国成长小说研究》，商务印书馆2012年版，第241页。

用。在感恩节，巴迪家的亲戚朋友不远万里欢聚在一起，苏柯忙了很久就是为感恩节准备晚宴，人们沉浸在团聚和幸福当中。汉德森来到之后，也深受巴迪家温馨幸福气氛的感染，他早已把自己和巴迪的不愉快抛之脑后，他沉浸在安娜的钢琴演奏之中，之后和着安娜的琴声演唱了一曲，这些都让汉德森和巴迪有着与平时不一样的愉快体验，在内心愉悦的时候的教育效果要比心理状况不好时的效果要好得多，也因此使道德认知的建构取得了较好的效果。

三　节日里的社会认知

《圣诞忆旧集》的另一个重要的成长认知表现于社会认知。“社会认知是青少年认知发展的第五个维度，也是最重要的维度。它包括对他人和社会的认识和态度，以及相应的社交能力和社会协调能力的发展。”[①] 不能说巴迪因为年幼便不具备社会认知，社会认知从婴儿时期便开始了，在人的一生中，少年儿童处于社会认知的快速发展期。

《圣诞忆旧集》中三篇小说都共同反映了节日里特殊的社会认知，这种社会认知表现在为节日做准备和节日里与他人的交往而涉及巴迪对他人和社会的认识。在《一个圣诞节的回忆》中，巴迪和他的朋友为圣诞节做了大量的准备工作，在他的意识里，人们因为过节而变得和善、友好，巴迪也愿意将这份美好传递出去，他们制作了蛋糕，即使对象是那些只遇见过一次的人，甚至是素未谋面的人，他们也送给每个人一个蛋糕。在巴迪心中，人人都是和善的，特别是他的朋友“她”（小说中没有出现这个朋友的名字），虽然比巴迪年纪大很多，但在巴迪的心目中，他们之间的友谊是巴迪最为珍视的，在小说中，她俨然成为巴迪的成长引路人，他的社会认

① 芮渝萍：《成长的风景——当代美国成长小说研究》，商务印书馆2012年版，第241页。

知多数源于她。而她是一个什么样的人呢？她生活在简单单纯之中，经常和巴迪过一些户外体验，两人一起放风筝，多数生活在两人的天地中，但正因为这种简单，使巴迪感受到那种朴实的快乐，以至于影响到他对社会的认知也因此简单。在小说结尾，巴迪去了军事学校学习，他的社会认知从以家乡为代表的南方社会转移了，与人的交往增多，小说并没有交代具体情况，但这些信息可以推测得出来。小说最后当巴迪得到她不在人世的消息时，“割去了我生命中不可替代的一部分，让它像断线的风筝一样远去。”[①] 由此可看出虽然环境在变，可巴迪与朋友之间的情谊并没有发生改变，他对友情的重视也是其社会认知的一个重要方面。并且，这个朋友（在《一个圣诞节的回忆》和《感恩节来客》中被叫作苏柯）同样出现在《一个圣诞节的回忆》和《感恩节来客》中，并且，这种珍视朋友之间友谊的主题思想贯穿于三部小说之中，朋友已经成为巴迪社会认知的重要引路人，巴迪的社会认知无法脱离朋友对他产生的影响。

另外，文化因素也会影响少年儿童的社会认知。按照心理学的阐释，“（人的）认知能力的发展不只是一个简单地增加新技能的过程，还是一个不必要的技能逐渐消退的过程。文化在很大程度上决定了哪些被感知的信息能够被识别，以及如何理解这些信息。”[②]

《圣诞忆旧集》涉及两种不同的文化。《一个圣诞节的回忆》和《感恩节来客》反映的是美国南方文化，而《一个圣诞节》则既有美国南方背景，又有新奥尔良的美国城市文化。三篇小说针对不同的文化背景而使巴迪遭遇了不同的社会认知。

在《一个圣诞节》中，巴迪因为经历了两种不同的文化下成长

---

① ［美］杜鲁门·卡波蒂：《圣诞忆旧集》，潘帕译，译林出版社 2012 年版，第 35 页。

② David R. Shaffer：《发展心理学——儿童与青少年》（第六版），邹泓等译，中国轻工业出版社 2005 年版，第 215 页。

认知的增长。巴迪从南方乡下进入到新奥尔良，意味着美国南方文化向美国城市文化的转变。并且，正因为有两种不同文化的对比，使巴迪明显地感受到不同文化影响下的人们之间思想、行为的差异。巴迪的父母离异，巴迪的童年几乎在美国南方阿拉巴马乡下度过，童年的他感受最多的是美国南方文化。圣诞节快到了，巴迪受到父亲的邀请，来到新奥尔良过圣诞节，巴迪看到了大城市的生活与南方的生活相比是那么与众不同，街上满是各种汽车在跑，人也比南方乡下多了，特别吸引巴迪目光的是在琳琅满目的商品中有一架大型飞机模型，而父亲所住的房子大且气派，“它很可能被当成某个富有的人，或者，一个品味高雅的人的住所。”[①] 这些使巴迪开阔了眼界，但是，他并没有受到城市所代表的城市文化的深深吸引，这是因为他内心还是怀念家乡的朋友和生活状态，怀念家乡为代表的美国南方文化，却对城市有抵触心理，使他也抵触以城市为代表的城市文化。之所以抵触城市文化，除了环境中物的因素以外，巴迪也有对人的社会认知，对他影响最大的无疑是父亲。初来乍到的巴迪一开始并不曾知道很多父亲的具体情况，虽然偶尔从母亲那里得知父亲非常态的生活方式，但出于不愿去揭开自己的伤疤，他内心深处一直不愿接受这个事实。当他亲眼看到平安夜父亲的所作所为之后，他相信了母亲的话，他只能痛苦地接受了这个残酷的事实。在这样的情况下，他对人的认知受到了父亲和他的那些“朋友”的巨大影响。显而易见的是，巴迪不能接受这一切。在他的主导意识里，美国南方的生活方式简单，人与人之间没有那么多“奇怪”的情感和想法，人们活在宗教氛围浓重的环境之中，崇尚的是自然与真情，不受过多物质的干扰。而父亲看似生活在大城市，可他的生活方式显然有着太多的问题，他为了获得自己想要的

---

① ［美］杜鲁门·卡波蒂：《圣诞忆旧集》，潘帕译，译林出版社2012年版，第51页。

富足生活不惜去与比自己年纪大很多的寡妇们结婚，滋润的生活背后是膨胀的欲望与不择手段。这段社会认知对巴迪而言伴随着内心的极大痛苦，但他又不得不去面对。最终，经过了这段短暂的新奥尔良之行之后，巴迪选择了回家，尽管父亲极力挽留他，他不愿意再继续接受这种城市文化带来的社会认知。或许，正因为有了两种不同文化的对比，才使巴迪对自己内心想过什么样的生活有了明确的认识。从客观上看，巴迪因为特殊的家庭情况让他获得了超出他实际年纪该有的社会认知，这种社会认知更多的是对他幼小心灵的伤害。

《感恩节来客》中的巴迪经历了故意在众人面前让汉德森出丑一事后，他对汉德森的看法发生了改变，他也认识到自己在处理问题的时候有不妥之处，这便是他社会认知不断增长的具体表现。

总之，《圣诞忆旧集》是巴迪成长的生动记录，小说以圣诞节、感恩节为背景，分别从节日里的智慧认知、节日里的道德认知和节日里的社会认知三个方面进行分析，指出节日是儿童成长的特殊时刻之一。在这段时间，巴迪经历了知识的一定增长，学会了如何与人相处，知道了宽容的重要性……这些是巴迪成长过程中至关重要的环节。

从认知书写解读卡波特小说，可以让我们感受到一个与《冷血》写作不一样的卡波特，那个具有成人的智慧，却同时拥有不老童心的卡波特。从某种程度上看，巴迪其实带有卡波特自己童年的印记，巴迪和苏柯的感情实则就是卡波特自己和表姐哈帕·李之间的真挚情谊。时光荏苒，一切美好的记忆都存留在卡波特的脑海中，他将这段记忆用文字存留下来，让我们在阅读《圣诞忆旧集》时仿佛看到了卡波特自己的成长片段。

小结　挖掘真实　书写认知

到了20世纪60年代，卡波特的创作走向巅峰，其创作特征是“挖掘真实、书写认知”。

一部《冷血》开创了非虚构小说的先河，该小说将一件谋杀案的前因后果真实且详细地呈现在读者面前，其实，罪犯迪克和佩里之所以犯罪，案件背后是一系列深层次的社会问题，小说将矛头直指当代美国社会。除了内容的真实外，小说还运用了高超的叙事手法突出了真实客观的非虚构特征，最终让小说达到内容真实和叙事真实的完美统一。《冷血》也因此成为卡波特走向创作巅峰的标志。并且，非虚构小说对之后的文学作品产生了巨大影响力，卡波特也因此成为非虚构小说的开创者。

这一时期除了非虚构小说之外，卡波特还创作了一系列儿童题材的虚构小说，这些小说是以节日为背景，可以管窥到卡波特除了具有创作非虚构小说的冷峻严肃的一面外，还具有童真的一面。

总之，卡波特在这一时期将两种看似风格迥异的小说类型集中到一个时期之内，证明了卡波特具有高超的写作能力，他可以涉猎不同的小说类型。而这一时期的《冷血》使卡波特登上了其创作的巅峰位置。

第五章

卡波特晚期(70—80年代)的小说创作

进入20世纪七八十年代，卡波特的创作在经历了60年代的鼎盛时期后，逐渐走向衰落。这一时期卡波特继续延续了非虚构小说的创作线路，以真实题材创作为主，最主要的作品是非虚构小说《应许的祈祷》和《犬吠》。关于《应许的祈祷》的定位：“《应许的祈祷》原本就不打算定位成普通的纪实小说，即将事实伪装成虚构。”[①] 除此之外，卡波特的创作还掺杂了少量的其他类型短篇小说。但比起前三个时期，卡波特这一时期的创作甚少，原因是他投入了大量精力到社交活动中。他在文坛已确立了自己的地位，再加上他善于与名流和媒体打交道，使他经常应邀出席各种社交场所、电视脱口秀节目。另外，他本人也举办宴会、聚会，宴请各界名流权贵，他的宴会成为众多明星要人争先向往之地。其中，最为著名的宴会当数1966年11月28日在纽约的广场饭店举行的黑白化装舞会，这个舞会是为了纪念《华盛顿邮报》的出版商凯瑟琳·格雷厄姆，由卡波特主办，宴会要求宾客们穿上黑白两种颜色的礼服，并戴上面具。宴会成为了一次大型名流聚会，富商、政要、巨星、

---

① ［美］杜鲁门·卡波特：《肖像与观察：卡波蒂随笔（下）》，吕奇、宋佥译，上海译文出版社2014年版，第689页。

名媛都应邀前来，各个媒体争相报道，盛况空前，没被邀请到的名流们还表示出极大不满。在与上层人士交往的过程中，卡波特打算将与他们的交往素材写成另一本非虚构小说——《应许的祈祷》(*Answered Prayers*)。小说将大量名人要人的私生活公之于众，探讨了性的话题，人物名字甚至使用了真名真姓，这一举动大胆地揭开了上流社会的伪善面纱。该书一出版，立即引起了强烈震动，虽然该书满足了读者对上流社会真实生活的好奇心，却遭遇更多攻击，卡波特因此遭到众人的排斥和打压。人人避之而不及，大家都生怕一不小心就被暴露在公众面前，“卡波特的名流朋友和熟人都深深地感到卡波特背叛了他们”①。连卡波特的亲朋好友都感到惶恐不安，他们对号入座，以为自己便是小说中的某个人物，他们觉得自己受到了严重的人身攻击。卡波特并未料到小说的出版会引起如此大的连锁反应，众叛亲离使他陷入非常被动的境地，无奈之下只能中止小说的创作与出版。事实也确实如此，《应许的祈祷》直到 1987 年才得以正式出版。不久之后，卡波特出现在脱口秀节目中，他试图替自己和被曝光的人进行辩解，可无奈的是收效甚微。

本来，卡波特对《应许的祈祷》抱有非常高的期待，他希望该小说能够超越《冷血》，可小说灾难性的失败让他感到极度的沮丧与失望，他从此常常借酒消愁。尽管他也曾把自己关在家里进行创作，试图用酒精和毒品来激发灵感，但毕竟《冷血》已经难以逾越，加上酗酒、吸毒已经成为他的常态生活，卡波特的身体每况愈下，终于在 1984 年病逝。卡波特一生的创作也因此停止。

除了《应许的祈祷》，《犬吠》是这一时期另一部重要的非虚构小说。小说是卡波特之前四处游玩过程中接触到的人和各地的风情的展示。另外，卡波特在这一时期还创作了非虚构小说《手刻棺

---

① Helen S. Garson, *Truman Capote*: *A Study of the Short Fiction*, New York: Twayne Publishers, 1992, p. 68.

材》和短篇小说《给变色龙听的音乐》。《手刻棺材》的副标题是"一起美国犯罪案件的非虚构描述"，小说指出了美国法律不公正的一面。

本章选取了这一时期卡波特的重要非虚构小说《应许的祈祷》和《犬吠》作为分析的对象，从伦理的视角对《应许的祈祷》进行解读，说明了该小说因为还原上流社会的真实生活状态而触碰了伦理的底线。然后对《犬吠》如何运用非虚构小说手法对人物的真实展示、各地风情的真实展示和其他方面的真实展示进行解读。

第一节 《应许的祈祷》:伦理的挑战之作

《应许的祈祷》是卡波特晚期最主要的小说集，也被杜鲁门·卡波特自己称作最后的一部小说，小说涉及大量性话题和对 20 世纪 70 年代美国上流社会的荒淫生活的真实描写，使该小说出版后备受争议。该小说由四篇短篇小说组成，分别是《莫哈维》（*Mojave*，1975）、《原姿原态的怪物 》（*Unspoiled Monsters*，1976）、《凯特·麦克劳德》（*Kate McCloud*，1976）和《巴斯克海岸餐厅》（*La Cote Basque*，1975），其中，《原姿原态的怪物 》和《凯特·麦克劳德》既可独立成章，又可以与其他两篇小说相连构成小说的一个整体。小说大胆揭开了美国上流社会荒诞不经、腐朽没落的面纱，它是当时美国社会的伦理挑战之作，一枪击中了伪善社会的要害。

按照艾布拉姆斯在《镜与灯》中所提出的文学四要素：作品、宇宙、作家、读者，四个要素相互作用，是不可分割的整体。伦理观的表达也同样与这四部分有密切联系。作家的伦理观，社会现实（宇宙）的状况，再加上读者对作者的反馈，都会作用于小说的伦理思想表达。《应许的祈祷》也不例外。小说中对伦理的挑战，体现在三个方面：第一，作者卡波特选取的小说题材属于对别人的隐私曝光，这种行为本身就触碰了道德的底线；第二，因为小说属于非虚构小说性质，内容都是对当时美国社会的真实反映，上流社会的罪恶和丑态体现了对伦理的挑战；第三，小说之所以引起轰动，原因之一便是契合了读者想要偷窥名人、上流社会、成功人士真实生活情态的心理，读者的这种心理也同样有悖于伦理道德，读者的这种心理对作者卡波特产生了一定影响。

2014 年版的《应许的祈祷》，该著作是目前为止最新的译本。

杜鲁门·卡波蒂著，向洪全译，上海译文出版社出版。

封面是卡波特本人的照片。

一 作者对伦理的挑战

作家在创作小说时具有各种不同的动机：有的想进行艺术的呈现，有的想要传播自己的思想，有的想对所处社会和时代进行描摹，有的几种意图兼而有之……实际上，作家在创作文学作品时面临着伦理选择的问题，选择怎样的题材，以及如何对作品进行处理，反映出作家的立场、伦理观、世界观、价值观等问题。

卡波特创作《应许的祈祷》的最初动机，便是想要延续《冷血》非虚构小说的成功。小说采用了真实还原人物的写作方式，将大量上流社会的真实生活状况公之于众。在伦理选择的问题上，卡波特是站在作者的立场，将写作凌驾于是否符合伦理道德之上，他的这一举动无形中做出了违背伦理之事。

首先，从卡波特的创作动机来看，这种以职业创作为目的的动机是自由意志和理性意志的结合体。之所以说具有自由意志，是因为创作本是卡波特职业驱使下的举动，其中必定包含卡波特的创作激情和一些如灵感类的非理性的创作冲动。而卡波特的创作动机之所以又具有理性意志，原因在于小说毕竟是卡波特长时间经过深思熟虑的产物。正是因为夹杂着既矛盾又统一的两种意志，卡波特的创作动机才具有一定复杂性。但复杂并不意味着《应许的祈祷》的创作动机便具有了正确的伦理观，相反，卡波特为了在创作上取得成就而完全不顾别人隐私触碰了社会的基本道德底线，便证明了其动机违背了社会伦理。

其次，卡波特曾经做过记者，记者在面对是否按照事实真相来报道事件有时会面临伦理选择问题，只是出于职业要求与本能，记者对真相的追求会超过其他多数职业。这样一个潜在的职业本能会在遇到伦理问题时使他们倾向于选择真相而忽视了伦理。如在现代社会中，狗仔队便是以追踪并报道名人或明星的私生活为生的记者群体。严格说来，这样的一个群体其实已经违反了伦理道德，他们未经当事人同意便将其私生活公之于众。于是，名人们和明星们多数都极力避开这些记者。之前英国的威廉王子和凯特王妃有一次在沙滩度假，被狗仔队拍到凯特王妃的半裸照，该照片很快登上了法国杂志 *Closer*，凯特和威廉为此还状告该杂志。记者们往往通过曝光名人或明星的私生活而吸引读者的眼球，为了增加销量而将伦理道德置之于不顾。卡波特同样存在这个问题，他的创作动机不乏想要提高自己的知名度，增加其小说销量，想引起别人对小说的注意。事实证明，他确实做到了，只是这是以牺牲伦理道德为代价。

最后，作品是作者的传声筒。卡波特之所以创作出这部对伦理挑战的小说，是因为卡波特本人就是一个离经叛道、对世俗伦理的挑战者。当时的卡波特嗜酒、吸毒，如小说中的上流社会人物那般，过着醉生梦死的生活。并且，卡波特终生未婚，曾公开承认自己是同性恋，性取向的问题使他在世人面前备受争议。从某种程度上看，他在小说中所传达的伦理观来源于自己现实生活中的伦理观。

二　小说对伦理的挑战

《应许的祈祷》是对当时社会的真实反映，卡波特早在创作之前便发表声明："该小说将是普鲁斯特的杰作《追忆似水年华》之今日再现，并将一览欧洲及美国东海岸豪富——部分是贵族，部分是咖啡馆社交界名流——的小世界。"[①] 小说的确按卡波特计划付诸实施，小说真实再现了当时美国上流社会状况，尤其刻画了上流社会对伦理的反叛。应该说，作家和作品之所以对伦理进行挑战，根源在于当时的上流社会本身就是一个肉欲横流、丧失道德底线的

① ［美］杜鲁门·卡波蒂：《应许的祈祷》，向洪全译，上海译文出版社 2014 年版，第 1 页。

社会。

小说写于70年代，卡波特花了4年时间进行创作。小说大量涉及性的话题，“（性）是每一个故事共同的主题。”[①] 性是人类最原始的欲望，属于自然意志，也是兽性因子的表现，人只有通过理性意志克服兽性因子，最终获得人性因子，才能最终成为一个具有伦理意识之人。卡波特笔下的四篇小说，展示出美国上流社会的性混乱的现象。可以将性看作是小说的伦理主线[②]，四篇小说看作是四个主要的伦理结[③]，各个小说里又分别具有伦理分线，又有次要的伦理结，将各个伦理结串联起来，便形成了《应许的祈祷》完整的伦理结构。

性混乱是对伦理的极大挑战。《莫哈维》中的妻子和丈夫的混乱关系通过性表现了出来。妻子很爱有钱有地位的丈夫乔治·怀洛特，这种爱却荒诞不经，她早已不能与乔治同床，为了维系自己与丈夫的关系，她不断为他猎艳，让自己的朋友或闺蜜成为乔治的情人，为的是能掌握一切，而自己却与心理医生成了情人。并且，两人经常分享自己的性经历。这是主要事件，也是主要的伦理结，而次要事件也与性有关，是次要的伦理结。丈夫曾在莫哈维沙漠偶遇盲人施密特先生，他向乔治诉说了自己的遭遇，自己的妻子怂恿他去别处谋生，却在去的路上将他一人抛弃在沙漠上，自己则和情人跑了，并盗走了他的房车，那时的他唯一的财产便是身上的10块钱。小说围绕着性混乱的话题展开。这种混乱的性已打破了夫妻之间正常的伦理关系，他们表面上以婚姻的名义维系着感情，实际上都是男盗女娼，并且丝毫不以为耻，这严重违背了夫妻之间伦理身份应尽的责任和义务，他们将对婚姻忠诚的誓言抛到脑后，甚至以

---

① 张素珍：《杜鲁门·卡波特小说艺术研究》，中国矿业大学出版社1997年版，第2页。

② 伦理线指的是文学文本的线形线索，是伦理学的一个重要概念。

③ 伦理结是伦理学的另一个重要概念，指的是文学作品中矛盾与冲突的集中体现。

此为乐。正是因为他们歪曲了自己在家庭中的伦理身份，他们的身份和行为在道德规范上出现了激烈的冲突，由此导致了他们伦理身份和伦理规范相冲撞，以至于引发了伦理冲突。

《原姿原态的怪物》描绘了一个伦理混乱的社会状况，小说通过主人公 P. B. 琼斯的视角，看似讲述上流社会的伦理混乱，实则揭示了底层社会的青年想要改变自身命运是何等艰难。琼斯的奋斗史便是小说主要的伦理结。琼斯立志要成为一名作家，可他是孤儿，是修女将他拉扯大，他几乎没有接受过正规教育，凭着自己的满腔热情进行写作。他英俊、招人喜欢，年纪轻轻就被很多权贵“看上了”，因为没有生存技能，他只能凭借自己的“色相”来谋生：首席按摩师看上了他并与他成了情人，他因此学到了按摩的技能。离开了按摩师后他去学习写作时认识了一本发表“高品质”妇女时尚杂志的编辑博帝先生，想要通过他发表自己的小说，可即使成为博帝情人也没能让琼斯如愿，他为了继续完成自己的梦想又通过博帝结识了美国著名女作家爱丽斯·李·朗曼，朗曼虽年过五旬，经历过四任婚姻，生活糜烂，但她却对琼斯“情有独钟”，两人的特殊关系让琼斯终于如愿在著名杂志上发表了几篇小说。琼斯还结识了一个与他一样，被称作世界上保养得最好的男孩——邓尼，邓尼被上流社会的很多男女权贵包养过，在此期间邓尼吸上了毒，因此而丧命。琼斯继续做着他的作家梦，可没有生活来源使他穷困潦倒，无奈之下通过朋友的介绍去了一个机构做起了职业妓男，以此来糊口，也因此看到了很多上流社会鲜为人知的阴暗生活和底层人的悲惨经历。他接触过的作家中有作为上层社会的代表，有曾经辉煌过的美国著名剧作家，因为承受不了失败而身患癌症，在没有任何朋友的情况下只能靠聘用妓男妓女来帮自己遛狗、与其聊天；聪明美貌的海伦经历了两次婚姻，却都不幸以离婚告终，为了看自己的孩子而想着如何绑架孩子到自己身边。琼斯也接触过年迈的盲人按摩师，作为下层社会的代表，按摩师生病后被妻子卷走所有财物并被抛弃。小说反映了社会中的人际交往“潜规则”，人与人的交往不单纯，人们之间认同着“即使是最体面光鲜的一对，最初走到一起，也是基于互相利用的原则——性，住房，虚荣心的自我满足”[①]。特别上层社会的私生活龌龊混乱，很多有权、有钱、有地位的大人物，无论男性或女性，都有着与同性和异性不正当的关系，这早已超出了正常的伦理关系。性生活混乱使之显露出人类非理性意志作用下的冲动，兽性的一面表露无遗。而琼斯和邓尼做出的违反伦理之事主要是想要谋生，更多出于无奈。小说主人公琼斯并不是一个完全丧失伦理道德之人，他为了完成自己成为作家的梦想，为了谋生，做出这般伦理混乱之事包含着太多的无奈。小说借看似混乱、违背伦理道德的上流社会，实则揭示出当代美国缺失从底层社会向上层社会流动的渠道的现实状况，和反映了当时伦理道德混乱不堪的社会现实。繁荣之下的上流社会披着伪善的面纱，其实早已腐朽没落、千疮百孔。小说中的很多人物都可以在现实中找到真实的对应者。小说一发表，便立即引起了社会的强烈反应，卡波特的所有亲朋好友将之列入黑名单，不敢再与其往来。由此看来，小说讲述的伦理混乱非常真实且深刻，一掌击中了当时美国社会的要害。

《凯特·麦克劳德》可看作是《原姿原态的怪物》的延续。小说的核心问题同样围绕着性与婚姻的伦理问题。小说的讲述者依然是琼斯，主要事件是凯特·麦克劳德的故事。凯特的故事曾经在《原姿原态的怪物》中略有提及，在《凯特·麦克劳德》中做了详细的讲述。凯特与第二任富豪丈夫的婚姻使她身陷危险之中，丈夫不愿意让她有儿子的监护权，并企图暗杀她，所以她想要寻找一位

---

① ［美］杜鲁门·卡波蒂：《应许的祈祷》，向洪全译，上海译文出版社 2014 年版，第 23 页。

可以做伴的人，并且，她的脊柱有伤需要按摩师的治疗，而琼斯曾经为她按摩，使她非常满意，于是，她想要聘请琼斯为她工作。凯特与第二任丈夫之间的结合更多是一种交换，富豪需要子嗣继承家业，凯特为他生了儿子之后便被扫地出门。他们的婚姻观过于功利导致了之后悲剧的发生。与传统婚姻观不同的是，他们对婚姻的责任和义务是建立在对后代的需求上，一旦这种需求得到满足，婚姻便不稳固。而琼斯帮凯特按摩，他看到凯特的美貌与性感后产生了性冲动，所幸理性战胜了自由意志，凯特希望琼斯给她做伴，琼斯欣然接受。从小说最后琼斯梦到他、凯特和一个小男孩、一条狗在沙滩上的温馨情景说明他对凯特暗生情愫，至于最后结局如何，小说并没有指明。

次要事件之一是琼斯参加的一次上流社会的聚会。在宴会中，人们嗜酒，讨论各种名人的花边新闻和逸事趣闻，更多的话题涉及性，人们早已把性视为一种生活的常态，也折射出上流社会混乱的性关系和寻求刺激的生活状态。伦理道德早已被他们抛之脑后。小说直接以记叙的形式记叙了宴会中人物的谈话，为的是展示出一个道德沦丧的上流社会的真实状态。

次要事件之二是琼斯接到农场主罗斯先生的邀请，希望他能去参加一个宴会，实际上这次宴会是一场色情大狂欢。小说的矛头指向罗斯夫妻婚姻中过于开放的性关系，过于开放的性观念实则是美国当代社会性混乱的表现形式之一。该事件讲述得简略，但对小说的主题起到了支撑和辅助的作用。

《巴斯克海岸餐厅》充斥着美国上流社会的性混乱、政治交易、金钱交易、丑闻，是对传统伦理思想的极大挑战。小说主要是琼斯和艾娜·库尔伯思在巴斯克海岸餐厅进餐时的交谈内容。小说选取了巴斯克海岸餐厅作为谈话的地点具有一定典型意义。巴斯克海岸餐厅是纽约上流社会人物会聚用餐之地，在那里用餐代表着一个人的身份与地位，餐厅针对不同人群还划分出不同的用餐区域。作者将故事的发生地设置在这里显然是经过深思熟虑的，这里其实可以被视作是纽约上流社会的一个缩影。另外，小说通篇主要是人物之间的交谈，用交谈的形式写作有利于将不同人物的经历和故事串联起来，由此可以在有限的篇幅中展示出美国上流社会的伦理混乱与腐朽荒诞。

与前两部小说相同之处在于，小说大量涉及性混乱的主题思想。上层社会仿佛是乱象丛生的集中地，存在大量有悖于伦理的现象。首先是涉及政治人物和商界人物之间性方面的丑闻，州长夫人与企业集团总裁、兼多位总统顾问的西德尼·迪龙有过一夜情，两人都有家庭，两人戏剧般的交往让人哭笑不得，忍俊不禁。迪龙的理性之所以无法压制住自由意志，主要原因在于州长夫人能够满足他事业上的需要，两人的关系有交易的成分，另外，迪龙因为自己是犹太人而被禁止做很多事情而心理上具有严重缺失感，这也是导致他出轨的原因。小说的主要情节还讲述了安·霍普金斯的故事，故事展示了一个性混乱的上流社会。小说悲剧的根源在于富豪的儿子大卫无法克制自由意志方面的性欲，他无意中遇到了妓女安，贪恋情欲的他被安缠上了，安使用各种手段摇身变成富豪媳妇，等大卫发现自己与安并不合适时，要求和安离婚，安为了得到霍普金斯家的财产，不惜将自己的丈夫打死。另外，小说还讲述了艾娜夫人自己婚姻的不幸。小说借上流社会的性混乱的事实说明，当人们不能克制自己的自由意志时，便会导致悲剧的发生。上流社会充斥着权钱交易、堕落腐败、谎言、圈套和性混乱，那里伦理意识淡薄，也因此上演了形形色色的悲剧。

综合三部小说来看，小说在还原美国上流社会现实的同时，指出伦理缺失、性混乱造成了许多美国社会的悲剧。应该指出的是，伦理缺失只是一个表象，伦理背后的很多问题与经济、政治、文化等因素分不开。如州长夫人与企业集团总裁迪龙之间的私情便是权力与金钱的交易；安·霍普金斯为了改变自己命运，为了获取金钱不惜冲破道德伦理底线，走上犯罪的道路；盲人施密特先生被妻子串通情人谋财后抛弃，妻子在情欲和金钱面前，已经全然不顾道德伦理；上流社会的众多人物在拥有了财富、地位之后，继而又去追求刺激，做出了许多违背伦理之事。小说通过性的话题实质上将上流社会的遮羞布揭开，暴露其伪善荒淫的一面。

三　读者对伦理的挑战

小说所反映的对伦理的挑战问题，实则展现了美国当代的现实状况，反映了当代读者的伦理观。

卡波特在创作《应许的祈祷》之前便公开了自己的写作计划，也公开谈到自己小说的一部分内容，立即引来了公众的强烈好奇心，很多读者都期待他的小说问世，这为卡波特创作小说提供了动力，由此反映出他受到读者影响的一面。的确，作为一个作家，特别是像卡波特这样在媒体和社交场上都很活跃的作家，他为了扩大自己的影响力，不可能一点都不考虑读者方面的因素，再加上之前《冷血》的成功，使他急于再攀另一座高峰，他需要在读者面前证明自己。

根据艾布拉姆斯在《镜与灯》中所提出的文学四要素，作家在创作小说的过程中也会受到读者的影响。很多作品会或多或少去迎合读者的欲求和口味。卡波特也不例外。卡波特期望自己的作品能得到读者的肯定，而快速吸引读者眼球的方法便是寻找读者感兴趣的题材和内容，而名人自然具有名人效应，这样的题材能对读者有吸引力。但另一方面，一味地抛开伦理道德，置他人的隐私于不顾，这样的做法本身是否合乎道德？答案显然值得深思。

其实，读者的这种对别人私生活的窥探心理是人的好奇心理的表现，好奇心同样是人的自由意志的一种表现形式。好奇心如果运用到有用且符合社会规范的方面，该好奇心便归于合理范畴；而如果好奇心以违反法律、伦理道德和社会规范的形式出现，则该好奇心则需要理性意志将其抑制。读者对他人，特别是对名人的生活有强烈兴趣想要了解，这种心理本来是需要将其控制住，只是小说家和出版商出于自身利益考虑，希望能够使自己的小说畅销，能够增加小说发行量，由此显示出伦理背后实则掩盖了很多经济、政治、文化的因素，这早已超出了伦理的范畴，将伦理放到一个更宽泛的系统中。在这个系统中，伦理学只是其中的一个环节，它还和经济、政治、文化、法律等因素有关联。只有在制度的保障下，通过法律来不断完善政治、经济、文化等各因素，不断加强道德伦理教育，伦理才能最终发挥作用。

将读者的伦理问题继续延伸，如何做才能让读者符合伦理规范？这绝不是一个简单的命题。因为读者的需求会影响到作者和出版商，所以应联系作者和出版商来进行分析。对卡波特而言，只有在解决了生计的需求后，并要抑制出名的欲望，在伦理选择时才能不在乎读者的需求，不去触碰伦理的底线。对出版商而言，让他们遵守伦理道德的方式在于利润和法律，完善法律是方式之一。对读者而言，他们只有通过完善自身道德，或者通过法律，用禁止出版该类著作的法律将其出版的渠道完全封锁，这样才能控制住发行这一环节，而最终使小说无法到读者手里。如果将作者、小说和读者看作一个整体的三个环节的话，读者这一环节可以通过对出版商和作者的影响而达到对读者的伦理规范进行干预和影响，也可以通过完善自身道德来规范自己的行为，最终从读者的角度减少对作家创作的影响。至于伦理选择的结果，最理想的结果是使作家和读者达到完美的统一；稍次一点的结果是抑制住作家或读者的自由意志，减少伦理选择发生的可能性；最差的结果便是将自由意志凌驾于伦理之上。

从《应许的祈祷》来看，卡波特曾想满足读者想知道美国上层社会的生活的真实情况的愿望，该小说的创作与问世便是作者对伦理挑战最好的证明。另外，小说的问世也从而证明了卡波特、该小说和读者三者都是伦理的挑战者。

《应许的祈祷》中之所以涉及大量伦理混乱，对伦理进行挑战的话题，需要回到小说所反映的伦理环境[①]中去。只有联系当时的历史和文化，才能理解该小说的主旨和主要思想。

首先，“二战”后，人们目睹了战争的残酷与罪恶，加上尼采高喊“上帝死了”，美国人对传统神学产生了质疑，信仰危机导致了传统的价值体系和伦理道德观念崩塌。并且，当代美国社会的快速发展使人的交际范围扩大，人与人交往渠道增加，人们有了更多机会接触别的异性，诱惑增加，因此导致了婚姻的稳定性降低，离婚率不断上升。据相关统计，离婚率随着社会的文明程度提高会有所上升。“从六十年代初到七十年代中期，美国的离婚率随代增长，按三十年左右增长的趋势发展。二十年代，每一千人中，平均有一点五人离婚；四十年代中期，上升到二点五人，这一直持续到1964年；1976年，上升到五人，即平均每两对登记的婚姻中，就有一对离婚，另外还有好些遗弃和分居的。”[②] 现代社会对于家庭的含义，已经冲破了传统的理解，多元化形成。二代人组成的核心家庭取缔了传统的三代同堂的家庭结构，家庭的稳定性也随之下降。除此之外，还存在单亲家庭、同性恋组成的家庭和未婚男女组成的家庭等。

其次，经济的快速发展，就业难度的增加，和工作要求的提

---

① 伦理环境又可以称为伦理语境，指的是文学作品存在的历史空间。

② 魏章玲：《社会学与美国社会》，辽宁人民出版社1986年版，第257页。

高，使人们经常感到不堪重负，想要寻求发泄的渠道，想要寻求感官刺激。在这样的社会环境中，传统的婚姻观、伦理观受到强烈冲击，性观念的改变导致一定程度上的性混乱。“性观念的改变是当代美国文化的一个重要现象。……观念的改变导致了行为的变化：婚前性行为，婚外性行为，未婚同居，同性恋乃至交换伴侣等等，似乎在瞬间就凸现出来，令人瞠目结舌。性观念的改变，同样使传统的道德规范陷入了一片混乱之中：人与人的关系大大改变、家庭破裂、离婚率大幅度上升。”①

最后，婚姻、性属于道德范畴，无法上升到法律范畴，只能依靠人们自身的伦理道德和社会舆论进行约束，而随着文明程度的提高，社会对道德伦理的看法慢慢变得多元，社交的频繁使舆论的约束力降低。特别在美国的上流社会中，能够跻身其中意味着他们拥有一定资本，也意味着会面对更多的诱惑。这些达官贵人在物质生活富足的基础上，便想通过其他渠道寻求刺激，生活糜烂，性的过度开放导致了伦理观的混乱。

《应许的祈祷》中对性的描写直接大胆，有大量露骨的表达，这源于卡波特所追求的真实客观的创作理念，他不希望用花哨的创作方式来影响小说的客观性和真实性。但应该强调的是，该小说的艺术性凌驾于性描写之上，性描写是为了表现当时美国的社会与文化状况。基于此，小说中的性描写视为小说传达自己思想的一个重要内容，因此，不应将小说归于色情小说之列。

卡波特对《应许的祈祷》有着很高的期望，他希望该小说能够有深刻的内蕴引发读者思考，能够真实刻画出当时美国的社会状况，从而对现实进行注脚，正如书名，这个引用源自圣特雷瑟的一

① 桑迪欢：《论〈兔子四部曲〉对当代美国文化的透视》，南昌大学 2005 级硕士学位论文，第 34—35 页。

句话：“相比未应许的祈祷，我们为应许的祈祷流下了更多的眼泪。”① 眼泪源于竭尽全力为达到一个目标却反而加速了事情的失败，正如人物琼斯，无论怎样努力，他在写作方面的悲剧和人生悲剧已注定。书名所蕴含的深刻含义正体现出小说的主旨思想，其伦理思想最终也应归于这一点。

第二节　《犬吠》：真实的展示

《犬吠》The Dogs Bark，是卡波特晚期小说创作的一部重要作品。该小说集合了 30 篇短篇小说，这些小说是卡波特延续了非虚构的真实书写，是对真实的展示之作。按照这些小说的内容，可以分为五类。第一类是卡波特各地旅游时的所见所闻。第一类里面又包含了两类：其一是直接以各个地方名字作为小说名的小说《地方色彩》（*Local Color*），由九篇短篇小说组成，如《新奥尔良》（*New Orleans*）、《纽约》（*New York*）、《布鲁克林》（*Brooklyn*）、《好莱坞》（*Hollywood*）、《海地》（*Haiti*）、《欧陆之行》（*To Europe*）、《伊斯基亚》（*Ischia*）、《丹吉尔》（*Tangier*）和《穿越西班牙之旅》（*A Ride Through Spain*）、《丰塔纳维奇亚》（*Fontana Vecchia*）、《希腊札记》（*Greek Paragraphs*）。《地方色彩》早在 1951 年便出版了，卡波特重新将这些小说放入《犬吠》中。其二是卡波特在各个地方的见闻，不一定是以地方名字来命名小说，如《白玫瑰》（*The White Rose*）、《高地的房屋》（*A House on the Heights*）。第二类是对各类人物的展示，同样分为两类：其一是以各人名字来命名，《观察》（*Observations*）里集合了直接以各个人物命名的七篇短篇小说，《伊萨克·迪内森》（*Isak Dinesen*）、《梅·韦斯特》（*Mae West*）、

① 杜鲁门·卡波特：《肖像与观察：卡波蒂随笔（下）》，吕奇、宋佥译，上海译文出版社 2014 年版，第 688 页。

《路易斯·阿姆斯特朗》（*Louis Armstrong*）、《让·科克多与安德烈·纪德》（*Jean Cocteau and Andre Gide*）、《亨弗莱·鲍嘉》（*Humphrey Bogart*）、《埃兹拉·庞德》（*Ezra Pound*）和《马瑞林·曼柔》（*Marilyn Monroe*），还有《简·鲍斯特》（*Jane Bowles*）、《塞西尔·比顿》（*Cecil Beaton*）；其二不一定是直接以人物名字命名，如《个人领地里的公爵》（*The Duke in His Domain*）（写的是马龙·白兰度）、《品味：以及日本人》（*Style：and the Japanese*）。第三类是带有自传性质的小说或谈话录，如《云端传来的声音》（*A Voice from a Cloud*）、《自画像》（*Self-Portrait*）。第四类是动物趣闻，如《罗拉》（*Lola*）。第五类是电影拍摄札记，如《阳光下的幽灵：电影〈冷血〉拍摄记》（*Ghosts in Sunlight：The Filming of In Cold Blood*）。第六类是文化交流的展示，如《缪斯入耳》（*The Muses Are Heard*）。

《犬吠》书名取自一句阿拉伯谚语："纵然是犬吠连绵，大篷车依旧向前"[①]。小说可谓是卡波特到了一定年纪后回顾人生之作，他曾说过："（小说中）这些描述性的段落——这些地方和人物的轮廓和纪念——就像一张文字地图，一部笔端的人生地理，记录着我过去三十载的人生经历（大致是从 1942 年到 1972 年）。"[②]

卡波特想要继续非虚构小说的创作，为了强调非虚构小说性质，卡波特曾说："本书中所有内容均为真实故事，当然这并不是说它们全都是真相，但我尽可能使之接近真相。"[③] 非虚构小说本来就不可能完全与艺术相分离，它是在记录真实的基础上进行艺术创作，只是卡波特创作《犬吠》时抱着还原真实的目的从而创作了该

---

① ［美］杜鲁门·卡波特：《肖像与观察：卡波蒂随笔（下）》，吕奇、宋佥译，上海译文出版社 2014 年版，第 418 页。

② 同上书，第 419 页。

③ 同上。

小说，再加上小说运用的是非虚构的写作方式，所以该小说的非虚构性质非常明显。

该小说从三个方面对真实进行展示，分别是对各地风情的真实展示、对人物的真实展示和对其他方面的真实展示。

一　各地风情的真实展示

其实，卡波特早在 20 世纪四五十年代便已开始尝试创作非虚构小说，他曾经创作了一系列游记式的小说，记录了一路上的见闻，包括《新奥尔良》《纽约》《布鲁克林》《好莱坞》《海地》《欧陆之行》《伊斯基亚》《丹吉尔》和《穿越西班牙之旅》，这些小说最初收录在《地方色彩》中，之后卡波特在创作《犬吠》时又将之吸收了进来。这些小说直接以地点命名。还有一些不以地点命名，却也反映了各地的风情，如《白玫瑰》《高地的房屋》等。这两类小说均属于各地风情的真实展示，记录了卡波特四处游走时的所见所闻，反映出了各地的不同文化。

在《犬吠》中，各地风情展示主要是卡波特在旅行过程中的所见所闻，卡波特将这些短篇小说中所展示的各地的风土人情一一呈现在读者面前，让读者从中领略到不同的文化背景下的人物情态，每个地方因为文化不同而具有不同的特征。

如果对《新奥尔良》的风情展示进行概括，那么新奥尔良是美国南部城市代表，以软饮料、美食著称，小说穿插了人物 Y 小姐、恶棍“他”等人物的故事，展示了底层社会文化。新奥尔良可谓是卡波特的另一个故乡，他的生父在那里居住，卡波特也曾在那里待过一段时间，一切都显得很亲切，所以将《新奥尔良》放在该小说的第一篇足以显示新奥尔良在卡波特心目中的地位。

而在《纽约》中，对纽约城市的展示如同讲述一个个神话。“这座城市，这些房屋和窗户，这些蒸汽升腾的街道，是一个神话，对任何人，对所有人，都是一个不同的神话……"[①] 因为，在纽约可以寻梦，也可以找回迷失的自己并发现自我。在纽约可以邂逅著名的明星，卡波特和影星嘉宝的两次相遇充满了传奇般的色彩。也可以遇到处于社会边缘、为生活苦苦挣扎的 M，和为了实现自己重新劈波斩浪、征服大海愿望的老人黑寡妇。小说中还有一段讲述是关于卡波特若干年前离开亚拉巴马小城，出发之前和塞尔玛依依惜别，卡波特来到纽约生活，塞尔玛为是否来纽约而纠结的情景。纽约是卡波特成年后待的时间最长的地方，他对纽约具有特殊的情愫，卡波特在《自画像》中曾经坦言，如果自己选择一个最喜欢的城市，那便是纽约。在纽约，大都市的生活尽管有着不尽如人意的方面，卡波特自己却能乐在其中，"在纽约：你可以是个多面人：同时成为十个不同的人，拥有十个不同的朋友圈子，绝无重复"[②]，正因为纽约充满了大都市特有的神秘与魅力，所以卡波特的笔下对纽约城市书写是其不变的一个主题。

《布鲁克林》应该算是《纽约》篇目的延续，小说展示出都市中底层人民生活的艰辛。Q 太太和女儿为了生存做起了接电话的工作，不分白天黑夜地工作，八年来便只离开过一次地下室，她们艰辛的生活状态是生活在布鲁克林贫民街区的人的生活状态的生动写照。女租户"偷东西"、爱说东道西的品质与她们所处的阶层与社会环境有关。从现实情况来看，布鲁克林是纽约市五大区中人口最多的一个区，那里曾属于黑人等少数族裔聚居地。因为少数族裔长期受歧视，教育、医疗、贫困等问题一直难以改善，所以布鲁克林曾经是美国犯罪率极高的地区之一，被视为肮脏、混乱、罪恶之地，卡波特笔下的布鲁克林便是当时情况的一个侧影。

---

① ［美］杜鲁门·卡波特：《肖像与观察：卡波蒂随笔（上）》，吕奇、宋佥译，上海译文出版社 2014 年版，第 10 页。

② 同上书，第 404 页。

对《好莱坞》的展示则侧重于好莱坞具有明星汇集之地和艺术中心两大属性。在那里时常可以碰到明星，或是想去好莱坞工作的人。卡波特在飞机上便邂逅了一位塞尔玛小姐，她辞去了原来的工作，去好莱坞做女演员的私人秘书。另外，卡波特还到著名的C女士家中做客，他看到了日常生活中名人的一面。还有知名人士P的遭遇，虽然他经常与很多知名人士往来，可依然过着简朴的生活。小说特别指出了好莱坞过圣诞节的情形，节日中好莱坞被装饰得很漂亮，但由于缺失孩子，没有了孩子们的欢声笑语，好莱坞显得有些冷清。

对《海地》的展示则掺杂着海地的原始落后与宗教氛围浓重等元素。海地画家希波莱特用画展示了海地原始的一面，他自己的个人经历也令人唏嘘不已，8个月大的孩子不幸夭折，这些都是海地人贫穷落后真实生活的写照。海地是西印度群岛中的一个岛国，是世界上最贫困的国家之一，居民多数是黑人，海地政府想要发展旅游业，可“几乎没有什么游客来海地……距离最近的海滩都要三四个小时车程才能到达，夜生活平淡无奇，没有一家餐馆的菜单写得清楚明了。”[①] 可尽管如此，海地政府还是想发展旅游业，伊斯蒂梅政府颁布了一项法令，不允许赤脚在大街上散步，为的是不将海地贫困的一面展示出来，生怕影响了潜在的贸易。另外，海地的狂欢节将海地浓重的宗教氛围展示了出来。充满诡异色彩的伏都教仪式是小说的一个亮点，从中反映出宗教对海地人生活的巨大影响。

《欧陆之行》展示了卡波特在威尼斯、西勒米奥奈、巴黎等地的旅游过程中感受到当地的风土人情，小说叙述得详略得当，对重要地方做了重点介绍，如西勒米奥奈、巴黎，而其他次要地方只是

---

① ［美］杜鲁门·卡波特：《肖像与观察：卡波蒂随笔（上）》，吕奇、宋金译，上海译文出版社2014年版，第40页。

一笔带过，如威尼斯等地。另外，小说讲述了一些奇闻轶事，如与卡波特一同在巴黎车厢隔间里的老妇人带着一只鹦鹉，海关检查时发现了很多海洛因藏在鸟笼中，诸如此类。

《丹吉尔》则展示出丹吉尔怡人、具有吸引力的一面来。丹吉尔不仅气候怡人、风景优美，它吸引了无数的游客前来观光，“因为许多来此度短假的游客后来都定居于此了，任凭岁月流转，他们的数量让人触目惊心。”① 除此之外，小说中展示了阿拉伯人的装扮、斋月活动等。

《穿越西班牙之旅》讲述了一件发生在列车上的事件。列车在穿越西班牙的旅途的过程中听到枪响引起了一次不小的震动，众人以为是遇到强盗了，其实是一位老头想搭顺风车而攀在火车尾部，因为手松了摔了下去。一个当兵的看到后就用机枪扫射，发出枪声是为了想让车停下来。乘客纷纷出来帮忙救助这个老头。故事情节简单，主要以记录的形式展示了这段在列车上发生的救助事件，颂扬了人们的爱心和互助精神。

在《丰塔纳维奇亚》中展示了当地的温馨浪漫。丰塔纳维奇亚是一座房子的名字，小说重点展示了丰塔纳维奇亚所在的陶尔米纳小镇的风土人情。虽然经受过战争的摧残，但陶尔米纳小镇和其他小镇一样充斥着人群、美丽的广场和云集在广场上演奏的艺人们……小说充满了温馨浪漫的情怀。

《高地上的房屋》继续展示布鲁克林发展中的片段。卡波特居住的那片街区叫作布鲁克林高地。小说展示了卡波特所居住的房子的历史、周边环境和居民，这片地区经历了改建和复兴，居民们为了反对街区上的房子被铲平集体写请愿书。以及贫民窟里聚集了一批青少年犯罪团伙“眼镜蛇”，卡波特自己就曾被这个犯罪团伙

① ［美］杜鲁门·卡波特：《肖像与观察：卡波蒂随笔（上）》，吕奇、宋金译，上海译文出版社 2014 年版，第 66 页。

"盯上"过，让他交出相机，所幸的是，卡波特逃脱了他们的"魔爪"。

《希腊札记》是卡波特穿越希腊时的旅行记录，是对当地风土人情的展示。小说分为"桃子""梅尔特米""恐怖的传说""观察""蓝色海湾""在酒馆"六个部分，六个部分既可以独立成章，又可以串联起来形成展示希腊文化的整体。"桃子"部分展示了希腊桃子的生长环境、特性等。"梅尔特米"是大风的名字，它的影响力和破坏力都是极大的，"让人皮肤皴裂，神经错乱。看看它对经济带来的影响吧，还有对岛民日常饮食的影响：梅尔特米肆虐时，渔夫便不能捕鱼，岛民已经少得可怜的菜谱又会少一半的选择余地。"[①]"恐怖的传说"则是那个意大利船长讲述了一个真实而恐怖的传说，一个寡妇和他的天才儿子去希腊的一个岛上过夜，结果儿子被老鼠活活咬死，母亲只能眼睁睁地看着儿子被咬死的惨状而悲痛不已。"观察"则是对希腊人的展示，由三个小片段构成。第一个片段展示了希腊人爱留长指甲，为的是让别人知道他们是劳心者。第二个片段展示了希腊商人热衷于玩弄玛瑙或象牙串珠，这样可以用来释放压力和预防溃疡。第三个片段则讲述了希腊人的共同之处在于对巫医的迷信。在"蓝色海湾"中，卡波特想在罗德岛附近的林都斯迷人的海湾里买一栋房子，那里的环境全都符合卡波特理想中的环境，可卡波特最终还是犹豫了一下没有买，尽管后来很后悔。"在酒馆"则展示了雅典半夜露天酒馆里的景象，虽然文字简短，但从中可以管窥到雅典夜生活的一个侧面。

《白玫瑰》则展示了法国文化中的顶级水晶工艺品，小说记录了卡波特从接触顶级水晶工艺品到自己收集并喜爱水晶工艺品的经历。白玫瑰是他接触的第一件顶级水晶工艺品，所带给他的宁静和

① ［美］杜鲁门·卡波特：《肖像与观察：卡波蒂随笔（下）》，吕奇、宋金译，上海译文出版社 2014 年版，第 377 页。

快乐无与伦比，引发了他收集顶级水晶工艺品的爱好。顶级水晶工艺品，是由法国最伟大的水晶工厂生产，由圣路易、巴卡拉、克里希中一流的工匠精心制作而成的水晶工艺品，堪称水晶珠宝。随着这项艺术的没落，之前生产的顶级水晶工艺品散落在世界各地，它们的价值取决于人们的慧眼，懂行的人才知道它们的真正价值，卡波特自己为了买这些顶级水晶工艺品而不惜花费巨资，虽然偶尔也能用极少的钱买到好的顶级水晶工艺品，但他为了这个爱好差点破产。顶级水晶工艺品展示了法国的一项经典的艺术，卡波特借自己的经历反映了这项艺术背后的法国文化。

《伊斯基亚》是一篇对伊斯基亚岛上情况进行的展示。伊斯基亚属于第勒尼安海中的一个火山岛。小说中便有活火山的情况描述。因为该岛是以旅游业为主，小说的内容也主要围绕着介绍旅游方面的情况，小岛上既有着顶级大酒店，也有舒适的小旅馆。小说中还插入了玛利亚的故事和搬运圣母像的故事，由此反映出在伊斯基亚上人们对基督教的信仰。另外，伊斯基亚特有海岛的景色，如“海滩的四周被悬崖包围，海水十分清澈，你可以看到海葵和快速游动的鱼儿；在离海滩不远的地方，平整而裸露的岩石像是漂流的木筏，而我们就像是划着桨，从一只划到另一只：我们奋力向前，走进一片阳光，这时回头望去，视线穿过悬崖，我们看到那片种着绿葡萄的梯田，还有那座云雾缭绕的山峰。有一块岩石被海水冲蚀成了扶手椅的形状，置身其中，任凭海浪拍打在你的身上，天伦之乐莫过如此。”[①] 这一切都让海岛充满了无限的魅力。

从以上各个地方风情展示可以看出，卡波特通过对各地风情的展示从而展示了各地的文化。小说主要展示了纽约地区的文化，《纽约》《布鲁克林》和《高地上的房屋》都属于对纽约文化的展

---

① ［美］杜鲁门·卡波特：《肖像与观察：卡波蒂随笔（上）》，吕奇、宋佥译，上海译文出版社 2014 年版，第 63 页。

示，纽约充满诱惑力和城市问题并存是其文化的主要特征。而其他部分则是卡波特旅游过程中的见闻。总的来看，卡波特主要是用客观陈述的形式来写作，偶尔穿插一些有情节的故事，涉及一些奇闻轶事和各色人物，这些都是为展示各地风情服务的。

二　人物的真实展示

卡波特小说中对人物的真实展示，主要放在《观察》中。7 篇短篇小说是对不同人物类型的展示。

《个人领地里的公爵》是以著名演员马龙·白兰度为对象的一篇对人物进行描摹的短篇小说。这篇小说虽然篇幅并不算长，但通过卡波特和白兰度的访谈展示出白兰度人生的多面性。小说着重写了白兰度到日本去拍摄《樱花恋》。因为美国文化和日本文化差别很大，白兰度在拍摄过程中遇到了一些文化差异造成的困难，通过各方面的努力，这些困难最终得以克服。在整个拍摄过程中，白兰度展示出他的多面性：一方面，他是一个实力派演员，能把角色诠释得入木三分；另一方面，他却受到金钱的诱惑去接片，“我待在这个圈子里的唯一理由就是我缺乏拒绝金钱的道德勇气。”① 一方面，他在屏幕的形象经常是“骑着摩托四处驰骋，敲着小手鼓，打扮成痞子形象，时而滔滔不绝地谈论深奥的话题，塑造出一种古怪而多彩的媒体形象，娴熟地将单纯的坏孩子与多愁善感的斯芬克司融为一体。”② 另一方面，在实际拍摄过程中，白兰度为了剧情需要给角色注入新的元素，最大程度挖掘电影的魅力，他在电影中经常担任导演、编剧、技术人员、财务人员、演员等多种角色，并且，即使是在演出休息的时候，还经常思考和通过阅读哲学方面的书籍

---

① ［美］杜鲁门·卡波特：《肖像与观察：卡波蒂随笔（上）》，吕奇、宋金译，上海译文出版社 2014 年版，第 253 页。

② 同上书，第 271 页。

来不断充实自己；一方面，他的文化程度并不高，连高中文凭都没拿到，经历了从农村到纽约艰辛的奋斗历程，在此之前的生活使他心中充满了不安全感、自卑情结；另一方面，成名后他对自己充满了信心，人们将他视为“一尊神……坐在一堆糖果上面的年轻人”[①]；对待情感，一方面，他崇拜自己的母亲，是个模范儿子，和父母的关系融洽，对待他们细心周到，无微不至；另一方面，在爱情问题上他无法爱上一个人，无法完全信任人；他为名气所累，生怕自己的隐私被泄露，对那些窃听他电话的人深恶痛绝，向往着息影以后的简单生活……小说将白兰度写得有血有肉，人物刻画入木三分，该小说可以被看作是展示白兰度真实一面的一部重要作品。

《品味：以及日本人》是一则展示日本人及其艺术的文章。小说开篇讲述了作者与日本绅士弗雷德克里·麻里子之间的友谊，小说同时展示了《罗生门》和歌伎，指出与美国文化不同的高雅格调。该小说涉及一部分日本人的展示，应该看作其他内容（如《罗生门》和艺伎）也是对人物形象的烘托，最终还是回到为人物服务这一目的上来。

《个人领地里的公爵》和《品味：以及日本人》虽然没以人名作为小说名称，但其实小说展示了人物。另外还有9篇小说是直接以人物作为小说名称的，这些小说组成了一组人物群像，展示了那个时期的美国文化。

《简·鲍斯特》是对作家、语言学家简·鲍斯特的展示，小说简要展示了其外形、婚姻家庭、人生经历，卡波特还回忆了与她的一段经历，卡波特曾被她的优美歌喉深深吸引。最后，卡波特对其创作进行了评价：“简·鲍斯特的作品中所展现出的那种对于古怪

---

① ［美］杜鲁门·卡波特：《肖像与观察：卡波蒂随笔（上）》，吕奇、宋金译，上海译文出版社2014年版，第286页。

心理和人性冷漠的微妙洞悉足以让我们授予她‘艺术家’的殊荣。”[①] 唯一不足之处是：“她的作品不是质量不行，而是数量不够。”[②]

而《让·科克多与安德烈·纪德》展示了让·科克多与安德烈·纪德两人的交往。其中，科克多兼具了小说家、诗人、画家、新闻工作者等多重身份，而纪德是一位充满真情的作家。

《梅·韦斯特》讲述了梅·韦斯特受到邀请去参加一个聚会，她的出场让人感到有些意外，因为她的外形、她的胆怯害羞与人们想象中的大相径庭，小说在轻松幽默的对话中结束。

在《路易斯·阿姆斯特朗》中，小说展示了笔者与路易斯·阿姆斯特朗之间的友谊。阿姆斯特朗和“我”在船上相遇，笔者常常回忆起他们曾经一同在船上的那段美好时光，他们之间有着真挚的情谊。

《亨弗莱·鲍嘉》展示了鲍嘉的优秀品质：极有道德、专业、脾气好、懂得自律，这些成就使他成为一个优秀的演员。小说虽简短却能较好地展现出人物性格。

《伊萨克·迪内森》展示了作家伊萨克·迪内森，她的人生具有传奇色彩，“这个曾经过着铁骨男儿般冒险生活的传奇人物：射杀飞奔的狮子和愤怒的水牛，在非洲的农场劳作，冒着危险乘坐第一代飞机飞越乞力马扎罗山，医治马赛族人……”[③] 而她的创作也取得了一定的成绩，“至少令自狄更斯和萧伯纳之后文学界的显要人物们望尘莫及。”[④] 总的来看，无论是人生还是创作，迪内森都给出了肯定的答案。

---

① ［美］杜鲁门·卡波特：《肖像与观察：卡波蒂随笔（上）》，吕奇、宋佥译，上海译文出版社 2014 年版，第 354 页。

② 同上书，第 353 页。

③ 同上书，第 312 页。

④ 同上书，第 315 页。

《埃兹拉·庞德》展示了庞德风雨的一生。庞德一生经历坎坷，在文学上取得了辉煌的成绩，著名诗人叶芝、海明威都曾对他的创作做出极高的评价。不仅如此，在生活中的他乐于帮助朋友，为朋友两肋插刀。虽然他在文学领域获得了成功，但是后期，庞德的人生经历坎坷，参与政治言论，被指控为叛国罪，并得了精神病。最终，他因为精神失常而获得自由，但他并没有选择返回美国，而是远赴意大利，作为他人生的归宿。

《塞西尔·比顿》则展示了著名摄影师塞西尔·比顿的非凡摄影才能。他的作品时常在《名利场》上刊登，通过照片反映时代，尤其是他的战争作品，“营造出一种无情的惨痛，一种比他的作品在观众心目中所呈现的色调更为残酷的色彩。”[①] 卡波特通过比顿与其他几位摄影师的比较，展示出他摄影的独特风格，即使在紧张的工作中，他还能有着闲情逸致，工作起来也随意、超然，这种才能致使他的视觉能力非常卓越，他的肉眼能捕捉到连照相机也无法捕捉到的内容，这些才能成就了他。

另外，还有《马瑞林·曼柔》也是对马瑞林·曼柔这个人的展示。

无论是直接以人的名字来命名的短篇小说，还是其他名字命名的小说，这些小说的共同点都是对人物的真实展示。在这些人物展示中，对马龙·白兰度的展示最为详尽，《个人领地里的公爵》从多角度来展示白兰度的性格特征。除此之外，卡波特选择的人物涉及作家、演员、摄影师等，也包括对其他人物的展示，如对日本人的展示，这些对人物的描写采用了平铺直叙的写作方式，情节也没有太多波澜起伏，加上这些小说本身篇幅并不算长，内容显得集中，并且，小说对景物、事实展示多于评论，非虚构小说的性质得

---

① ［美］杜鲁门·卡波特：《肖像与观察：卡波蒂随笔（上）》，吕奇、宋佥译，上海译文出版社 2014 年版，第 394 页。

以显现。这些人物展示最终都属于对美国当代文化的展示。

三　其他方面的真实展示

除了以上对各地风情和对人物的真实展示外，《犬吠》中还有对文化交流、对卡波特自我或对其创作、对动物趣闻和电影拍摄方面的真实展示。

第一类是文化交流方面的真实展示，以《缪斯入耳》为代表作。《缪斯入耳》被视为《冷血》之前卡波特创作的具有非虚构小说性质的代表作品，小说展示了文化交流发生的碰撞。小说讲述了卡波特随美国人人歌剧团去俄国演出《波吉与贝丝》的经过，该小说通过对比展示出美国演员去到俄国以后发现了很多文化差异，突出了文化交流的重要作用。小说中，歌剧团从为演出做准备开始讲述，到他们来到俄国，一直到演出结束，卡波特跟随剧团见证了整个过程，也感受到了两国文化有着本质的不同。首先是因为体制不同所造成的程序不同，无论是大到演出的审批，还是到商店购物，让身处俄国的美国演员都感到两国文化具有极大的差异。其次，美国演员想进行一些娱乐活动，如栋格游戏，但因为娱乐在俄国被禁止所以只能放弃，还有观看芭蕾舞表演因为衣服穿着不符合俄国文化习俗而遭到侧目。

小说中，演出最能体现两国文化差异。演出的内容反映了美国文化，无论从编排、音乐到剧情均体现美国文化，这与传统的俄国文化迥异，演出中最能突出这种文化差异的当属表演中有一段表现性爱的演出，这段内容在美国人看来是剧情的必须，在俄国却遭到强烈非议，直到演出结束这种争议也并未结束。演出过程中，因为文化差异导致了观众对演出内容有着不同的解读，与之前演员们的预测不同。如本来演员想要在演出前告知情节内容，这样可以让观众更快地进入剧情中，但出乎意料的是，这样做却引起了观众的一阵嘘声，在演出中因为观众不能完全理解剧情而没有料想中的鼓掌声，等等，所幸的是最终演出还是取得了巨大的成功。文化在对比之中可以凸显其差异性。小说通过展示了俄国的文化元素，意欲强调“文化在这里是一种提示，提示了生命力而非死亡”[①]。通过演出，可以让两国的思想与文化得到交流，这是美国和俄国在“冷战”之后，对非本国主流意识形态的态度得以扭转的表现，看似只是一场文艺演出，可该演出所代表的历史意义和政治意义却是非常巨大的。“冷战”结束后，几十年内两国之间没有剧团演出往来了，这场演出标志着俄国和美国恢复了文化交流。小说强调了艺术交流的重要性，指出艺术是一座桥梁，将不同身份、不同文化背景的人聚集在一起，消除彼此心中的隔阂，减少战争爆发的可能性。

并且，除了思想上的交流恢复以外，小说还反映出20世纪初期一直存在的种族之间激烈的矛盾冲突得到一定程度的缓和的现实状况。白人与黑人之间的种族矛盾在“二战”后一直存在并愈演愈烈，从14岁黑人少年埃米特·蒂尔无辜被杀害，到白人公民委员会施行了种族主义宣传并被施加经济压力，再到1955年黑人妇女罗莎·帕克斯因为在公共汽车上拒绝给白人让座而遭到逮捕……白人与黑人之间的矛盾一度被激化，黑人与白人的生活是被区分开来的。而这场演出却让他们看到了各种人群之间的交融。在去往东柏林与莫斯科的列车上，无论是白人还是黑人，老人抑或小孩，都可以共同乘坐一辆列车，这与之前黑人与白人不能同车的情况已经截然不同。另外，让白人和黑人演员同台表演，足以说明这趟列车代表了黑人与白人、东方与西方之间翻开了和平共处的新篇章，种族之间的隔阂已经开始消失。列车无疑是社会的一个缩影，可以从中反映出两国之间的关系已经慢慢走出“冷战”的阴霾，恢复了正常

① Thomas Fahy, *Understanding Truman Capote*, Columbia: The University of South Carolina Press, 2014, p. 95.

的文化交往。应该指出的是，演出和《缪斯入耳》的创作皆属于文化交流，文化交流可以增进不同文化背景之间的沟通理解，所以，像这样的文化交流具有重大意义，因为“冷战”和原子弹给人们带来了巨大恐惧感，演出和小说本身无疑是缓解这种恐惧心理的最好方式，“他（卡波特）指出，无论是《波吉与贝丝》的演出，抑或卡波特自己所创作的这部小说，两者同属于艺术。艺术作为一种无价的方式可以为双方提供彼此交流的机会，也可以用来缓和冷战所造成的紧张氛围。”[①]《缪斯入耳》通过美国演员到俄国演出一事，展示出不同文化之间从碰撞到彼此接受的过程，让我们看到了各地风情展示中文化交流的重要性。

第二类是卡波特自我或其创作的真实展示，《云端传来的声音》和《自画像》是代表作。

《云端传来的声音》是卡波特关于自己成长与关于创作《别的声音，别的房间》的回忆录。小说开篇是对《别的声音，别的房间》的创作回顾。小说中有卡波特自己对该小说的评价：“技巧上很娴熟，故事也挺有意思，但是没有紧张或是痛苦，没有个人内心的视角——那种曾经控制我的情绪和想象力的不安”[②]，小说介绍了自己受到几位南方小说家的影响，如麦卡勒斯、韦尔蒂、福克纳，还有一些其他作家，如艾伦·坡等，但真正影响其创作的是“一个不易相处、隐藏在内部的自我”[③]。接着，小说回顾了自己的个人经历，并借此讲述了创作《别的声音，别的房间》的背景，小说中的人物原型等。小说通过展示让读者了解卡波特本人及其《别的声音，别的房间》的创作过程，是了解卡波特其人其作的一部重要

① Thomas Fahy, *Understanding Truman Capote*, Columbia: The University of South Carolina Press, 2014, p. 83.

② ［美］杜鲁门·卡波特：《肖像与观察：卡波蒂随笔（下）》，吕奇、宋佥译，上海译文出版社2014年版，第383页。

③ 同上书，第384页。

作品。

《自画像》则通过一问一答的对话形式，展示了卡波特的深层次思想及内心世界。小说并没有明确交代是谁在提问，但能肯定的是卡波特在进行回答，其实可以看作是卡波特在自问自答。小说一共由 26 个问答组成。问答围绕着在卡波特愿意在哪里居住及原因、对友谊和自身品质的评价等问题展开，涉及卡波特的人生观、价值观、业余爱好等对诸多问题的看法，卡波特对之一一进行了回答。

第三类是对动物趣闻的展示，以《罗拉》为代表。罗拉是一只乌鸦，小说用诙谐幽默的语言展示了主人公与罗拉的一段共同生活经历。罗拉是主人公的朋友格蕾泽拉送给他的礼物，因为格蕾泽拉的未婚夫在临结婚之前骑摩托撞死了一个小孩子，两人的婚礼无法举行，格蕾泽拉将原因归结到罗拉身上，认为罗拉是女巫的化身，是自己抓住它并剪掉其翅膀后遭到了报应，并且，西西里其他的人也都这样认为，因此对主人公都像躲避瘟疫一般，主人公只能带着罗拉离开。后来，当他们在一个地方居住了一段时间之后，一天，罗拉被一只猫袭击，它掉下了楼，恰好一辆大卡车经过，将罗拉一起带走。在小说中，罗拉不再只是一只乌鸦，它俨然已经成为主人公生命当中重要的一部分，它的离开带给了主人公太多的痛苦。

第四类是电影拍摄札记，以《阳光下的幽灵：电影〈冷血〉拍摄记》为代表。小说展示了拍摄《冷血》的一些鲜为人知的过程和细节。小说就电影拍摄时如何挑选演员和场景选择等问题做了详细展示，继续反映了非虚构小说的特性——真实。在如何挑选演员的问题上，导演没有选择那些知名度高的演员，而是找一些与罪犯迪克和佩里本人相像的演员。另外，在如何选择场景的问题上，导演则选择了到案件现场去，直接选取了最为真实的场景。这些展示是以真实为出发点。

总而言之，无论是哪一种展示，其实都是对当时美国文化的反映。《犬吠》是卡波特继《冷血》之后的又一部非虚构小说的力作，小说将诸多短篇小说或中篇小说汇合起来，集合了各地风情、人物、趣闻等元素，将小说打造成一部展示美国当代文化的优秀作品。从作者的角度来看，《犬吠》创作于卡波特的中年时期，当时的卡波特已经有了一定人生阅历和物质基础，这与他之前的创作有所不同，他的眼界得到开阔，思想和情感也相对成熟，对人生和世界的看法也日益深刻。小说中的内容已经没有了卡波特早期小说中的彷徨和迷茫，也没有了中期小说中对幸福的书写，和鼎盛时期对社会的批判，卡波特晚期的创作是他成熟思想的产物，小说中未见太多情感的表达和毕露的锋芒，卡波特的写作已变得含蓄和内敛，小说中大都是平和的陈述，摆事实，以及少量的分析，更多的是让读者自己去琢磨和理解，这样的写作方式反而可以让小说的内蕴更加丰富，让读者的理解更加多元。可以说，《犬吠》是卡波特人生的总结之作，他将自己的人生阅历和对人世的看法浓缩在这部小说之中。

也许是《犬吠》已经完成了表达卡波特人生智慧的使命，卡波特在创作完《犬吠》和《应许的祈祷》后，他的创作和人生都走向衰竭。卡波特的人生在 1984 年 8 月 25 日谢幕，《犬吠》也成为他晚期重要的代表作之一。

纵观卡波特所创作的非虚构小说，可以看出这些小说呈现出一个明显的变化过程。从对社会进行深入揭露和批判的《冷血》，到将矛头直指上流社会荒淫没落生活的《应许的祈祷》，再到用平和文字展示各地风情的《犬吠》，卡波特的文字经历了从激烈到平和的转变，文字的背后其实是卡波特自己心态的变化。创作《冷血》时卡波特是一个意气风发的青年，爱憎分明，疾恶如仇，自己对社会状况的好恶急于用文字来诉说。到了创作《应许的祈祷》，卡波特已经成为一个具有一定阅历，眼界开阔之人，但正因为他自己目睹了底层社会到上流社会生活状况的巨大差异，再加上他急于寻找一个富有争议，能够引起他人关注的话题，他将道德伦理置之于不顾，创作了《应许的祈祷》，从小说可以看到卡波特的勃勃野心。可是，超越道德伦理意味着会引来众多非议，《应许的祈祷》让卡波特真正体会到成功应该是建立在一定道德之上，小说的失败让卡波特陷入人生的困境，心态也发生了巨大的变化，逐渐从对社会的愤懑批判转变为用平和的心态来看待一切，于是他创作了《犬吠》。卡波特的非虚构小说创作主题、风格的变化是他心态与人生状态变化的结果，当然，也如之前本书在每一部分的具体分析所言，是当时社会境况的反映。《冷血》的成功与涉猎不同类型的非虚构小说无疑使非虚构小说成为卡波特小说创作当中最重要的部分。

小结　挑战世俗　展示风情

到了20世纪七八十年代，卡波特的小说创作延续非虚构小说的创作手法，继续书写真实，这一时期的特征为“挑战世俗、展示风情”，只不过这一时期的小说表现在两方面。一方面，卡波特将矛头对准上流社会，创作了揭露上流社会荒淫无耻生活的《应许的祈祷》。小说无论从作者、小说，抑或从读者的角度而言都在某种程度上违背了伦理，所以可以将该小说视作伦理的挑战之作。卡波特将上层社会的荒淫生活公之于众的做法激起了社会的强烈反应，特别是上流社会对此更是一石激起千层浪，排斥、诋毁接踵而来，卡波特的创作因此受到打压。另一方面，卡波特将自己之前的游记集中于《犬吠》，小说中没有太多作者的情感流露，大都是一些卡波特之前所见所闻的记录，小说继续采用了非虚构小说的创作手法，将所见所闻按照事实记录下来。虽然《应许的祈祷》与《犬吠》都采用了非虚构小说的创作方式，但两者的风格有所差异。《应许的祈祷》的对象是上层社会，卡波特所采用的方式显得有些极端，因此让自己置身于众矢之的。而《犬吠》则属于客观的游记记录，平铺直叙，并没有太多让人争议的地方，从风格到内容都与《应许的祈祷》迥异。应该说，前一时期的《冷血》与这一时期的《应许的祈祷》与《犬吠》是隶属同一类型的不同风格的小说创作。

卡波特的晚期创作将自己的非虚构小说创作往前推进了一步，虽然从传播效果来看，卡波特晚期创作的这几部小说无法逾越《冷血》，并且，《应许的祈祷》揭露上流社会的真实生活状态的做法触犯了道德底线，但卡波特要将非虚构小说进一步发扬光大的决心可鉴。作为非虚构小说的开创者，卡波特对之后的非虚构小说的发展做出了重要贡献。

结　语

作为非虚构小说的开创者、美国国家文学艺术学院成员之一、多次欧·亨利奖获得者的杜鲁门·卡波特是美国当代最富争议、最流光溢彩的作家之一，他的小说创作如同他传奇的一生，可谓是变化多端、丰富多彩。他的丰富人生阅历造就了他对人生拥有了更多的感悟，他将这些所思所想诉诸笔端，创作出一部又一部内蕴丰富的小说，而这些小说所呈现出不同阶段的创作特征，其实就是作者人生不同阶段的特征。如果将各个阶段的创作特征进行梳理，便可呈现出卡波特小说的一个清晰的创作过程。卡波特曾经历过童年的苦涩和人生的诸多不幸，亲历过美国底层社会的艰辛生活，在经历了人生苦难与不幸的煎熬中逐渐成长，写出了弥漫着恐惧和孤独等异化心理的黑夜小说，小说中那些在纽约为生存苦苦挣扎的经历仿佛便是他早期生活的映射；通过他不懈的努力，他在年轻时就收获了丰硕的成果，在成功过后接下来的富裕舒适生活中，他惬意随性，写出了弥漫着温馨浪漫情怀的白昼小说；他曾为了获得最为真实客观的写作素材，花了整整六年时间去深入了解一起谋杀案，千方百计去获取第一手资料，《冷血》的成功使他成了非虚构小说的开创者；他曾活跃于美国的上流社会，成为上流社会的座上宾，与各界名流交往甚密，于是写出了真实还原上流社会荒淫的一面，因此被上流社会极力排斥的《应许的祈祷》……他既是一个善于挖掘社会真实一面的人类学家、历史学家和批评家，同时又是有着一颗不老童心的作家，他更是一位为了寻找创作灵感，不惜离经叛道的瘾君子，并因为放荡不羁的生活而因此英年早逝。

纵观卡波特的小说创作，以十年或二十年为一个阶段，呈现出螺旋形发展。本书正是以卡波特各个阶段的小说创作特征入手，根据每个时期的特点，试图展现卡波特小说创作的变化过程，对卡波特早期、中期、鼎盛时期和晚期四个阶段的特征与对各个阶段代表作品的分析，力图展示出卡波特小说创作的发展脉络，在分析文本的同时挖掘背后涉及的政治、经济、历史、文化等因素。

在卡波特早期小说创作中，卡波特创作了黑夜小说，着力于展现现代人的孤独和异化心理，小说带有浓重的南方色彩和哥特小说特征。卡波特在中期创作了白昼小说，白昼小说尽显对浪漫的追求及对幸福的诠释。卡波特在鼎盛时期创作了非虚构小说《冷血》和一些虚构小说。《冷血》让卡波特成为非虚构小说的开山者，该小说在内容和叙事方面都包含了丰富的内蕴。除了非虚构小说，卡波特于鼎盛时期还创作了一些虚构小说，其中最具典型意义的《圣诞忆旧集》展示了卡波特的不老童心。在卡波特小说创作晚期，卡波特继续延续自己的非虚构小说创作，只是不同的小说表现出不同的风格和特征：《应许的祈祷》真实反映了美国上流社会的生活状况，《犬吠》则是对各地的风情、人物及其他进行展示。总体上看，卡波特的创作呈现出多元化的创作特征，他笔端变化多端，可以涵盖风格迥异的小说类型，如黑夜小说、白昼小说，又如虚构小说、非虚构小说……之所以能够创作出风格各异的小说，与卡波特本人的经历和美国当时的社会背景有密切关系。首先，卡波特的小说反映了“二战”前后的一段美国历史，“二战”对美国是一个重要的转折点，其影响具有正反两面。一方面，战争刺激了美国经济的迅速发展，并且，“二战”后，美国在国际上的地位大大提高。另一方面，战争的阴霾在美国人的心中驱之不散，人们感受到太多的不确定感和幻灭感。除此之外，“冷战”的爆发、种族歧视、贫富差距等一系列社会热点问题都可以在卡波特的小说中找到，可以这样说，卡波特的小说所反映出来的就是美国那段历史和文化的艺术提炼和呈现。另外，卡波特的小说创作还和卡波特自己的经历有密切联系。他的各个时期创作其实反映了他各个时期的人生经历。正因为卡波特的人生阅历丰富，他的小说能够涉猎诸多题材和风格。卡波特在各种类型的小说中游刃有余显示出他的创作功力。

总之，每个作家都具有属于自己特色的创作的发展脉络。卡波特也不例外。卡波特偏重于非虚构小说，但又能够兼顾多种其他类型小说的创作风格，使他的创作作品多元但又能重点突出。卡波特的小说创作类型多样且变化多端，其黑夜小说和白昼小说具有不同的创作特征，甚至在某些方面表现出了截然相反的特征。除此之外，研究卡波特小说创作不应忽视非虚构小说。卡波特的小说中包含了一定数量的非虚构小说，这些非虚构小说构成了卡波特小说创作的主要部分，本书在研究过程中对这方面的内容进行重点分析，指出其非虚构小说的深刻性与开创性让卡波特登上了他创作的巅峰。

参考文献

一 卡波特作品

Truman Capote, *A Capote Reader.* New York: Random House, 1987.

——. *Answered Prayers: The Unfinished Novel.* New York: Random House, 1987.

——. *A Tree of Night and Other Stories.* New York: Random House, 1949.

——. *Breakfast at Tiffany's.* New York: Random House, 1956.

——. *House of Flowers.* New York: Random House, 1968.

——. *In Cold Blood.* New York: Random House, 1966.

——. *Local Color.* New York: Random House, 1949.

——. *Music for Chameleons.* New York: Random House, 1980.

——. *One Christmas.* New York: Random House, 1983.

——. *One Christmas Memory.* New York: Random House, 1966.

——. *Observations (with Richard Avedon)*. New York: Simon and Schuster, 1959.

——. *Other Voice, Other Rooms.* New York: Random House, 1948.

——. *Portraits and Observations: The Essays of Truman Capote.* New York: Random House, 2007.

——. *Summer Crossing.* New York: Random House, 2006.

——. *Selected Writing of Truman Capote*. New York: Random House, 1963.

——. *Too Brief a Treat*: *The Letter of Truman Capote*. Edited by Gerald Clark. New York: Random House, 2004.

——. *Three by Capote*. New York: Random House, 1985.

——. *The Complete Stories of Truman Capote*. New York: Random House, 2004.

——. *The Dogs Bark*: *Public People and Private Places*. New York: Random House, 1968.

——. *The Grass Harp*. New York: Random House, 1951.

——. *The Muses Are Heard*. New York: Random House, 1956.

[美] 杜鲁门·卡波特:《冷血》,夏杪译,南海出版公司 2009 年版。

[美] 杜鲁门·卡波特:《蒂凡尼的早餐》,董乐山、朱子仪译,南海出版公司 2010 年版。

[美] 杜鲁门·卡波特:《别的声音,别的房间》,李践、陈星译,南京大学出版社 2011 年版。

[美] 杜鲁门·卡波蒂:《卡波蒂短篇小说全集》,冯涛译,上海译文出版社 2012 年版。

[美] 杜鲁门·卡波特:《草竖琴》,张坤译,上海译文出版社 2012 年版。

[美] 杜鲁门·卡波蒂:《圣诞忆旧集》,潘帕译,译林出版社 2012 年版。

[美] 杜鲁门·卡波蒂:《应许的祈祷》,向洪全译,上海译文出版社 2014 年版。

[美] 杜鲁门·卡波特:《肖像与观察:卡波蒂随笔(上)》,吕奇、宋佥译,上海译文出版社 2014 年版。

［美］杜鲁门·卡波特：《肖像与观察：卡波蒂随笔（下）》，吕奇、宋佥译，上海译文出版社 2014 年版。

二 著作、论文、网络资料

Booth. Wayne C, *The Rhetoric of Fiction.* Chicago: University of Chicago Press, 1961.

Barbara, L., *The Art of Fact: Contemporary Artists of Nonfiction.* New York: Greenwood Press, 1990.

Brannigan, J., *New Historicism and Cultural Materialism.* London: Palgrave Macmillan, 1998.

Connery, T. B., *A Sourcebook of Literary Journalism: Representative Writers in an Emerging Genre.* New York: Greenwood Press, 1992.

David Guest, *Sentenced to Death: The American Novel and Capital Punishment.* Mississippi: University Press of Mississipi, 1997.

Deborah Davis, *Party of the Century: The Fabulous Story of Truman Capote and His Black and White Ball.* New York: Wiley, 2006.

David S. C, *The Year of Truman Capote: Legal Ethics and In Cold Blood.* Oregon Law Review. 2007, 86 (2): 29.

Dr. Eijun Senaha, *An Annotated Bibliography: Secondary Sources of Truman Capote.* Scholar Scholarship, Thesis, 2003.

Gerald Clarke, *Too Brief a Treat: The Letter of Truman Capote.* New York: Random House, 2004.

Glenn. D. W., *The Criminal Lifestyle: Patterns of Serious Criminal Conduct.* California: Sage Publications, 1990.

George, P., *The Story behind a Nonfiction Novel, in Truman Capote: Conversations.* Mississippi: University Press of Mississippi, 1987.

Helen S. Garson, *Truman Capote: A Study of the Short Fiction.* New

York: Twayne Publishers, 1992.

Harold Bloom, ed. *Truman Capote.* New York: Infobase Publishing, 2009.

Harry Shaw, *Dictionary of Literature Terms.* New York: Mc Graw-Hill, 1972.

Henry Van Dyke, *The Spirit of America.* New York: The Macmillan Company, 1912.

Joseph J. Waldmeir and John C. Waldmeir, ed. *The Critical Response to Truman Capote.* London: Greenwood Press, 1999.

Hollowell, J. *Fact and Fiction: The New Journalism and the Nonfiction Novel.* Carolina: University of North Carolina Press, 2011.

Herman, J. L., *Trauma and Recovery: The Aftermath of Violence—from Domestic Abuse to Political Terror.* New York: Basic Books, 1997.

Hickock, R. E. &Nations, M., *Americans Worst Crime in Twenty Years, in Truman Capote's In Cold Blood: A Critical Handbook.* California: Wadsworth, 1968.

James Gilbert, *A Cycle of Outrage: America's Reaction to the Juvenile Delinquent of the* 1950*s.* Oxford: Oxford University Press, 1986.

John M. Culkin, S. J., *Trilogy: An Experiment in Multimedia.* Toronto: The Macmillan Company, 1969.

Johan Hollowell, *Fact and Fiction: The New Journalism and the Non-fiction Novels.* Carolina: University of North Carolina Press, 1977.

Jessica Adams, Michael P. Bibler, and Cecile Accilien. *Just Below South: Intercultural Performance In the Caribbean and the U. S. South.* Charlottesville and London: University of Virginia Press, 2007.

Jay Prosser, *American Fiction of the* 1990*s.* London and New York: Routledge, 2008.

J. Robert Wegs, *Europe Since* 1945. New York: St. Martin's Press, Inc. 1984.

Jean Murley, *American Murder and Its Literary Consequences: The Rise of True Crime.* A dissertation submitted to the Graduate Faculty in English in Partial fulfillment of the requirements for the Degree of Doctor of Philosophy, The City University of New York, 2004.

Jungsick Park, *Story Telling and Truthtelling: Discursive Practices of News-Storytelling in Truman Capote, Norman Mailer, and John Hersy.* A dissertation submitted to the Graduate Faculty in English in Partial fulfillment of the requirements for the Degree of Doctor of Philosophy, The Office of Graduate Studies of Texas A&M University, 2006.

Kenneth T. Reed, *Truman Capote.* New York: Twayne Publishers, 1981.

Koski, C. A., *The Nonfiction Novel As Psychiatric Casebook: Truman Capote's In Cold Blood.* J. Technical Writing and Communication. 1999, 29 (2): 15 – 16.

Keglovits, Sally J., *In Cold Blood Revisited: A Look Back at an American Crime.* Federal Probation. 2004, 68 (1): 39.

Lawrence Grobel, *Conversations with Capote.* New York: New American Library, 1985.

Louis D. Rubin, JR. and Robert D. Jacobs, *Southeran Renascence: The Literature of the Modern South.* Oxford: Oxford University Press, 1953.

Labor, Earle, et al., *A Handbook of Critical Approaches to Literature.* New York: Oxford University Press, 1992.

M. M. Bakhtin, *The Dialogic Imagination.* Austin: U of Texas P, 1996.

Patti Hill, Truman Capote, *The Art of Fiction.* Paris: The Paris Review, 1957.

Peter Kramer, *The Many Faces of Holly Golightly: Truman Capote, Breakfast at Tiffany's and Hollywood.* Film Studies. 2004, 9(5): 25.

Plimpton, George, *Truman Capote: In Which Various Friends, Enemies, Acquaintances, and Detractors Recall His Turbulent Career.* Pan Macmillan: Macmillan Distribution Limited, 2006.

Robert Emmet Long, *Truman Capote—Enfant Terrible.* New York: The Continuum International Publishing Group Inc., 2008.

Richard, M., *The Crime and the Criminal. Montana: Kessinger Publishing*, 2009.

Ralph F. Voss, *Truman Capote and the Legacy of "In Cold Blood".* Alabama: The University of Alabama Press, 2011.

Robert J. Stanton, *Truman Capote: a primary and secondary bibliography.* Boston: G. K. Hall Co., 1980.

Richard, M., *The Crime and the Criminal.* Montana: Kessinger Publishing, 2009.

Richard Keeble and Sharon Wheeler, *The Journalistic Imagination: Literary Journalistic from Dofoe to Capote and Carter.* London and New York: Routledge. 2007.

Rimmon-kenan, *Narrative Fiction: Contemporary Poetics.* London and New York: Methuen, 1986.

Thomas Fahy, *Understanding Truman Capote.* Columbia: The University of South Carolina Press, 2014.

Tompkin, P. K., *In Cold Fact, in Contemporary Literature Criticism.* Detroit: Gale Research, 1990.

Van, J., *Writing History: Capote's Novel Has Lasting Effect on Journal-*

ism. Kansas Journal World. 2005, 12 (8): 22 – 23.

William Henry Chafe, *The American Woman: Her Changing Social, Economic, and Political Roles*, 1920 – 1970. New York: Oxford University Press, 1972.

White, H., *Historiography and Historiophoty*. The American Historical Review. 1998, 93 (5): 31 – 32.

Wiegand, W., *The "Non-fiction" Novel*. Contemporary Literary Criticism. 1990, 25 (4): 28.

[美] David R. Shaffer:《发展心理学——儿童与青少年》(第六版),邹泓等译,中国轻工业出版社 2005 年版。

[美] Henry Nash Smith:《处女地——作为象征和神话的美国西部》,薛蕃康、费翰章译,薛蕃康校订,上海外语教育出版社 1991 年版。

[美] M. H. 艾布拉姆斯:《〈镜与灯〉:浪漫主义文论及批评传统》,郦稚牛、张照进、童庆生译,北京大学出版社 2004 年版。

[美] 埃默里·埃利奥特(主编):《哥伦比亚美国文学史》,朱通伯等译,四川辞书出版社 1994 年版。

[美] 查尔斯·鲁亚斯:《美国作家访谈录》,李文俊等译,中国对外翻译出版公司 1995 年版。

杜芳:《杜鲁门·卡波特的黑夜小说》,《上海师范大学学报》(哲学社会科学版) 2015 年第 2 期。

杜芳:《纽约寻梦:杜鲁门·卡波特小说的纽约城市书写》,《都市文化研究》2015 年第 12 辑。

杜芳:《杜鲁门·卡波特小说的故事空间变化》,《学术探索》2014 年第 7 期。

杜芳:《杜鲁门·卡波特小说的"成长的寻找"主题研究》,《昆明学院学报》2014 年第 5 期。

杜芳:《论〈蒂凡尼的早餐〉的消费主义思想》,《学术探索》2015年第4期。

杜芳:《杜鲁门·卡波特节日小说中的认知书写》,《昆明学院学报》2016年第2期。

[奥地利] 弗洛伊德:《梦的解析》,周艳红、胡惠君译,上海三联书店2007年版。

贾俊强:《当前个人极端暴力事件研究分析——以“失意群体”为视角》,《河南财经政法大学学报》2014年第1期。

蒋述卓、王斌、张康庄、黄莺:《城市的想象与呈现》,中国社会科学出版社2003年版。

[美] 柯恩、唐哲、高进仁:《当代美国死刑法律之困境与探索:问题与案例》,蔡婷霞编,刘超等译,北京大学出版社2013年版。

[美] 康拉德·尼克伯克:《堪萨斯的死亡之旅——评杜鲁门·卡波特的〈冷血〉》,唐建清译,《书城》1998年第9期。

康蕾:《〈冷血〉——后现代语境下的罪与罚》,硕士研究生学位论文,兰州大学,2012年。

何先友:《青少年发展与教育心理学》,高等教育出版社2009年版。

郝澎:《美国历史重大事件及著名人物》,南海出版公司2007年版。

黄铁池:《当代美国小说研究》,上海三联书店2014年版。

黄云明:《社会伦理问题研究》,中国社会科学出版社2009年版。

[法] 克里斯蒂安·麦茨:《电影涵义论文集》,柯林克西克出版社1968年版。

刘绪贻、杨生茂主编:《美国通史》(第五卷),人民出版社2005年版。

刘凤环:《美国消费社会在1920年代的形成》,博士毕业论文,南开大学,2007年。

李林旭:《美国噩梦——论〈凶杀〉中美国梦的消极意义》,摘自《福建省外国语文学会 2008 年年会论文集》2008 年版。

李睿、蔡庆:《畸变的城市,叠加的灵魂——城市小说〈蒂凡尼的早餐〉的精神走向》,《现代语文》(文学研究版)2009 年第 7 期。

李立丰:《上帝与死囚:基督教视野中的美国死刑问题》,《世界宗教研究》2010 年第 5 期。

卢睿容:《唱一首永恒的南方之歌——试比较福克纳、韦尔蒂、奥康纳对南方的解读》,《湖北社会科学》2005 年第 4 期。

卢畅:《从福克纳小说看南方文学》,《文学界》(理论版)2010 年第 12 期。

[美] 尼古拉斯·怀特:《幸福简史》,杨百鹏、郭之恩译,中央编译出版社 2011 年版。

聂珍钊:《文学伦理学批评及其它——聂珍钊自选集》,华中师范大学出版社 2012 年版。

聂珍钊:《文学伦理学批评导论》,北京大学出版社 2014 年版。

聂珍钊:《论非虚构小说》,《中南民族学院学报》(哲学社会科学版)1989 年第 6 期。

芮渝萍、范宜:《认知发展——成长小说的叙事动力》,《外国文学研究》2007 年第 6 期。

[美] 乔治·布朗·廷德尔、[美] 大卫·埃默里·施等:《美国史》,宫齐译,南方日报出版社 2012 年版。

[美] 乔治·J. 兰克维奇:《纽约简史》,辛亨利译,上海人民出版社 2005 年版。

[法] 热拉尔·热奈特:《叙事话语·新叙事话语》,王文融译,中国社会科学出版社 1990 年版。

美国《巴黎评论》编辑部:《〈巴黎评论〉——作家访谈 I》,黄翌宁等译,人民文学出版社 2012 年版。

芮渝萍：《成长的风景——当代美国成长小说研究》，商务印书馆 2012 年版。

申丹、王丽亚：《西方叙事学：经典与后经典》，北京大学出版社 2010 年版。

申丹：《叙事、文体与潜文本——重读英美经典短篇小说》，北京大学出版社 2009 年版。

孙春雨：《美国死刑制度概览》，《中国检察官》2007 年第 2 期。

苏鑫：《当代美国犹太作家菲利普·罗斯创作流变研究》，上海三联书店 2015 年版。

苏鑫：《菲利普·罗斯自传性书写的伦理困境》，《外国文学研究》2015 年第 6 期。

桑迪欢：《论〈兔子四部曲〉对当代美国文化的透视》，硕士学位论文，南昌大学，2008 年。

谭君强：《叙事学导论：从经典叙事学到后经典叙事学》，高等教育出版社 2009 年版。

唐永辉、蒋橹：《解读杜鲁门·卡波特的小说题目〈冷血〉的深层含义》，《攀枝花学院学报》2005 年第 22 卷第 4 期。

徐新：《现代社会的消费主义》，人民出版社 2009 年版。

徐晓飞：《旅行中的无脚鸟——〈蒂凡尼的早餐〉中郝莉·戈莱特利形象解析》，《名作欣赏》2011 年第 27 期。

涂浩然、卢丽刚：《全球化时代文化认同建构中的中国国家文化安全》，《前沿》2011 年第 7 期。

[美] 西摩·查特曼：《故事与话语：小说和电影的叙事结构》，徐强译，中国人民大学出版社 2013 年版。

杨国荣：《伦理与存在——道德哲学研究》，北京大学出版社 2011 年版。

[古希腊] 亚里士多德：《尼各马可伦理学》，苗力田译，中国人民

大学出版社 2003 年版。
汪民安、陈永国、马海良主编：《城市文化读本》，北京大学出版社 2008 年版。
汪民安：《大都市与现代生活》，摘自《都市社会学》，陈恒主编，上海人民出版社 2014 年版。
王海明、孙英：《美德伦理学》，北京大学出版社 2011 年版。
王晓德：《战后美国对法国向现代消费社会转型的影响——一种文化视角》，《史学集刊》2008 年第 1 期。
吴庆军：《城市书写视野下的英国现代主义小说解读》，《外国文学研究》2013 年第 4 期。
吴松山、侯丽、张伟敬：《论作者与隐含作者》，《名作欣赏》2012 年第 9 期。
[美] W. C. 布斯：《小说修辞学》，华明等译，北京大学出版社 1987 年版。
魏章玲：《社会学与美国社会》，辽宁人民出版社 1986 年版。
[美] 西蒙·查特曼：《故事与话语：小说和电影的叙事结构》，徐强译，中国人民大学出版社 2013 年版。
[奥地利] 西格蒙德·弗洛伊德：《自我与本我》，林尘等译，上海译文出版社 2011 年版。
叶凡美：《20 世纪美国少数族裔的命运变迁》，《史学月刊》2002 年第 6 期。
周中之、高惠珠：《经济伦理学》，华东师范大学出版社 2002 年版。
叶惠英：《杜鲁门·卡波特研究在中国》，硕士学位论文，广西师范学院，2013 年。
颜溪：《论卡波特短篇小说中的二元世界》，硕士学位论文，四川外国语大学，2013 年。
郑克鲁主编：《外国文学史》，高等教育出版社 2006 年版。

张素珍：《杜鲁门·卡波特小说艺术研究》，中国矿业大学出版社1997年版。

张素珍：《试论新新闻主义的由来、形成和发展》，《徐州师范学院学报》（哲学社会科学版）1991年第2期。

张素珍：《纪实小说：国际性的文学现象——兼评美国新新闻主义和中国的纪实小说》《外国文学研究》2003年第3期。

张月亭：《〈别的声音，别的房间〉的创作技巧与风格探究》，《山西师大学报》（社会科学版）2012年第4期。

张晨光：《论当代美国少数族裔面临的生活及他们美国梦的实现》，《湖北广播电视大学学报》2010年第2期。

张倩：《从人物形象塑造看卡波特在纪实小说中的感情倾向》，《福建省外文学会2007年会暨华东地区第四届外语教学研讨会论文集》2007年版。

张栋：《美国死刑程序研究》，博士学位论文，中国政法大学，2006年。

张宇斐：《从存在主义视角解读〈蒂凡尼的早餐〉》，硕士学位论文，东北林业大学，2012年。

赵菁、张胜利、廖健太：《论文化认同的实质与核心》，《兰州学刊》2013年第6期。

［美］詹姆斯·柯比·马丁：《美国史》，范道丰等译，商务印书馆2012年版。

朱全红：《论美国族裔群体的双重文化认同》，《学海》2006年第1期。

http：//zh. wikipedia. org/wiki/% E6% 9F% AF% E5% B0% 94% E4% BC% AF% E6% A0% BC% E9% 81% 93% E5% BE% B7% E5% 8F% 91% E5% B1% 95% E9% 98% B6% E6% AE% B5.

附　　录

杜鲁门·卡波特的生平及创作年表

1924 年，杜鲁门·斯特雷克弗斯·珀森斯（杜鲁门·卡波特最初的名字）于 11 月 30 日出生于新奥尔良，父亲叫阿克·珀森斯，母亲叫莉莉·玛（之后改为尼娜）·福克·珀森斯。

1930 年，卡波特被送到亚拉巴马州门罗维尔，被寄养在年长的表亲家里。

1931 年，母亲莉莉·福克和父亲阿克·珀森斯离婚，去了纽约，母亲的名字从莉莉·玛改为尼娜。

1932 年，母亲尼娜·福克于 3 月 24 日嫁给了乔瑟夫·卡波特，不久后尼娜将卡波特接到纽约。

1935 年，乔瑟夫·卡波特于 2 月 14 日合法地收养了杜鲁门，杜鲁门的姓氏从帕森斯改为卡波特。

1942 年，在《纽约人》杂志社开始做勤杂工。

1945 年，《米丽亚姆》于 6 月在《小姐》正式出版，这是卡波特第一次在发行量大的杂志上发表作品，立即引起了众人的关注。并于 1946 年荣获欧·亨利奖。《夜树》于 10 月正式出版。《银瓶》于 12 月正式出版。并且，兰登书屋与卡波特签订了《别的声音，别的房间》的出版合同。

1947年，《关上最后一道门》于8月正式出版，荣获了1948年欧·亨利奖的第一名。

1948年，《别的声音，别的房间》正式出版。

在海地创作以太子港为背景的短篇小说《花房》。

1949年，《夜树及别的故事》正式出版。

1950年，《地方色彩》正式出版。开始创作《草竖琴》。

1951年，《草竖琴》正式出版，卡波特开始将其改编成剧本。

1952年，《草竖琴》被改编为歌剧，于3月27日在百老汇上演。

被邀参与大卫·O. 塞尔兹尼克和他的妻子珍妮弗·琼斯及蒙哥马利克里弗主演的电影《终战》的编剧工作。

1954年，母亲尼娜于1月4日自杀。

《花房姑娘》改编为歌剧，于12月30日在百老汇演出。

1956年，《缪斯入耳》正式出版。

1957年，《个人领地里的公爵》刊登在《纽约客》上。

1958年，《蒂凡尼的早餐》正式出版。

1959年，《观察》正式出版。

卡波特在《纽约时报》上看到一篇报道，关于克拉特一家被谋杀的真实事件。之后与哈发·李一起前往堪萨斯。

1963年，《杜鲁门·卡波特选集》正式出版。

1966年，《冷血》和《一个圣诞节的回忆》正式出版。“黑白舞会”于11月28日举行。

1965年，《冷血》在《纽约客》上开始连载。

1966年，《冷血》由兰登书屋出版，引起轰动。

1967年，被改编为电影的《冷血》被搬上荧幕。

1968年，《感恩节来客》正式出版。

1973年，《犬吠》正式出版。

1975年，《莫哈维》于6月正式出版。《巴斯克海岸餐厅》于

11 月正式出版。

1976 年，《原姿原态的怪物》于 5 月正式出版。《凯特·麦克劳德》于 11 月正式出版。

1977 年，生父阿克·珀森斯去世。

1980 年，《给变色龙听的音乐》正式出版。

1982 年，继父乔瑟夫·卡波特去世。

1983 年，《一个圣诞节》正式出版。

1984 年，杜鲁门·卡波特于 8 月 25 日在洛杉矶的朋友乔尼·卡森的家中去世。

1987 年，《应许的祈祷》正式出版。

后　记

经过多年我对卡波特小说的探索和研究，该书最终得以完成，希望此书能给读者打开一扇认识和思考卡波特其人其作之门。

在此书完成之时，我要感谢所有曾帮助和指导过我的前辈和同行！首先要感谢我的导师黄铁池教授和李炎教授，他们不仅在学科方面给予我无数启发，还在为人处世方面给予我很大的指导。其次，感谢指导过我的各位专家和老师。郑克鲁先生学识渊博，他经常指导我的论文，并传授我研究方法，让我受益匪浅，他一生孜孜不倦致力于科研的精神是我们学习的榜样。陈红教授同样经常悉心指导我的论文，她多次帮我修改和完善材料，该书的出版离不开她的重要指导。谭君强教授和王昆建教授引领我踏入科研的殿堂，在写作遇到困难之际，他们的指导便是我走出迷雾的明灯。还有聂珍钊教授、孙建教授、陈恒教授、王卫东教授等诸位专家都给予过我很大的帮助和指导，在此我要表达自己对他们深深的谢意！

其次，要感谢单位领导和同事对我的照顾和帮助！感谢云南师范大学外国语学院的冯智文教授、王丽峰书记、万向兴教授、彭庆华教授、钟维教授等诸位领导为我提供良好的科研与教学的平台，给予了我重要的帮助！同样感谢各位同事对我的指导和关心！

更要感谢家人，正是因为他们对我的鼎力支持，才能让我免去后顾之忧！我今天的成就离不开他们辛劳的付出！真诚地表达自己对他们的谢意！

此外，我也衷心感谢中国社会科学出版社，特别感谢责任编辑朱华彬老师的帮助，在他们的帮助下，拙著才得以顺利呈现在大家面前。

所幸多年的努力没有白费，在该书完成之际，我有幸得到了国家社科基金的资助，让我有机会更进一步投入到卡波特小说的研究当中，让卡波特研究之旅得以继续。

长时间地研究卡波特，让我在阅读和思考过程中仿佛已融入卡波特的思想之中，忧其所忧，乐其所乐，深切地感受到卡波特的普世情怀和对社会的深刻思考。在我看来，卡波特的小说绝对不应仅仅被定义为畅销小说，更应列为经典之作，因为卡波特的小说对人的思想极具启发，对社会也有一定的警示作用。并且，小说所反映出的善与恶、犯罪与正义、人性的探讨等思想内容是文学经典所反映的共性主题思想，对人类具有永恒的指导作用。除此之外，基于卡波特是非虚构小说的创始人，而非虚构小说已占据了文学史上的独特位置，因此，应该不可否认的是，卡波特已跻身于美国当代重要文学家之列。

总而言之，卡波特的独特人生可谓精彩绝伦，不仅成就了自己，也深深地影响了他的读者和研究者，早已成为我生命中的一部分，研究他的小说，引发了我们对人生和社会的思考，相信这也是卡波特写作小说的初衷之一。